KB041137

더 뉴 게이트

15. 혼이 돌아가는 곳

15. 혼이 돌아가는 곳

카자나미 시노기 지음
Illustration 반파이 아키라
김진환 옮김

라루나

목차

「THE NEW GATE」세계의 용어에 관해

● 능력치

LV: 레벨

HP: 히트 포인트

MP: 매직 포인트

STR: 힘

VIT: 체력

DEX: 기술

AGI: 민첩성

INT: 지력

LUC: 운

● 거리·무게

1세메르 = 1cm

1메르 = 1m

1케메르 = 1km

1구므 = 1g

1케구므 = 1kg

● 화폐

쥬르(J): 500년 뒤의 게임 세계에서 널리 통용되는 화폐.

제일(G): 게임 시대의 화폐. 쥬르보다 10억 배 이상의 가치가 있다.

쥬르 동화(銅貨) = 100J

쥬르 은화(銀貨) = 쥬르 동화 100닢 = 10,000J

쥬르 금화(金貨) = 쥬르 은화 100닢 = 1,000,000J

쥬르 백금화(白金貨) = 쥬르 금화 100닢 = 100,000,000J

● 육천의 길드하우스

1식 괴공방 데미에덴(통칭: 스튜디오) 『검은 대장장이』 신 담당

2식 강습함 세르슈토스(통칭: 쉽) 『하얀 요리사』 쿡쿠 담당

3식 구동 기지 미랄트레아(통칭: 베이스) 『금색 상인』 레드 담당

4식 수림전 팔미락(통칭: 슈라인) 『푸른 기술사(奇術士)』 카인 담당

5식 혼란 정원 로메눈(통칭: 가든) 『붉은 연금술사』 헤카테 담당

6식 천공성 라슈감(통칭: 캐슬) 『은색 소환사』 캐시미어 담당

슈바이드 에트락

521세. 하이 드래그닐. 신의 서포트 캐릭터. 용황국 킬몬트의 초대 국왕.

신

본작의 주인공. 21세. 하이 휴먼. 온라인게임에서 이름을 떨친 최강 플레이어. 데스게임 클리어 후, 500년 뒤의 게임 세계로 차원 이동 되었다.

유즈하

엘레멘트 테일. 신이 구해준 몬스터. 평소엔 아기 여우의 모습이지만 사람으로도 변신할 수 있다.

슈니 라이자

521세. 하이 엘프. 신의 서포트 캐릭터. 500년 동안 신을 기다려왔다.

티에라 루센트

157세. 엘프. 강력한 저주에 걸린 흔적으로 머리카락 대부분이 까맣다. 고향에서 추방되어 슈니의 보호를 받았다.

카게로우

그루파지오·야데. 티에라의 계약 몬스터. 진짜 모습은 거대한 늑대이다.

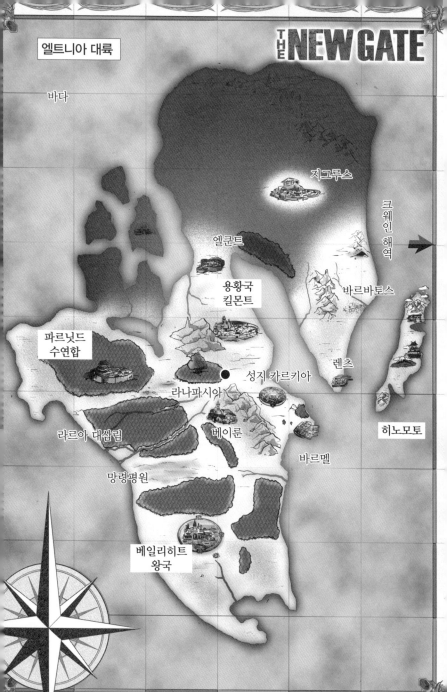

엘프의 정원　　　Chapter 1

엘쿤트 마법 학교에서 죄원의 악마 중, 탐욕의 악마 아와리티아와 대치한 신.

싸움 와중에 또 다른 죄원의 악마인 음욕의 악마 룩스리아가 악마와 대척하는 천사로 변했다.

신은 그녀의 힘을 빌려 승리를 거두게 되었는데―.

적의 침공을 막아낸 신은 서포트 캐릭터인 파트너 슈니에게 연락을 취했다.

소환진에서 출현한 몬스터는 룩스리아의 힘 덕분에 사라졌지만 건물 파손과 인명 피해가 심각했다.

슈니도 아직 전체적인 상황을 파악하지 못했지만 몬스터가 사라진 것을 보고 부상자 치료와 구출을 시작한 것 같았다.

"난 도시 쪽으로 갈 건데, 룩스리아는 어떻게 할래?"

"글쎄. 난 마법 학교 피난소의 전송 지점으로 가서 히라미와 합류할래. 이제 밖이 안전해졌다는 메시지를 보내놨으니까 피난소에서 나오는 중일 거야. 하지만 그 전에 신에게 부탁할 게 있는데, 들어줄래?"

"무슨 부탁이냐에 따라 다르겠지."

신은 그녀가 또 안에 아무것도 안 입었다는 소리를 할까 봐 미리 선을 그어두었다.

"그렇게 경계할 것 없어. 옷을 좀 빌리고 싶어서 그래. 봐 봐, 지금 난 이 붕대인지 천인지 모를 것만 몸에 두르고 있잖 아? 내 힘이 물질로 형상화된 것 같은데, 이 상태로 돌아다니 는 건 아무래도 좀 그럴 것 같거든."

룩스리아는 그렇게 말하며 어깨를 으쓱해 보였다.

신이 스킬로 살펴보자 천의 명칭은 『천사의 옷감』으로 표시 되었다. 재료 아이템으로 취급되는 것 같았다.

『천사의 옷감』은 룩스리아의 가슴부터 허벅지 위쪽까지를 가려주고 있었다.

몸에 딱 맞게 감겨 있어서 굴곡 있는 몸매가 꽤나 선명히 드러났다.

몸에 두른 부분 외에 팔 쪽에도 옷감이 펼쳐져 있었는데 이 쪽은 헐렁한 느낌으로 공중에 떠 있었다.

전투가 끝나서인지 등 뒤에 나타났던 빛의 고리와 거기서 뻗어 나온 날개 같은 것은 사라져 있었다.

"뭐, 그 정도라면 도와야지. 일단 신발하고 옷부터……."

신은 아이템 박스를 조작해서 우선 적당한 옷을 꺼냈다. 예 전에 스킬 경험치를 쌓기 위해 제작했던 옷이라 이렇다 할 특 수 효과는 없었다.

그때 문득 룩스리아가 안에 아무것도 안 입었다고 말했던 것이 떠올랐기에, 혹시나 하는 생각으로 아이템 박스 내용물을 검색해보았다.

그러자 예전에 넣어두고 깜빡한 아이템이 몇 개 남아 있었다.

"이제…… 속옷만 꺼내면 되겠군."

"……어라? 방금 속옷이라고 하지 않았어?"

신이 중얼거린 말이 똑똑히 들렸던 모양이다.

"저기, 신? 어째서 네가 여자 속옷을, 그것도 당연한 듯이 갖고 있는 거야? 설마 자기 취향의 속옷을 만들어서 슈니에게—."

룩스리아는 카드 상태의 아이템을 보며 신에게 물었다. 그리고 말을 이어갈수록 점점 미심쩍은 표정으로 바뀌어갔다.

"아니라고!! 제작 스킬을 올릴 때 만들었던 게 아이템 박스에 처박혀 있던 것뿐이야. 아직 초보일 때 만든 거라 사이즈 자동 조절 기능도 없어."

아이템 박스의 용량은 쓸데없을 정도로 컸다. 그런 탓에 초보 시절에 제작한 아이템이 구석에서 잠들어 있는 경우가 많았다.

신 같은 생산직 플레이어에게는 흔한 일이었고 그밖에도 잡동사니나 다름없는 물건이 잔뜩 들어 있었다.

신도 속옷 같은 것이 남아 있을 거라곤 생각조차 못한 게 사실이었다.

"흐음~ 헤에~."

"아무래도 지금 엄청난 오해를 하고 있는 것 같은데."

노골적으로 미심쩍어하는 룩스리아를 보며 신도 뾰족한 해명 방법이 떠오르지 않았다.

남자인 신의 아이템 박스에서 여자 속옷이 나온 이상 무슨 말을 해도 변명이 될 수밖에 없었다.

"아무것도 아냐. 그러면 바로 갈아입을게."

룩스리아가 그렇게 말하자 몸에 감겨 있던 천이 갑자기 사라졌다.

너무 순간적으로 일어난 일이라 신은 룩스리아가 무엇을 했는지 이해하지 못했다. 눈앞에 선 그녀의 알몸을 보며 몇 초 동안 굳어 있었을 뿐이다.

신은 비로소 상황을 파악하고 몸 전체를 홱 돌렸다.

"그냥 봐도 되는데?"

"사양할게……."

원래 음욕의 악마였던 그녀는 천사가 된 지금도 뇌쇄적인 몸매와 미모를 뽐내고 있었다.

다만 과도할 정도의 섹시함을 뿜어내던 악마 시절과 달리 지금은 그렇게까지 뇌쇄적으로 느껴지진 않았다.

차라리 나체상 같은 예술 작품을 감상할 때의 기분과 비슷하다고 할 수 있었다.

"저기, 신. 빌려 입는 입장에서 이런 말 하긴 뭣하지만, 사이즈 자동 조절 기능을 좀 추가해줄 수 있을까?"

"……카드만 건네줘."

이유는 대충 짐작이 갔다. 갖고 있던 속옷 중에는 가장 큰 사이즈를 건넸지만 그것으로도 역부족이었던 것이다.

비슷한 키의 여성 평균치보다도 훨씬 크다는 것을 잘 알았기에 특별히 놀랍지는 않았다.

신은 룩스리아 쪽을 보지 않고 카드만 건네받은 뒤에 사이즈 자동 조절 기능을 부여했다. 지금 룩스리아는 위에 아무것도 걸치지 않았으리라.

"응, 딱 맞아. 이야기로는 들었지만 편리하네. 평소엔 특별 주문한 속옷을 입었거든. 고마워."

등 뒤에서 옷깃 스치는 소리가 그쳐서 신이 다 갈아입었느냐고 말을 건네려는 순간, 등 뒤에서 누군가가 그를 끌어안았다.

상대는 물론 룩스리아였다. 몸을 밀착시켰기에 신의 등 뒤에서 부드러운 언덕이 눌리고 있었다.

"이봐."

"후훗, 최소한의 보답이야. 이 정도면 괜찮지?"

감촉이 사라지고 나서야 신이 뒤를 돌아보자 룩스리아는 장난을 성공시킨 어린아이처럼 웃고 있었다.

하얀 스웨터와 까만 롱스커트 차림의 룩스리아는 수줍은 몸짓 때문인지 조금 어려 보였다.

하지만 바로 입술에 검지를 갖다 대며 요염한 분위기를 연출하자 신은 그녀의 태도가 어디까지 진심인지 알 수 없게 되었다.

"원래는 키스를 하고 싶었는데, 슈니가 화낼 것 같으니까 그만둘래."

"휴우, 내가 더 곤란해지니까 하지 말라고."

확실히 슈니가 불쾌해할 만한 상황이었다. 굳이 그런 폭탄을 떠안고 싶진 않았다.

신은 피난소의 전송 지점으로 향하는 룩스리아와 헤어지고 도시로 향했다.

아와리티아에게 파괴당한 외벽을 통해 도시 안으로 들어가자 몬스터가 휩쓸고 간 흔적이 선명히 남아 있었다.

완전히 파괴되거나 절반쯤 날아간 건물도 적지 않았지만 입구 근처나 지붕 등 일부만 파손된 경우가 더 많아 보였다.

아마도 누군가가 몬스터들과 싸워준 덕분일 것이다.

슈니가 말해준 것처럼 사람들의 표정에 비통함은 없었다. 몬스터가 소멸되는 것을 보고 위기가 사라졌음을 직감한 것이리라.

"나도 가능한 한 도와야겠어."

미니맵을 보며 【기척 감지】를 사용하자 무너진 건물 안에 아직 사람들이 남아 있는 것이 보였다. 신은 일단 그들부터 구조해야겠다고 생각하며 가장 가까운 감지 지점으로 향했다.

"……두 사람이군."

건물 안에는 두 개의 반응이 있었다.

"이봐, 형씨. 안에 사람이 있다는 걸 어떻게 안 거지?"

신이 중얼거리는 말을 듣고 한 남자가 다가와서 물었다. 가죽 갑옷을 걸친 것을 보면 모험가 같았다.

"기척을 탐지하는 기술을 응용한 거야. 일단은 건물이 무너져도 괜찮도록 마법으로 안전을 확보할게. 혹시 모르니까 뒤로 물러나줘."

신이 그렇게 말하자 남자는 고개를 끄덕이며 주변에 있던 동료들에게도 물러나라고 지시했다.

이 근처에서 구조 활동 중인 일행의 리더인 것 같았다.

신은 일단 【스루 사이트(투시)】와 【애널라이즈】를 사용해서 생존자들이 어떤 상태인지 확인했다.

그들은 운이 좋게도 기둥과 기둥 사이에 생겨난 공간 안에 갇혀 있었다.

신은 흙 마법 스킬 【어스 월】을 발동시켜 안에 갇힌 두 사람을 감쌌다.

"좋아, 안에 있는 사람들을 흙벽으로 보호했어. 웬만해선 무너지지 않을 테니까 빨리 잔해를 치우자."

신의 말을 듣고 남자들이 잔해를 정리하기 시작했다.

신도 그들을 돕기 위해 옮기기 힘들어 보이는 커다란 잔해를 가볍게 들어서 다른 곳에 쌓아두기 시작했다.

힘을 숨기는 것보다 사람의 목숨을 구하는 일이 먼저였기에 벽의 일부가 그대로 남아 있거나 통나무만 한 기둥이 부러져 있어도 상관하지 않고 치워나갔다.

신이 한 번 잔해를 치울 때마다 쾅, 쿵 하는 소리가 울렸다.

"저게 뭐야……."

"엄청나네……."

주변에서 일하던 남자들은 자신보다 몇 배나 큰 건물 잔해를 한 손으로 들어 올리는 신을 보고 입을 다물지 못했다.

"너희들, 지금 넋 놓고 구경할 때냐! 커다란 잔해는 저 형씨한테 맡기고 작은 것부터 치우라고!"

리더 격인 남자가 정신을 퍼뜩 차리며 멍하니 선 인부들을 재촉했다. 그러자 그들도 다시 작업에 집중하기 시작했다.

신은 커다란 잔해를 전부 치운 뒤 생존자의 정확한 위치를 구조자들에게 알려주었고, 잠시 뒤에 흙으로 만들어진 커다란 구체가 나타났다.

너무 딱딱해서 인부들은 부술 수 없었으므로 신이 구멍을 뚫었다.

그러자 안에서 서로를 부둥켜안은 모녀가 모습을 드러냈다.

남자들의 손에 구출된 모녀는 무슨 일이 벌어졌는지 이해하지 못하는 표정이었다.

"뒷일은 맡길게. 난 다른 곳을 돌아봐야겠어."

"그래, 여긴 맡기라구. ―잘 부탁하네."

신은 그 말에 고개를 끄덕이고는 서둘러 다음 생존자를 찾기 시작했다.

†

"꽤나 훌륭히 활약해주었다지. 엘쿤트를 대표해서 감사를 표한다."

아와리티아의 습격으로부터 사흘 뒤, 신은 왕성에서 크룬지드 왕을 알현하고 있었다. 물론 슈니도 '유키'로 변장해서 동행 중이었다.

룩스리아에게서 사정을 전해 들은 히라미가 왕성에 연락했고, 아와리티아가 토벌되었다는 소식은 그날 중에 크룬지드 왕을 비롯한 고위층에게 전달되었다.

그럼에도 알현이 사흘 후에 이뤄진 것은 신이 연락하러 온 기사에게 인명 구조를 우선시하고 싶다는 뜻을 밝혔기 때문이었다.

알현을 미루는 것은 국왕에 대한 크나큰 무례였다. 다만 이번에는 이유가 이유인지라 크게 문제시되진 않았다.

신을 찾아온 기사도 이유를 듣더니 자신도 구조를 돕겠다고 나섰을 정도였다. 아와리티아가 습격했을 때 자신들이 아무엇도 하지 못했던 것을 만회하려는 듯했다.

"아닙니다. 저희도 상대의 습격에 대처하는 데만 급급했고, 이번에 피해가 크지 않았던 건 단지 운이 좋았을 뿐입니다. 큰소리만 쳐놓고 별로 도움이 되지 못해 죄송할 따름이네요."

아와리티아와 싸울 때 인질 때문에 거의 가만히 있었던 신은 겸연쩍은 심정이었다.

"신 공이 도움이 되지 못한 거면 저희는 무능한 수준을 뛰어넘을 텐데요……."

"그렇겠군. 신 공이 제공해준 무기가 없었다면 지금쯤 우리는 이렇게 살아 있지도 못했을 테지."

신이 쓴웃음을 짓자 엘쿤트 기사 파가르와 시린이 나란히 겸연쩍은 얼굴로 말했다. 상관인 남사르가 적에게 조종당한 것을 감안하더라도 그들은 아와리티아의 분신조차 버거워한 게 사실이었다.

한편 남사르는 심신이 심하게 지쳐 아직 의식이 돌아오지 않았다고 한다.

"그래, 그래, 거기까지! 결과만 놓고 보면 그래도 피해가 적었다는 걸 기뻐해야 하는 거 아냐? 다들 설렁설렁 싸웠던 건 아니니까 반성할 부분은 반성하고 나머진 깨끗이 잊어버리도록 해."

자신들의 불찰만 내세우는 세 사람의 대화에 룩스리아가 끼어들었다. 그녀는 어이가 없다는 표정이었다.

"맞아요. 다음엔 좀 더 잘 대처할 수 있도록 정진하면 되죠."

"음, 룩스리아 공과 유키 공의 말이 옳다. 앞으로 악마와 몬스터에 대한 정보를 더 많이 수집해서 강력한 대처 방법을 강구하도록 하자. 하지만 지금은 신 공의 활약에 대한 보수를 논하는 게 먼저다."

크룬지드 왕은 고개를 끄덕거리며 대화의 화제를 바꾸었다. 다만 신이 미처 예상하지 못한 주제였다.

"드롭 아이템만 받을 수 있다면 충분합니다만."

현재 시점에서는 구하고 싶어도 거의 얻을 수 없는 아이템이다. 신은 그 정도면 충분할 거라 생각하고 있었다.

"그건 알고 있다. 다만 작위와 영지를 하사해야 하지 않겠냐는 목소리가 나와서 말이지. 워낙 엄청난 공적을 세우지 않았는가. 이상할 건 없다."

"제가 처음에 거절하지 않았던가요?"

모험가가 눈부신 활약을 통해 귀족으로 발탁되는 것은 그렇게 드문 경우가 아니었다. 다만 신은 그런 식의 출세 스토리를 다룬 소설도 읽어보았는데 좋은 점보다는 귀찮은 일이 더 많을 것 같았다.

지금은 길드 하우스 수색이라 성지 조사 등 당장 해야 할 일이 많았다. 한 국가에 소속되어 일할 만한 시간은 없다. 만약 강요하려 든다면 상응하는 대응을 해야 할 것이다.

"물론 알고 있다. 하지만 본인의 입으로 직접 듣기 전에는 납득하지 못하는 이들도 많아서 말이지."

신 일행을 접견하기 전에 보수에 관한 논의가 있었던 모양이다. 파가르와 시린도 쓴웃음을 짓고 있었다.

강자를 포섭하고자 하는 사람들은 어디에나 있기 마련이었다.

"신과 유키의 능력이 매력적이긴 해. 아, 참고로 난 방어가 아니면 돕지 않을 거야."

"물론이다. 천사의 힘을 침략에 사용하다가 무슨 대가를 치를지 모르지. 그 사실은 최대한 감춰둘 생각이다."

룩스리아가 악마에서 천사로 변한 사실도 크룬지드 왕을 비롯한 고위층에게 알린 상태였다. 악마라서 문제시되던 점들은 천사가 되면서 자연히 해결되기 때문이었다.

그 사실을 의심하는 자들도 있었지만 룩스리아가 천사의 날개 ─ 빛의 고리에서 뻗어 나온 8장의 문양 ─ 를 보여주자 모두가 놀라워하며 받아들였다.

날개를 드러낸 룩스리아에게서 성스러운 기운이 느껴졌던 것이다.

신과 슈니도 룩스리아가 사람들에게 위해를 가할 거라는 생각은 더 이상 하지 않았다.

다만 성격은 그대로였기에 성적인 면으로는 여전히 위험인물이었다.

고위층들은 룩스리아가 발하는 성스러운 기운에 압도당한
듯했다.

신 일행은 별로 의식하지 못했지만 이쪽 세계의 주민들에
게는 지금의 그녀가 매우 신성하게 느껴지는 모양이다.

【THE NEW GATE】의 세계에서 전승으로만 남아 있던 천
사가 눈앞에 있는 것이다. 그야말로 전설의 존재가 현신한 것
이나 다름없었다.

룩스리아가 범접할 수 없는 힘을 가진 것은 물론이거니와
천사를 이용한다는 생각 자체가 불경스럽게 여겨지는 분위기
였다. 그녀에 관해 논의할 때는 고위층에서도 반대 의견이 나
오지 않았다고 한다.

"현명한 판단이라고 생각합니다. 천사의 존재를 정식으로
공개하면 다른 나라들과도 지금처럼 지내기는 힘들 테니까
요."

"나도 학교 일에 지장이 생기면 곤란하니까 그렇게 해주면
고맙지."

신은 슈니와 룩스리아의 말을 듣고 두 사람의 관심사가 전
혀 다르다는 것에 쓴웃음을 지었다. 확실히 룩스리아의 정체
를 공개하면 보건실에서 학생들을 돌보기는 힘들어질 것이
다.

"이야기는 이 정도면 정리된 것 같은데요?"

"음, 이렇게 와줘서 고마웠다. 요 며칠 동안은 주민들의 구

조에 힘을 써줬다지. 다시 한번 감사를 표한다."

크룬지드 왕이 고개를 숙였다.

왕족이 섣불리 머리를 숙이면 안 된다고 주변에서 말릴 법도 했지만 파가르와 시린은 조용히 있었다. 신과 슈니는 충분히 그런 대접을 받을 만했던 것이다.

†

왕성을 나온 뒤에 신은 슈니, 룩스리아와 함께 마법 학교로 향했다.

도시의 피해도 컸지만 악마들의 싸움터가 된 학교 일부는 상당히 처참한 상태였다.

"시간은 많으니까 충분히 재건할 수 있겠지."

신은 정문을 통과해 히라미를 찾아가는 도중에 엉망이 된 건물을 보며 말했다.

대장장이인 신이 건물 수복에 자신감을 보이는 데는 이유가 있었다.

『육천』의 멤버들은 자신의 특기 분야 중 일부를 다른 멤버와 공유했다. 신의 경우는 대장장이 스킬과 금속공예 스킬을 동료인 레드와 쿳쿠에게 전수했다.

그리고 달의 사당을 건설할 때는 『푸른 기술사(奇術士)』 카인에게 다양한 기술을 전수받기도 했다.

그 덕분에 건축 스킬 자체는 높지 않아도 충분한 응용력을 갖추고 있었다. 건축가에게는 상상력이 중요하기 때문에 게임 속에서만 가능한 특이한 건물도 많이 만들어보았다.

"신이 대단하다는 건 알았지만…… 그 뭐냐, 만능이네."

"그렇지도 않아. 어느 정도만 익힌 수준이지, 전문가 기준으로 보면 아직 멀었어. 대장장이 외에 제대로 익혀둔 건 연금술하고 건축 스킬 정도야."

건축 스킬 레벨은 Ⅳ, 연금술 스킬 레벨은 Ⅹ였다. 대장일에 필요한 약품을 제작하느라 연금술 레벨이 높아지긴 했지만 큰 의미는 없었다.

『붉은 연금술사』로 불리는 헤카테와 동등한 아이템을 제작하는 건 꿈도 못 꿀 이야기였다. 연금술 레벨만 높다고 다 해결되진 않는 것이다.

한편 상업 관련 스킬과 농업, 축산 등의 스킬은 대부분 Ⅰ, Ⅱ레벨로 습득만 해둔 수준이었다.

유즈하를 파트너로 삼으면서 조련 스킬은 조금 올라갔지만 이 세계의 전문 조련사와 비교하면 부족한 점이 많았다.

"그렇게 많은 분야를 익힌 것 자체가 충분히 대단한 건데 말이지. 뭐, 네가 활동하던 시절에는 그렇게 여겨졌나 보네."

룩스리아는 『영광의 낙일』 이전의 게임 시대에 대해 알고 있었기에 신이 그렇게 말하는 이유를 이해한 듯했다.

"저희로서야 바라 마지않던 일이지만 괜찮겠어요? 능력을 너무 드러내면 주목받을 텐데요?"

교장실에서 신의 제안을 들은 히라미는 복잡한 표정으로 말했다.

높은 전투력만으로도 세상에서 주목받기에 충분했다. 거기에 제작 스킬까지 뛰어나다는 정보가 더해진다면 신에게 접촉해오는 사람이 훨씬 많아질 것이다. 도움이 필요한 상황임을 감안하더라도 히라미는 신이 자신들을 위해 필요 이상으로 힘을 드러내는 것을 염려하고 있었다.

"A랭크 모험가라서 가능하다는 식으로 둘러대야겠지. 게다가 이제 와서 눈에 띄는 걸 걱정해봐야 늦었다고."

신은 이미 사람들에게 주목받는 것을 거의 체념해버린 상태였다.

다만 특정한 나라에 거점을 둔 것은 아니기에 귀찮은 일이 생겨도 다른 나라로 떠나버리면 그만이었다. 설사 뒤쫓아 오더라도 따돌리기 어렵진 않을 것이다.

"모처럼의 기회니까 실컷 부려먹어도 되지 않아? 그만큼 확실히 보답하면 되는 거잖아."

룩스리아가 뒤에서 히라미의 어깨에 손을 얹으며 말했다. 히라미에게는 보이지 않았지만, 보답이라는 단어에서 그녀가 의미심장한 미소를 짓는 것을 신은 놓치지 않았다.

"잠깐, 네가 지금 말하는 보답이 정상적인 의미 같진 않은데."

"어머, 무슨 실례되는 소리를."

룩스리아는 토라진 듯이 입술을 내밀었다. 어른스러운 외모와 어울리지 않는 유치한 행동이었지만 그것이 그녀의 매력을 조금도 퇴색시키지 못한다는 것이 신기했다.

하지만 신은 그런 룩스리아에게 미심쩍은 눈초리를 보냈다. 천사가 된 지금도 그녀가 말하는 보답이라는 단어에 '성적인' 의미가 함축된 것처럼 들렸기 때문이다.

악마 때처럼 사람의 희로애락을 통해 힘을 얻진 않을 거라고 생각하기 쉽지만, 룩스리아의 말에 따르면 그런 능력은 여전히 유지되고 있다.

"천사한테 봉사를 받는 건 왕족이라도 힘들 텐데."

"네 본성을 잘 아니까 말이지. 그리고 슈니가 있는데 다른 여자한테 그런 걸 부탁하겠냐고."

신은 그렇게 말하며 옆에 있던 슈니의 어깨를 끌어안았다.

룩스리아에게 날카로운 시선을 보내던 슈니는 갑작스런 행동에 눈을 끔뻑거렸다. 부부가 된 지금도 슈니는 이런 스킨십에 풋풋한 반응을 보이곤 했다.

"윽, 부러워라. 이 세계에선 일부다처제가 꽤 흔하거든?"

"내가 살던 곳은 일부일처제였고 하렘 같은 건 픽션으로 충분해. 그런데 왜 그렇게 끈질긴 거야? 내가 하이 휴먼이라서 그래?"

처음에는 신의 존재가 신기해서 놀리는 것 같은 느낌을 받았다. 하지만 아직까지도 이러는 걸 보면 그것만으로는 설명이 안 된다는 생각이 들었다.

"위기에 빠졌을 때 구해준 사람에게 반하는 건 흔히 있는 일 아냐?"

"흠씬 두드려 맞는 걸 가만히 보고 있다가 마지막에 잠깐 칼을 휘둘렀을 뿐인데, 뭘 보고 반했다는 거야?"

신의 공격이 계기가 되어 천사가 되었다고 룩스리아는 말했지만 그것과는 상관없는 일이 아니냐고 신은 지적했다.

"그것도 이유 중에 하나이긴 해. 하지만 굳이 말하자면 내가 음욕의 악마라서 그런 거겠지."

"그게 무슨 말이야?"

"네가 슈니와 맺어질 때의 강한 감정 말이야. 다른 인종과는 차원이 다른 그 감정에 끌린 것 같아."

음욕의 악마였기 때문에 그것에 흥미를 느꼈던 모양이다. 그리고 그것이 어느새 애정인지 연정인지 모를 기묘한 감정으로 바뀌었다고 한다.

"그것 말고도…… 맞아. 내 정체를 알고서도 과잉 반응을 안 보였던 것도 그렇지 않을까? 악마가 만지려 들면 거부 반응을 보이는 게 보통이잖아."

"나한테 물어보지 말라고."

룩스리아는 슈니를 끌어안지 않은 신의 반대쪽 손에 슬며시 손을 갖다 댔다.

신은 태연한 척했지만 일반인이었다면 비명을 지르며 뿌리쳤을 것이다.

룩스리아가 천사로 변했다고는 하지만 악마는 원래 가까이 있는 것조차 허용하기 힘든 존재였다.

선정자나 플레이어도 아닌 크룬지드 왕이 룩스리아와 직접 이야기를 나눴던 것 자체가 매우 이례적인 일이라고 할 수 있었다.

하지만 그런 룩스리아도 신에게는 『쓰러뜨릴 수 있는 존재』였다. 성가신 상대이기는 해도 예민하게 반응할 정도는 아닌 것이다.

"별수 없잖아. 계기가 뭐였는지는 더 이상 중요하지 않은 걸. 내 스스로도 이 정도까지 집착하게 됐다는 게 조금 놀랍거든? 이런 기분은 난생처음이야."

신의 손을 감싸는 룩스리아의 손에 힘이 들어갔다.

악마는 기본적으로 상대를 속이며 농락하는 존재다. 마음의 빈틈을 파고들어 욕망을 자극하는 방식으로 상대를 미혹시킨다. 그 안에 호감 같은 것이 존재할 리는 없다.

하지만 반대로 말하면 호감을 가진 상대의 마음을 얻는 일에 관해서는 완벽한 초보라고 할 수 있었다.

"당황스러운 건…… 뭐, 나도 어느 정도는 이해해. 하지만 그렇다고 무작정 받아줄 수 있는 건 아냐."

흔히 말하는 첫사랑을 자각한 상태 같았다.

그렇게 생각해보면 룩스리아의 행동을 조금이나마 설명할 수 있었다. 좋아하는 감정은 스스로 억누를 수 있는 것이 아니니 말이다.

하지만 마냥 공감해줄 수도 없는 상황이었다. 슈니가 어느새 끌어안듯 몸을 밀착하며 신과 룩스리아 사이로 끼어들었기 때문이다.

신은 자신의 시선에서 슈니의 표정이 보이지 않는다는 것이 조금 무서웠다.

"신보다도 슈니가 더 강적이네."

"더 이상은 봐줄 수 없어요."

미소 짓는 두 사람 사이에서 보이지 않는 불꽃이 튀었다. 슈니도 이미 임전 태세에 돌입해 있었다.

그때 상황을 지켜보던 히라미가 끼어들었다.

"저기…… 괜찮다면 복구 이야기를…… 말이죠. 하고 싶은데…… 어어엇?!"

두 사람의 시선이 히라미에게 집중되었다. 히라미는 그것만으로도 겁에 질리며 몇 걸음 뒤로 물러섰다.

신은 히라미의 용기에 대해 마음속으로 경의를 표했다.

"어, 이건 또 무슨 일이야……."

그때 뒤늦게 도착한 마사카도가 당황한 듯이 중얼거렸다. 심상치 않은 낌새를 느꼈는지 '위험할 때 온 건가?!' 하는 표정을 짓고 있었다.

"아무튼 지금은 히라미가 말한 대로 복구 이야기부터 끝내자고. 응?"

신은 히라미와 마사카도가 만들어준 틈을 이용해서 최선을 다해 화제를 돌렸다.

따지고 보면 그 이야기를 하러 온 것이니 룩스리아의 감정은 뒤로 미루는 게 맞았다.

"……휴우, 알았어. 이 이야기는 또 나중에 하지 뭐."

"사양할게……."

신은 룩스리아의 윙크에 머리가 아파왔다.

어떻게든 궤도 수정엔 성공했으니 룩스리아에 대해선 생각하지 않도록 노력하면서 히라미와 건물 복구에 대해 논의하기로 했다.

신의 스킬 레벨이라면 반쯤 무너져 내린 건물도 원래 모습으로 되돌릴 수 있었다. 이참에 전보다 더 튼튼하게 만드는 방향으로 이야기가 흘러갔다.

학교 건물에는 길드하우스의 기술이 일부 응용되긴 했지만 이쪽 세계의 일반적인 건물들과 크게 다르지는 않았다.

"저와 마사카도는 전투 스킬만 갖고 있어서 소재만 최대한 좋은 걸로 찾아내 튼튼하게 만드는 게 고작이었어요."

게임 시절이었다면 제작 전문 길드에 의뢰해서 몬스터의 공격에도 꿈쩍 않는 요새 같은 건물도 만들어낼 수 있었다. 충분한 돈만 갖고 있다면 말이다.

하지만 지금은 거기까진 바랄 수 없었다. 그러니 지난 전투의 여파로 엉망진창이 되는 것이 당연했다.

"최대한 강도를 높이는 방향으로 가야겠군. 나도 스킬 레벨은 낮은 편이지만 카인이 직접 알려준 테크닉으로 보완할 수 있을 거야."

신이 말하는 테크닉이란 현실 세계의 기술을 이쪽 세계에서 응용하는 것을 가리킨다.

슈니가 무너진 외벽을 일시적으로 막아내기 위해 흙 그물을 얼음으로 뒤덮었던 기술은 현대 건축의 철근 콘크리트를 응용한 것이었다.

대부분의 플레이어들이 벽이라고 하면 흙이나 금속을 단단하게 뭉쳐놓은 것을 떠올리곤 했다.

하지만 실제 직업이 건축가였던 카인은 이런 방법을 응용해보자는 생각을 떠올리고 행동에 옮겼다. 그리고 현대의 기술을 일부나마 응용 가능하다는 것을 알게 되었다.

카인 외에도 제작 스킬을 다양하게 응용해보는 플레이어들이 존재했고 생산직 중 일부만이 그런 기술을 알고 있었다.

참고로 신 역시 그것을 스스로 깨친 플레이어 중 한 명이었다.

대장일을 할 때는 어차피 직접 몸을 움직여야 하므로 진짜 대장장이를 흉내 내보았는데, 그때마다 장비의 완성도가 달라진다는 사실을 깨달았던 것이다.

"카인 씨처럼 자폭 장치는 만들면 안 되는 거 아시죠?"

"안 만들어, 안 만들어……. 굳이 그런 걸 만드는 사람은 카인밖에 없다고."

히라미가 자기 작품에 거의 반드시 자폭 장치를 달아놓는 하이 휴먼을 언급하자 신은 단호하게 부정했다.

신도 달의 사당에 자폭 장치를 만들라는 권유를 거절한 적이 있었다.

자폭 장치의 제작자는 헤카테였고 건물과 그 내부만을 훌륭하게 날려버리게 만들어졌다.

헤카테는 외부에 피해가 발생하지 않는 걸작이라고 자부했지만 그만큼 위력이 집중되기 때문에, 폭발에 휘말리면 하이 휴먼이라도 무사할 수 없었다.

"자폭 장치에 관한 건 잊어버리라고. 바로 작업을 시작하고 싶은데, 우선적으로 복구해야 하는 곳이 있어?"

"글쎄요……. 수업을 바로 재개할 수는 없을 테니까 일단은 학교 건물 옆에 병설된 기숙사부터 부탁드릴게요. 멀리서 유학 온 학생들이 여관에서 오래 머물려면 부담이 클 테니까요."

엘쿤트에 유학 중인 학생은 제법 많았는데 일부 유복한 사람을 제외하면 대부분 기숙사 생활을 했다.

기숙사비가 조금 들긴 하지만 여관에서 계속 지내는 것보다는 훨씬 저렴했다.

몬스터의 습격에 도시의 여관도 무사하진 못했으므로 지낼 곳이 마땅치 않을 것이다. 학생들을 생각하면 기숙사부터 복구하는 것이 급선무였다.

"좋아, 그러면 바로 시작할게. 오늘 중에 끝내서 마음 놓고 쉴 수 있게 해줘야겠지."

신은 시간이 아깝다는 듯이 기숙사가 있는 장소로 서둘러 이동했다.

그곳에는 반쯤 파괴된 건물이 있었다. 무사한 부분도 곳곳에 금이 가서 언제 무너져도 이상하지 않을 지경이었다.

"흐음, 흐음. 이 정도면 문제없이 할 수 있겠군."

스킬을 발동하자 신의 뇌리에 기숙사의 구조도가 펼쳐졌다.

희귀한 소재가 쓰인 건물은 아니라서 자재는 얼마든지 마련할 수 있었다. 무너진 잔해를 재활용해도 되므로 절대 부족하진 않을 것이다.

신은 잔해에 손을 갖다 대며 스킬을 발동했다.

머릿속에 펼쳐진 기숙사의 구조도가 신의 눈앞에서 실물 크기로 전개되기 시작했다.

신이 공중에서 손을 흔들자 잔해가 액체로 변화하더니 눈앞에서 전개된 구조도에 흡수되었다.

투명한 병에 물을 넣듯이, 잔해들이 구조도 안을 깨끗이 채워나갔다.

보이지 않는 지휘봉을 흔들어 물체를 조종하는 듯한 모습이었다.

"나머진 살짝 손을 써서—."

"신 씨?"

작업을 지켜보던 히라미는 방금 전에 언급한 자폭 장치를 잊지 않았는지 뒤에서 신의 어깨를 붙잡았다. 장난을 절대 용납하지 않겠다는 목소리였다.

"기다려봐. 이상한 걸 하려는 게 아니라고. 모처럼 작업하는 김에 벽의 강도를 좀 더 높이려는 것뿐이야."

"정말이에요?"

"당연하지."

신은 당치않다는 표정으로 대답했다. 능력은 의심할 바 없지만 인격은 의심받기도 하는 게 하이 휴먼이었다.

신은 다시 한번 능력을 조작해 강도를 30퍼센트 정도 끌어올렸다.

거의 완성되어가던 기숙사 건물이 희미하게 빛나더니 무너지기 전과 똑같은 모습으로 되돌아왔다. 학생들이 사용하던 가구와 소지품들은 밖에 그대로 남아 있었다.

그중에는 건물이 붕괴될 때 함께 부서진 것도 많았다.

"이건 나도 어쩔 수 없어. 네게 맡길게."

자세히 조사해보면 고칠 수도 있겠지만 지금은 건물 쪽이 먼저였다. 실내 물품은 히라미에게 맡기기로 했다.

"내부 구조는 무너지기 전과 똑같아. 가구는 내 능력 밖의 일이라 일단 참고 쓸 수밖에 없어."

침낭 같은 것이 있다면 조금은 지낼 만할 것이다. 어쨌든 이제 학생들이 밖에서 나돌 일은 없게 되었다.

히라미는 즉시 마사카도에게 심화를 보내 학생들에게 연락을 취하라고 지시했다.

마사카도는 학교 건물에 남아 기숙사가 복구되는 것을 기다리고 있었다.

"자, 그러면 다음 건물로 가자."

스킬을 사용한 재건 작업은 전문가들도 새파랗게 질릴 만한 속도로 이루어졌다.

구조 파악과 재구축, 덤으로 강도 향상까지 더해진 엘쿤트 마법 학교는 그날 중에 원래 모습을 되찾을 수 있었다.

✝

"저기, 저를 왜 부르신 겁니까?"

"정말로 몰라서 물으시는 거예요?"

도시의 복구 작업을 돕던 신 일행은 모험가 길드의 호출을 받고 엘쿤트 지부 건물에 와 있었다.

자세한 사항은 길드에서 이야기할 거라고 전달받았는데, 도착하자마자 바로 응접실로 안내되었다.

호출된 이유를 몇 가지 정도로 추측할 수는 있었지만 무엇하나 확실한 것은 없었다.

"복구에 협력하고 계시다는 건 잘 알아요. 하지만 바로 그런 이유로 모험가 길드에 모실 수밖에 없었어요."

"네, 네에……."

접수 여직원의 말에 따르면 도시 복구 작업을 진행하면서 길드가 정부와 협력하게 되어 능력에 맞춘 지명 의뢰가 시작되었다.

신 역시 능력을 구조 협력에 사용해주리란 기대를 받았지만, 정작 본인은 길드와 상관없이 닥치는 대로 구조에 나서고 있었다.

"저희도 여러분께 감사드리고 있어요. 두 분이 안 계셨다면 더 많은 사상자가 나왔겠죠. 하지만 말이죠, 저희를 통해 수속을 밟지 않으신 탓에 신 님의 공적을 제대로 평가해드릴 수 없게 되었습니다."

정식으로 의뢰를 받지 않은 경우에는 길드에서 제대로 평가를 내릴 방법이 없다고 한다.

신은 워낙 엄청난 일을 해냈으므로 아예 없던 일로 넘어갈수야 없겠지만, 정식으로 수속을 밟는 경우보다 훨씬 낮은 혜택을 받게 된 것이다.

"보수도 적게 받으실 테고…… 이 나라의 국민으로서 너무 면목이 없어서요."

"아…… 그랬군요. 괜히 죄송하네요. 하지만 저희는 처음부터 보수 같은 걸 바라고 한 일이 아닙니다. 다음부터 신경 쓰긴 할게요."

다음에도 이런 경우가 생기는 건 사양하고 싶은 게 본심이었지만 신은 굳이 언급하진 않기로 했다.

"부탁드릴게요. 그리고 이게 신 님께 배정된 지명 의뢰입니다."

접수 여직원이 책상 위에 놓인 파일에서 한 장의 의뢰서를 꺼내 내밀었다. 내용은 무너진 건물의 잔해 철거 및 생존자 구출 지원이었다.

신의 높은 전투력을 보고 완력이 상당히 강하다고 생각한 듯 했다. 사건 이후로 날짜가 꽤 지난 시점이라 인명 구조는 크게 기대하지 않는다는 조건이 붙어 있었다.

"신 님과 유키 님의 활약은 저희도 많이 들었습니다. 의뢰를 수락해주시면 조금이나마 공적에 더 반영할 수 있게 될 거예요."

신과 슈니의 【스루 사이트(투시)】와 흙 마법 스킬을 조합하면 매우 효과적으로 작업할 수 있었다.

잔해 속에 남겨진 생존자를 찾아낸 뒤 마법 스킬로 안전을 확보하는 방법이었다.

원래는 신중히 진행해야 하는 잔해 철거도 생존자를 신경 쓰지 않고 빠르게 해치울 수 있었다.

모험가나 위병들은 이번처럼 잔해에 파묻힌 사람들을 구조하기 위한 훈련을 받은 적이 없었다.

그러나 오로지 완력에만 의지해서 잔해를 철거한다면 이야기가 달라진다. 현장에서 씨름하던 사람들도 신 일행의 활약을 보며 감사를 표하곤 했다.

"저희도 의뢰를 거절할 이유는 없습니다."

신은 의뢰 용지에 서명했다. 의뢰의 기한은 정해져 있지 않았고 수락한 측에서 언제든 자유롭게 그만둘 수도 있었다. 공적이 인정되고 보수가 지급되지만 어디까지나 임시 구조 요원으로 취급되는 모양이었다.

심사 방식 등은 길드의 기밀이며 자유롭게 복구 활동을 하면 된다고 한다.

자유롭게 움직이는 모험가들을 어떻게 심사하는지 궁금해졌지만 지금은 그런 것을 따질 때가 아니라고 생각하며 궁금증을 접어두었다.

두 사람은 길드에서 나온 뒤에 바르간의 공방이 위치한 지구로 향했다.

"이 근처에는 무너진 건물이 적네. 역시 공방 지구인 건가."

"유사시에 외부 피해가 나지 않도록 강도를 높여야 했을 거예요."

이 세계의 공방은 기본적으로 상당히 튼튼하게 만들어진다. 이 세계에는 과학 말고도 마법이라는 기술이 존재하기 때문이다.

과도하게 저장된 마력이 폭발할 가능성도 있으므로 외부로 피해가 번지지 않게 해야 하는 것이다.

그 부차적인 효과로 외부의 공격에도 강하게 버틸 수 있었다.

공방 지구에도 몬스터들이 쳐들어왔지만 건물이 워낙 튼튼하다 보니 상점가나 여관 지구보다는 피해가 훨씬 적을 수밖에 없었다.

"문제는 그런 건물이 파괴되면 일반 건물보다 잔해가 무겁고 커서 쉽게 치울 수 없다는 거겠지. 그래서 우리를 찾게 된 거고."

현실 세계였다면 중장비를 동원해도 작업이 난항에 빠졌을 것이다.

이 세계의 독자적인 자재로 만들어져 무게와 강도의 차원이 다른 탓이다.

"여어, 너희들이군."

"아저씨도 잔해 철거를 돕는 거야?"

"휴먼보다는 힘이 세니까 말이다. 그리고 지금은 검이나 갑옷을 만드는 것보다 이쪽 일이 훨씬 중요하지 않느냐."

지난 전투에서 바르간의 공방에는 아무 피해도 없었고 제자인 바르도 무사하다고 한다. 튼튼한 건물 덕분에 피해가 적었던 게 틀림없었다.

또한 대부분의 몬스터가 사람보다 몸집이 크다 보니 공방 안으로 들어오지 못한 것도 다행이었다.

튼튼한 공방 안에 숨으면 적어도 인적 피해는 막을 수 있는 셈이다.

"예상은 했지만 꽤나 힘이 좋군."

"나 같은 사람이 전혀 없는 건 아니잖아? 상급 모험가라면 드물지도 않지."

"그야 나도 안다만 넌 차원이 다른 수준이 아니냐. 뭐, 저기 있는 아가씨보다야 위화감이 적긴 하다만."

바르간은 남자인 신이 힘이 세더라도 그 정도로 이상하진 않다고 말했다. 대장장이 일을 하다 보면 선정자와 자주 만나기 때문이다.

다만 여성인 슈니가 가느다란 팔로 자신보다 몇 배는 큰 잔해를 가볍게 들어 올리는 모습은 바르간마저 넋을 잃고 볼 수밖에 없는 모양이었다.

신도 만약 자신이 게임 시절의 능력을 갖고 있지 못했다면 똑같이 느꼈을 거라고 생각하며 쓴웃음을 지었다.

신 일행이 가세한 뒤로는 엄청난 속도로 작업이 진행되었고 무너진 공방의 수도 많지 않았기에 지구 내의 잔해 철거 작업은 그날 안에 마무리되었다. 구조자는 없었다.

"생각해보면 엘쿤트에서 지낸 지가 꽤 됐네."

숙소로 돌아와 저녁 식사 후에 휴식을 취하던 신이 불쑥 말했다.

이쪽 세계에 온 뒤로 한 나라에 한 달 가까이 머무는 것은 처음이었다.

히노모토에서 체류한 기간도 제법 길었지만 같은 곳에서만 지내지는 않았으므로 오래 머물렀다는 느낌은 들지 않았다.

"파티가 따로따로 흩어진 건 처음이니까요."

이 세계에 처음 왔을 때는 신 혼자였다.

거기에 유즈하가 가세하고 슈니와 티에라가 가세하면서 어느새 지금은 총 여섯 명의 사람과 두 마리의 몬스터로 구성된 어엿한 파티를 이루게 되었다.

히노모토에 도착하기 전에 신이 파티를 떠난 적도 있었지만, 그때는 각자 흩어진 것이 아니라 신이 혼자서만 이탈한 것뿐이었다.

그런 생각을 하는 사이 오른팔과 오른쪽 어깨에 부드럽고 따뜻한 무언가가 닿았다.

"하지만 저는 이런 시간이 조금 더 이어져도 괜찮을 것 같아요."

슈니가 신에게 몸을 기대며 말했다.

다른 멤버들은 어지간해선 걱정할 일이 없었으므로 아와리티아가 사라진 지금을 안온하게 보낼 수 있었다.

"그래. 슈니는 다른 사람이 있으면 부끄러워서 마음껏 애정 표현을 안 해주잖아."

"그건……! ……너무 부끄럽……잖아요."

얼굴이 새빨개진 슈니는 엉뚱한 곳을 쳐다보며 중얼거렸다.

그녀는 진지한 성격 탓인지 남들 앞에서 노골적인 애정 행각을 벌이지 못했다. 누군가가 먼저 도발하기라도 하면 꼭 그렇지도 않았지만 말이다.

"게다가 필마하고 세티는 분명 꼬치꼬치 캐물으려고 들 거예요. 머지않아 합류하면 어떻게 될지 걱정이네요."

남의 연애사를 여자 동료들이 가만 내버려 둘 리는 없었다. 이런 이야기는 어느 세계에서나 흥미진진하게 받아들여지는 법이다.

"난 별로 상관없는데. 어차피 전부 다 털어놓을 건 아니잖아?"

"안 돼요! 절대 안 돼요! 그 두 사람이라면 이때다 싶어서 마구 놀려댈 거라고요!"

신은 이참에 당당히 밝혀도 상관없었지만 당황하는 슈니가 귀여워서 잠자코 있기로 했다. 보기만 해도 마음이 흐뭇해지는 모습이었다.

신도 슈니의 머리를 쓰다듬으면서 이런 시간이 앞으로 얼마나 지속될 수 있을지 생각해보았다.

그때였다.

신의 시야 끄트머리에서 메시지 수신을 알리는 표시가 반짝였다.

"티에라가 보낸 거네."

"메시지가 왔나요?"

신이 중얼거리자 그의 손길을 기분 좋게 느끼던 슈니도 얼굴을 들었다.

"응, 어디 보자— 어…… 이거 또 성가신 일이 생겼나 본데."

신은 메시지 내용을 읽더니 쓴웃음을 지었다.

평온한 시간은 이걸로 끝난 모양이었다.

"무슨 일이 있었나요?"

"응. 티에라하고 슈바이드가 세계수를 부활시키기 위해 노력하던 건 알고 있지? 아무래도 그게 잘 안 되면서 상당히 성가신 일이 생긴 것 같아."

†

다음날 신 일행은 티에라, 슈바이드가 있는 곳으로 향할 준비를 하며 지인들에게 엘쿤트를 떠난다는 사실을 알리기로 했다.

지금까지 거쳤던 나라에선 조용히 떠나곤 했지만 엘쿤트에서는 왕족부터 전 플레이어에 이르기까지 인연을 맺은 사람이 적지 않았다.

또 잔소리를 듣지 않도록 길드에 떠난다는 사실을 통보한 뒤에 맨 먼저 향한 곳은 히라미가 일하는 마법 학교였다.

전 플레이어끼리 무슨 일이 있으면 서로 연락하자는 이야기를 했을 때 어디서 이야기를 들었는지 룩스리아가 들어왔다.

"벌써 가려고? 좀 더 느긋하게 머물다 가면 좋을 텐데."

룩스리아는 신의 오른손을 자신의 가슴 쪽으로 끌어당기면서 서글픈 표정을 지어 보였다. 굳이 말을 꺼내지 않아도 여기 더 있어달라는 뜻이 전해지는 눈빛이었다.

"동료들에게서 연락을 받았거든. 조금 귀찮은 일에 말려들게 됐나 봐. 같은 파티원 사이에 모른 척할 수는 없잖아?"

신은 룩스리아의 눈빛만으로도 웬만한 선정자는 다 넘어갈 것 같다는 생각을 하면서도 그녀의 손을 천천히 풀어냈다.

도움이 필요한 상황이 아니라면 그런 메시지를 보내지 않았을 것이기 때문이다.

"지인들에게 인사를 끝내면 바로 출발할 생각이야."

"너무 갑작스럽잖아⋯⋯."

"어쩔 수 없죠. 룩스리아 씨도 그만 단념하세요."

재회한지 얼마 안 되는 마사카도는 어깨를 축 늘어뜨렸고 히라미도 룩스리아를 달래며 그의 말에 동의했다. 다만 아쉬워하는 감정을 숨기진 않았다.

전 플레이어들은 게임 시절의 인연이 지금까지 이어져온

관계였다. 할 수만 있다면 같은 나라에서 지내고 싶은 것이리라.

"원래는 악마였는걸. 단념 못 하는 게 당연하잖아."

룩스리아도 잡아두기 힘들다는 것을 이해하고 있는 듯했다. 연기가 아니라 진심으로 아쉬워하고 있었다.

"……하지만, 그래. 어쩔 수 없지 뭐. 나도 따라가고 싶지만 여기에 애착이 생겨버려서 그럴 수도 없고."

마법 학교의 보건 교사. 어느새 그 직함에 완전히 익숙해진 모양이었다.

천사가 된 뒤로 보건실에서 왠지 모르게 엄숙한 분위기가 느껴진다는 소문을 마사카도가 언급했다.

"내가 딱히 뭘 한 건 아닌데 말이야."

"모처럼 이렇게 된 거, 좀 더 천사답게 행동해보는 건 어때?"

"신이 정숙한 스타일을 좋아한다면 한 번 생각해볼 수도 있는데?"

룩스리아가 슈니 쪽을 쳐다보며 받아치자 신은 두 손을 들며 항복 표시를 했다. 농담으로 꺼낸 말이었지만 자칫 잘못하면 농담으로 끝나지 않을 분위기였다.

"뭐, 어쨌든 많이 신세를 졌네요. 근처에 오면 꼭 들러주세요. 언제든 환영할 테니까요."

"다음번엔 내가 있을 때 와줘."

히라미는 아직 인사할 곳이 많은 그들을 위해 빨리 가보라고 재촉해주었다.

이대로 가다간 이야기가 끝날 것 같지 않았기에 신도 그 말에 응하기로 했다.

"아쉽지만 또 만날 날을 기대하고 있을게."

룩스리아는 결국 단념했는지 작별 인사를 꺼냈다.

신이 대답하려 하자 그녀는 얼굴을 가까이 갖다 대며 다음 말을 이어갔다.

"싸움이 끝난 뒤에 받은 그거 말인데, 왠지 네가 날 감싸주는 것 같은 기분이 들어서 당분간은 견딜 수 있을 것 같아. 다음엔 네가 직접 따뜻하게 해줘."

"잠깐, 무슨?!"

마지막 순간에 폭탄을 투하한 룩스리아의 입을 급하게 틀어막았지만 이미 때는 늦은 뒤였다.

멀리 떨어져 있던 히라미와 마사카도는 고개를 갸웃거릴 뿐이지만 신의 바로 옆에 있던 슈니가 듣지 못했을 리는 없었다.

신이 조심스레 시선을 돌리자 슈니는 평소와 다를 것 없는 미소를 짓고 있었다.

'등줄기가 오싹해질 만큼 평소 그대로네.'

신은 평소와 똑같다는 것이 이렇게나 무섭게 느껴질 수 있다는 사실을 실감했다. 능력치와는 상관없이 그녀에게 꽉 잡혀 있는 신세였다.

"자, 신. 슬슬 다음 장소로 가지 않으면 출발 전에 날이 저물 거예요."

"어, 어어, 그러네. 그러면 다들 잘 있어. 뭐든 곤란한 일이 생기면 부담 없이 연락해줘."

신은 슈니의 미소를 계속 신경 쓰면서 재빨리 학교에서 나왔다.

다음에 갈 곳은 시린이 있는 왕성과 바르간이 있는 공방이었다.

렉스 같은 학생들과도 작별 인사를 나누고 싶었지만 아와리티아 습격 사건의 여파로 학교가 어수선해서 한동안은 움직일 수 없다고 한다.

별수 없이 작별 선물로 아이템과 편지를 남겨 히라미에게 전해달라고 부탁해두었다.

"그런가. 벌써 떠나게 되다니 아쉽군. 남사르 공도 직접 감사 인사를 하고 싶어 했는데."

"동료들이 구원 요청을 보낸 거니까 말이죠. 아, 남사르 씨도 회복돼서 다행이에요."

남사르는 아직 혼자 힘으로 움직이긴 힘들지만 일단 의식을 되찾아 순조롭게 회복 중이라고 한다.

잠에서 깨어난 남사르는 이번 사건의 책임을 지고 기사단장의 자리에서 물러나려 했다.

그러나 크룬지드 왕은 실수를 만회할 만한 공적을 세우라는 말과 함께 그를 붙잡았다.

남사르가 아니면 파가르와 시린이 조종당했을 거라고 신이 이야기한 것도 한몫했던 것 같다. 남사르는 더욱 정진하여 왕국을 위해 싸우겠다고 선언했다.

만약 그가 은퇴한다면 뒤를 이을 만한 실력자가 없는 것도 사실이었다.

남사르와 두 용사는 엘쿤트에서 그 정도로 중요한 위치를 차지하고 있었다.

"그러면 저희는 이만 가보겠습니다. 시간을 빼앗아서 죄송하네요."

파가르와 시린은 훈련 시간에 잠깐 빠져나온 것이었기에 인사를 빨리 끝내기로 했다.

두 사람은 신 일행을 붙잡아 두고 싶어 하는 눈치였지만 동료들이 구원을 요청했다는 말을 듣자 체념하고 말았다. 결국은 쓴웃음을 지으며 배웅해주었다.

신도 왕성에 오래 머무르다간 성가신 일이 벌어질 것 같았기에 재빨리 빠져나왔다.

갑자기 사라지는 건 예의가 아니라는 생각에 깊은 인연을 맺은 사람들만 만나고 있지만 너무 오랜 시간을 소비할 수는 없었던 것이다.

두 사람은 빠른 걸음으로 길을 나아가서 이제는 익숙해진 공방 문을 열었다.

카운터에는 바르가 있었고 가까이에 세 명의 드워프가 보였다.

지금까지의 경험으로 비추어 그들은 분명 슈니를 보러 왔을 것이다.

"안녕하세요, 신 씨, 그리고 유키 씨— 왠지 서두르시는 것 같네요?"

"잘 아네. 갑자기 급한 일이 생겨서 바로 떠나게 됐거든. 아무 말도 없이 가기는 좀 그래서 인사하러 온 거야."

"……?!"

"아쉽게 됐네요. 사부님도 안타까워하실 거예요."

바르는 신의 말을 듣고 눈을 크게 뜬 뒤에 어깨를 축 늘어뜨렸다.

근처에 있던 드워프 3인조도 세상이 끝나버린 것 같은 표정을 짓고 있었다.

"아저씨는?"

"장인들의 모임에 가셨어요. 급한 불은 껐지만 도시가 복구되려면 아직 멀었으니까요. 언제쯤 출발하시나요?"

"이런. 우리는 오늘 출발할 거야. 마차에 타는 것보다 직접 달려가는 게 빠르니까 따로 준비할 게 많진 않거든."

"어, 오늘이라고요?!"

바르는 찾아온 당일에 출발할 거란 생각은 못했는지 놀라는 반응을 보였다.

"그래서 서두르는 거야. 바르간 씨에게는 다음에 또 대장일 이야기로 꽃을 피우자고 전해드려."

"……알겠습니다. 조심해서 가세요."

신 일행은 바르와 드워프 3인조의 배웅을 받으며 성문 쪽으로 이어지는 길을 걸어갔다.

드워프 3인조가 눈물지으며 손수건을 흔드는 모습이 꽤나 인상적이었다.

"자, 그럼 가자."

"네."

신과 슈니는 엘쿤트 성문을 나와서 남들 눈에 띄지 않는 곳까지 이동한 뒤에 달려가기 시작했다.

달리는 동시에 【하이딩(은폐)】을 발동시켰기에 여기서부터는 사람들의 시선을 아랑곳하지 않고 속도를 낼 수 있었다.

목적지는 『라나파시아』로 불리는 엘프 정원이었다.

신은 처음 듣는 이름이었지만 슈니는 전에 가본 적이 있다고 한다.

"세계수의 부활이라. 티에라의 메시지를 보면 완전히 말라 죽은 건 아니라고 하니까 잘되면 좋을 텐데."

"글쎄요. 저는 그보다 티에라가 더 걱정되네요."

"티에라가? 무슨 소리야?"

슈니의 표정과 목소리에서 신도 불안한 예감을 느꼈다.

"라나파시아 정원은 티에라의 고향이거든요. 논의가 진전이 없다고 메시지에 적혀 있던 것도 그 때문일 거예요."

"······그랬구나."

신의 머릿속에서 언젠가 봤던 영상이 스쳐 지나갔다. 티에라가 한 여성의 시체를 끌어안고 우는 장면이었다.

"티에라는 이제 성인이니까 그렇게까지 걱정할 필요는 없을지도 모르죠. 하지만 혹시 모르니까 이 점을 잘 기억해주세요."

"알았어."

슈니는 꽤나 강한 위기감을 느끼는 것 같았다.

생각해보면 티에라가 고향을 잃은 뒤로 쭉 함께 지낸 사람이 슈니가 아닌가. 신보다도 훨씬 오랫동안 알고 지낸 사이인 것이다.

신은 자신보다는 잘 알 거라고 생각하며 슈니에게 고개를 끄덕여 보였다.

어쨌든 수백 년에 이르는 세월이 지난 만큼 고향에 대한 티에라의 감정이 정리되었어도 이상할 것은 없었다.

"그건 그렇고 고향 근처로 이동되다니. 왠지 의도적이라는 느낌이 드는데."

생각해보면 티에라의 고향이 무슨 이름인지는 들어본 적이 없었다.

메시지에도 그에 관한 내용은 적혀 있지 않았고 신은 티에라가 저주의 칭호를 얻은 뒤에 무슨 일을 겪었는지도 대략적으로밖에 알지 못했다.

세계수의 무녀라는 특이한 존재라서 그런지도 몰랐다.

다만 유즈하와 카게로우뿐만 아니라 경험이 풍부한 슈바이드도 함께 있었다. 만약 정말 위험한 상황에 놓였다면 그들도 심화로 연락했을 것이다.

메시지에는 자세한 내용까지 적혀 있지 않았지만 아무래도 상황이 교착 상태에 빠진 것 같았다. 그것을 타개하기 위해 신과 슈니의 힘을 빌리려 한 것이다.

"어쨌든 서두르면서 적당히 쉬자."

그들은 밤에는 달의 사당에서 푹 쉬고 나머지 시간은 이동에 전념했다. 최대 속도로 움직이면서도 피곤하지 않은 상태로 라나파시아에 도착하기 위해서였다.

"알겠어요. 아, 그러고 보니 물어볼 게 있으니까 밤에 잠깐 시간을 내주세요."

"그래, 알았어."

신은 슈니의 말에 가볍게 대답했다.

그러나 신은 까맣게 잊고 있었다. 일각을 다투는 긴박한 상황이 아닐수록 오히려 피해 갈 수 없는 경우도 있다는 사실을 말이다.

"룩스리아 씨가 신에게 감싸인 것 같다고 했는데, 그게 무슨 뜻인지 정확히 설명해줄 수 있겠죠?"

"으윽?!"

그날 밤 신이 어떤 식으로 설명하고 그 결과 어떤 일을 하게 되었는지는 두 사람만의 비밀이다.

†

엘쿤트를 떠난 지 1주일째 되었을 때 신과 슈니는 라나파시아 정원에 도착했다.

일반적인 마차로 한 달 넘게 걸리는 거리이지만 높은 능력치를 활용한 고속 이동으로 시간을 단축한 것이다.

마차처럼 숲이나 암석 지대를 우회할 필요가 없으므로 이동 거리 자체도 더 짧았다.

슈니가 몇 번 방문한 적이 있었던 것도 다행이었다.

신 혼자였다면 지도와 지형을 대조하며 나아가느라 좀 더 고생했을 게 틀림없었다. 내비게이션 기능 같은 건 없으니까 말이다.

"도착하긴 했지만 아무래도 환영받는 것 같진 않군. 엄청 노골적으로 노려보고 있잖아."

"이상하네요. 전에 왔을 때는 이 정도로 경비가 삼엄하진 않았는데요."

라나파시아 외곽의 숲과 초원이 명확히 구분되는 곳부터가 영내라고 슈니는 말했다.

픽시의 『동산』과 비슷하게 마법 결계로 몬스터의 침입을 막아낸다고 한다.

성벽이 없어 무방비한 것처럼 보이지만 실제로는 정원 안으로 들어갈 수 있는 장소는 한정되어 있었다.

그러나 그것에만 의지할 만큼 엘프는 어리석지 않다. 몬스터가 침입할 수 있는 외곽에는 방어 능력을 갖춘 병사들이 배치되어 있었다.

그중에서도 정원으로 들어가는 입구 주변에 특히 많았다. 그들이 문지기인 셈이다.

어떻게 보면 그들 덕분에 숨겨진 입구의 위치를 찾기 쉬워진다고도 할 수 있었다.

"엘프와 휴먼인가. 이곳부터는 우리 나라의 영내이니 의도치 않게 들어온 것이라면 즉시 돌아가라."

모습을 드러낸 엘프 중에서 특히 좋은 장비를 갖춘 엘프가 신과 슈니를 향해 외쳤다.

장수 종족인 만큼 엘프 대부분이 젊어 보였지만, 신을 향해 소리친 엘프는 휴먼으로 치면 40~50대 정도의 외모였다.

실제로 그만큼 나이를 먹은 것이리라. 날카로운 눈빛이 신 일행의 마음속을 꿰뚫어 보는 듯했다. 다만 험악한 분위기를 드러내면서도 다짜고짜 공격할 기미는 보이지 않았다.

─【애너하이트 루델리아 마궁사 레벨 233】.

【애널라이즈】가 엘프의 정보를 간파해냈다. 엘프 중에서도

레벨이 특히 높았다.

직업은 마검사의 궁술 버전인 마궁사였다.

스킬을 잘 구성하면 혼자서 다수의 적을 섬멸할 수도 있어 게임 시절에도 인기가 많은 직업이었다.

"우리는 라나파시아에 용무가 있어서 찾아왔습니다. 여러 분과 대적할 의도도 없습니다."

"입국 희망자로군. 신분을 증명할 만한 것이 있는가?"

신은 신분증으로도 쓰인다는 모험가 카드를 꺼냈다. 다만 모든 나라에서 통용되진 않는다고 했으므로 정 안되면 티에라에게 와달라고 할 생각이었다.

"흐음, 모험가인가. 아니…… 랭크 A라고?"

엘프는 모험가 카드에 적힌 랭크를 보더니 얼굴을 찡그리며 신을 바라보았다.

신은 놀라는 반응에 익숙해진 지 오래지만 눈앞의 엘프는 놀라움 외에도 적의에 가까운 경계심을 드러내고 있었다.

슈니의 카드도 보았을 테지만 그에 관해서는 별다른 반응이 없었다. 그녀가 C랭크이기 때문일 것이다.

"제 랭크가 무슨 문제라도……?"

"……아니, 실례했군. 보아하니 상당히 젊은 나이 같은데, 랭크 A의 휴먼이라면 보통 어느 정도 연륜을 갖춘 자라는 인식이 있어서 말이지."

엘프 남성은 금세 표정을 풀며 대답했다. 처음에는 목소리를 높여 위압적으로 소리쳤지만 대화를 나눌 때도 그런 말투를 사용하진 않는 모양이다.

젊어서부터 A랭크로 올라선 인물이라면, 신이 바로 떠올릴 수 있는 건 빌헬름 정도였다.

그러나 빌헬름은 선정자였다. 그 외의 실력자들도 전 플레이어와 서포트 캐릭터 등으로 일반인과는 거리가 멀었다.

보통은 베일리히트의 길드 마스터 발크스처럼 나이가 많을 것이다. 물론 발크스 역시 선정자였지만 말이다.

"그래서 고랭크 모험가가 우리 나라에는 대체 무슨 용건인가? 이곳에는 모험가 길드가 없으니까 제작 재료를 수집하더라도 인접 국가까지 품질을 유지한 채 가져가기 힘들 텐데."

"목적은 따로 있습니다. 그런데 길드가 없다고요? 저는 당연히 모든 나라에 지부가 존재하는 줄 알았는데요."

국경을 초월한 조직인 모험가 길드는 대부분의 나라와 도시에 지부를 두고 있었다.

신이 지금까지 여행하는 동안에도 나름대로의 규모를 갖춘 도시와 국가에서는 모험가 길드를 찾아볼 수 있었다. 물론 작은 어촌 같은 곳에는 없었지만 말이다.

그러나 모험가 길드가 없음에도 애너하이트는 모험가의 랭크에 대해 정확히 이해하고 있는 것 같았다.

"우리 정원은 외부와의 교류가 그리 많지 않으니까 말이지. 나라의 규모도 다른 곳에 비해 꽤 작은 편이라 독자적인 전력만으로도 몬스터의 침략을 막아낼 수 있다. 그러다 보니 외부에서 찾아오는 자들은 거의 없지."

유명한 관광지가 있다거나 귀중한 제작 재료나 진귀한 몬스터를 찾아볼 수 있는 것도 아니었다.

세계수의 존재는 애초부터 비밀로 유지되고 있었다.

신은 티에라와 슈니에게서 들어 알고 있었을 뿐, 만약 혼자서 여행했다면 라나파시아에 올 일도 없었을 것이다.

"정확히 말하자면 우리는 티에라라는 이름의 엘프를 만나러 왔습니다. 라나파시아의 정원에 머무르고 있다는 연락을 받았거든요."

분명히 밝히지 않으면 들여보내지 않을 분위기였기에 신은 티에라의 이름을 언급했다.

"티에라 님을?"

"님……?"

신이 예상했던 것과는 약간 다른 반응이었다.

애너하이트에게 티에라는 '님'이라는 호칭으로 불러야 하는 존재인 것 같았다.

애너하이트는 신을 물끄러미 바라보았다. 뒤에 버티고 선 엘프 중 일부가 활시위에 화살을 걸기 시작했다.

"살벌하네요."

신은 엘프들의 모습을 주시하며 애너하이트에게 말을 건넸다. 애너하이트도 다른 엘프들의 움직임을 모를 리는 없었다.

"현재 정원 안이 조금 어수선해서 말이지. 자네 같은 강자가 나타나면 불필요한 소동이 벌어지지 않을까 하는 염려가 드는군."

애너하이트는 명쾌하게 말했다. 다른 엘프들만큼 적대적이진 않아도 환영해줄 생각은 없는 듯했다.

신과 슈니는 아직 공격받은 것이 아니기에 가만히 있었지만 화살이 날아오면 상응하는 대응을 할 생각이었다.

현재 상황만 봐도 티에라가 편지에 적은 것 이상으로 성가신 일에 말려들었다는 확신이 들었다.

"소동을 일으킬 생각은 없으니 들여보내 주시지 않겠습니까?"

"미안하지만 조금 기다려줄 수 있겠는가? 아까도 말했지만 자네의 존재는 소동의 불씨가 될 수 있네. 평범한 휴먼이라면 우리도 이 정도로 경계하진 않았을 거야."

애너하이트는 신의 부탁에도 불구하고 들여보낼 수 없다는 입장을 고수했다.

서로의 주장이 팽팽히 맞서는 상황이었다. {아직} 억지로 밀고 들어갈 만한 상황은 아니었기에 신은 일단 물러서기로 했다.

"어쩔 수 없군요. 여러분들도 직무를 수행해야 하는 입장인데 여기서 제가 떼를 쓰면 더 곤란해지시겠죠. 다음에 다시 오겠습니다."

"고맙군. 엘프 동료가 있으니 잘 알 테지만 몰래 숨어들 생각은 말게. 그렇게 되면 우리도 지금 하는 것 이상으로 직무를 수행해야 되니까 말이야."

"하하, 그런 무모한 행동은 안 합니다."

서로 미소를 짓고 있지만 대화 내용은 험악하기 그지없었다.

그리고 신은 숨어드는 게 무리가 아니라는 말은 한 마디도 하지 않았다.

†

"이거, 우리들끼리는 들어가기 힘들겠어."

조금 떨어진 장소로 이동한 뒤에 신은 고개를 내저었다.

"상당히 경계하고 있네요. 제가 없었으면 더 직접적인 행동에 나섰을지도 모르겠어요."

슈니는 애너하이트가 있는 위치를 바라보며 말했다.

신의 옆에 동포인 엘프 — 정확히는 하이 엘프지만 — 가 함께 있었기 때문에 화살을 겨누는 단계에서 멈추었다는 것은 그 역시 동의하는 바였다.

애너하이트조차 신이 말을 꺼내기 전에는 슈니만을 보고 있었다.

한 가지 덧붙이자면 화살을 겨누지 않은 엘프들의 시선도 슈니에게 집중되고 있었다. 미인 종족인 엘프 중에서도 슈니의 외모는 특별히 뛰어난 것 같았다.

"그런데 티에라 {님}……이라."

신과 슈니는 라나파시아 정원에서 벗어나 평범한 숲에 와 있었다. 하지만 그곳에서도 누군가에게 감시당하는 기척은 사라지지 않고 있었다.

아마 【원시(遠視)】와 【투시】를 함께 사용하고 있는 것이리라. 신 역시 게임 시절에 자주 활용하던 스킬 조합이었다.

"티에라는 원래 세계수의 무녀였으니까 그런 경칭으로 불리는 게 이상할 건 없지만……."

"보통 추방당한 뒤에도 그렇게 불리진 않지."

상응하는 지위와 능력이 있어야만 사람들의 존중과 공경을 받게 된다. 그러나 티에라는 고향에서 한 번 추방당한 몸이었다. 그러니 예전과 동일한 대접을 받을 리는 없다.

"저주가 풀렸다는 건 눈으로 보면 알 수 있잖아?"

"네. 엘프라면 얼핏 봐도 바로 알아챌 거예요. 그것 때문일 가능성이 높은…… 게 아니라 그거 말고는 이유를 못 찾겠네요."

"뭐, 역시 그렇겠지."

무녀의 힘으로도 어쩌지 못한 그 저주야말로 티에라가 고향에서 추방된 원인이었다.

그것이 사라졌다면 무녀로서의 지위를 충분히 되찾을 수

있을 것이다. 어쩌면 지금까지 누구도 해내지 못한 일을 성취했다며 더욱 칭송받게 되었을지도 모른다.

게다가 티에라의 능력은 고향에서 추방된 시점과 비교도 되지 않을 만큼 상승한 상태였다. 그것만으로도 사람들의 태도가 바뀌기엔 충분했다.

"어쨌든 빨리 만나는 게 좋겠어. 슈바이드를 통해 연락해볼까?"

"그게 좋겠어요. 티에라가 직접 나선다면 저들도 들여보내지 않을 수 없겠죠."

권력에 기대는 것 같아 꺼림칙하긴 했지만 일단은 합류하는 게 먼저였다. 몰래 숨어드는 것보다는 당당히 들어가는 편이 이후에 활동하기도 편할 것이다.

신은 바로 슈바이드에게 심화를 보냈다.

『신. 메시지는 무사히 도착했나 보오.』

『그래. 우리는 이미 라나파시아 밖에 와 있어. 그런데 안으로 들여보내 주지 않아. 어떻게 된 거야?』

『슈니가 있으니 잘 넘어갈 수도 있을 것 같았소만, 역시 안 됐군. 자세한 이야기는 합류한 뒤에 하기로 하오. 이쪽에서 사람을 보내겠소이다.』

『알았어.』

신은 전령이 언제쯤 도착할지를 확인한 뒤에 심화를 끊었다. 직접 대화한 것은 아니지만 슈바이드의 목소리가 왠지 모르게 피곤해 보였다.

"어떻게 됐나요?"

"사람을 보내겠대. 자세한 이야기는 직접 만나서 하기로 했어."

신은 슈니와 함께 숲을 나와 문지기들이 있는 곳으로 느릿하지만 정확히 걸어갔다. 애너하이트는 처음부터 두 사람을 주시하고 있었다.

"꽤나 빨리 돌아왔군. 설마 답답해서 정면 돌파라도 하려는 것인가?"

방금 전에 물러났던 신 일행이 천천히 걸어오는 것을 본다면 무언가 꿍꿍이가 있다고 생각할 만했다.

"설마요. 그럴 의도였다면 아까 마법으로 공격했을 겁니다."

신은 경계하는 문지기들을 향해 온화하게 대답했다.

전령이 와줄 테니 굳이 소동을 일으킬 필요는 없었다. 쓸데없는 도발로 일이 틀어지기라도 하면 큰일이었다.

"이참에 분명히 말해두지만, 아무리 설득해도 넘어가진 않을 걸세."

"그렇겠죠. 하지만 그렇다고 가만히 있을 수도 없지 않겠습니까?"

신은 전령이 올 때까지 애너하이트에게서 조금이라도 정보를 얻어낼 생각으로 대화를 이어갔다.

지인을 만나러 왔다는 태도를 유지하면서 티에라와는 전에 함께 여행을 한 사이라고 설명해두었다.

아내인 슈니를 통해 알게 되어 함께 행동하게 되었다는 이야기였다.

"대장님, 본가의 사자라고 하는 자가 찾아왔습니다."

"뭐?"

대화 도중에 숲속에서 나타난 엘프가 애너하이트에게 귓속말을 했다. 신은 엿듣기 스킬을 통해 내용을 들을 수 있었다.

"본가의 사자가 무슨 일로…… 음!"

당황한 애너하이트가 생각을 정리하기도 전에 또 한 명의 엘프가 안쪽에서 모습을 드러냈다.

푸른 머리카락과 푸른 눈동자가 신의 눈에 들어왔다. 등 뒤까지 내려오는 머리카락은 색이 짙은 반면 눈동자 색은 옅었다.

무녀복을 연상시키는 헐렁한 옷을 걸친 엘프 여성은 애너하이트 일행의 제지도 듣지 않고 신과 슈니를 향해 걸어왔다.

"신 님, 그리고 유키 님이시죠? 티에라 님이 두 분을 찾으십니다. 안내해드릴 테니 따라와 주시겠습니까?"

"알겠습니다."

"사자님!"

신이 고개를 끄덕이자마자 애너하이트가 끼어들었다.

"어떻게 된 일인지 설명해주시기 바랍니다. 지금이 어떤 상황인지 모르십니까?!"

명령 계통이 서로 다른 것이리라. 애너하이트는 잠자코 따를 생각이 없어 보였다.

"티에라 님이 필요하다고 판단하셨습니다. 그렇다면 저희는 그에 따르는 것이 의무겠지요."

"유키 공은 그렇다 쳐도 신 공은 휴먼입니다. 그게 무슨 의미인지 모를 만큼 어리석진 않으실 텐데요."

"그 휴먼이 필요하다고 방금 말씀드렸습니다. 게다가 티에라 님의 일행이신 슈바이드 님도 같은 이야기를 하셨고요. 그분은 충분히 신뢰할 만하다는 걸 그대도 알고 계시지 않습니까?"

"그건……. 허나 더 이상 다른 종족을 안에 들였다간 당주를 자극하게 될 겁니다."

두 사람은 언성을 높이진 않았지만 각자의 주장을 조금도 양보하지 않고 있었다.

애너하이트는 세계수 외에도 무언가를 신경 쓰는 듯했다. 아마 그것에 티에라도 관여하고 있는 것이리라.

"저도 그 정도는 알고 있습니다. 하지만 우선해야 할 것은 세계수겠지요. 그분은 세력 확대에 너무 얽매이고 계십니다."

"……어쩔 수 없는 것 같군요. 방금 말은 못 들은 걸로 하겠습니다."

심상치 않은 대화가 끝난 뒤, 사자는 다시금 안내하겠다는 말과 함께 걸어가기 시작했다. 신과 슈니도 그 뒤를 따랐다.
애너하이트는 더 이상 아무 말도 하지 않았다.

경계를 넘어 정원 안으로 들어가자 평범한 숲으로만 보이
던 곳에서 길을 걸어가는 엘프들과, 나무와 함께 조화롭게 지
어진 집들이 나타나기 시작했다.

숲과 초원의 경계는 말 그대로 나라의 안과 밖을 구분 짓고
있었던 것이다.

신과 슈니는 안내자 여성 ― 라일라라는 이름이었다 ― 의
지시에 따라 대기하고 있던 마차에 올라탔다.

마차에는 쿠션이 깔려 있었고 길도 잘 정비되어 흔들림이
거의 없었다.

자세히 살펴보니 달의 사당이나 시우옥 정도는 아니더라도
이 세계에서 흔히 볼 수 없는 고급 기술이 반영되어 있었다.

수명이 긴 엘프는 스킬 레벨도 높을 거라고 신은 예상했다.

눈앞에 조용히 앉아 있는 라일라도 레벨이 240이나 되었다.
선정자는 아닐 수도 있겠지만 이 세계에서는 상당한 실력자
에 속할 것이다.

"무슨 일 있으신가요?"

"아니요. 그러고 보니 자기소개를 아직 안 한 것 같아서요."

"저는 단지 안내자일 뿐입니다. 신경 쓰지 않으셔도 됩니
다."

가까워질 여지를 전혀 주지 않는 태도였다. 신은 그녀의 레

벨만 봐도 평범한 안내자는 아닌 것 같다고 생각했다. 아마 요인 경호도 겸임하는 것이리라.

신은 어쩔 수 없이 밖을 내다보려다가 마차에 창문이 없다는 사실을 깨달았다. 내부가 밝은 것은 빛 마법이 부여된 결정석이 사방에 설치된 덕분이었다.

"이 마차에는 창문이 없네요. 엘프들이 사용하는 마차는 다 이런가요?"

"아니요. 이건 루델리아 가문의 사람들만 사용하는 특별한 마차입니다. 평소에 사용하는 건 휴먼들이 만든 것과 다르지 않아요."

요인 경호는 물론이고 죄인 호송용으로도 충분히 쓰일 법했다. 단순히 용의주도한 것일까? 아니면 그만큼 많은 적을 두고 있는 것일까?

입구에서 애너하이트와 말다툼했던 내용을 떠올려보면 아마 양쪽 모두일 것이다.

마차 외부가 보이지 않았기에 미니맵과 감지 스킬을 통해 바깥 상황을 살펴보니 큰 길 같은 곳을 달리고 있는 것 같았다.

행인은 많지 않았지만 대부분의 레벨이 150 이상으로 인간들의 도시에서는 상상하기 힘든 수치였다. 소국이라고 하는 걸 보면 모든 이들이 병역의 의무를 수행하는 것일 수도 있었다.

신이 조용히 정보 수집을 하는 사이 마차가 멈추었다. 미니 맵을 보니 마차 앞에 커다란 건물이 있었다.

바깥으로 나오자 예상한 대로 큰 건물이 신과 슈니를 맞아 주었다.

트리 하우스 느낌의 집들 가운데서 그들의 눈앞에 선 건물만이 유일하게 다른 구조였다.

문과 담장은 벽돌로 만들어져 특수한 덩굴로 보강되고 귀중한 소재도 다수 활용되어 있었다.

"이쪽으로 오십시오."

라일라는 주저 없이 문을 향해 걸어갔다. 문지기 엘프도 있었지만 신 일행을 잠깐 쳐다볼 뿐 아무 말도 하지 않았다.

건물 안은 넓었고 통로는 복잡했다.

십자로와 방문이 동일한 간격으로 배치되었고 통로의 길이도 균등해서 몇 번만 모퉁이를 돌아도 자신이 어디에 있는지 파악하기 힘들었다. 적의 침입에 대비한 구조였다.

"이쪽입니다. 티에라 님이 안에서 기다리고 계십니다."

라일라가 어떤 문 앞에 멈춰서며 말했다. 그녀는 같이 들어가지 않는 것 같았다. 방 안에는 다섯 개의 기척이 있었다.

일단 티에라와 슈바이드, 카게로우와 유즈하까지 넷이었다. 신의 파티 멤버 외에도 한 명이 더 있는 것이다.

신은 라일라에게 고맙다고 말한 뒤 문을 열었다.

방 안에는 티에라 일행 외에 신이 처음 보는 엘프 한 명이 있었다. 라일라의 복장과 비슷하면서도 장식이 많고 호화로운 옷을 입고 있었다.

잡티 하나 없이 깨끗하고 하얀 피부와 어깨까지 내려오는 은발, 그리고 금색 눈동자까지. 다른 엘프들과 마찬가지로 매우 수려한 외모였다.

겉모습은 10대 후반의 소녀로 보였다. 티에라보다는 어린 인상이었다.

단정한 외모와 고급스러운 옷차림을 보면 그녀가 특별한 지위를 가졌음을 어렵지 않게 짐작할 수 있었다.

"저 휴먼이 신 님⋯⋯인 건가요?"

"응, 맞아. 아마 우리 중에서 세계수에 대해 가장 자세히 알고 있는 사람일 거야."

『신~!』

"어이쿠!"

신은 조금만 기다려주길 바랬지만 유즈하는 그를 보자마자 달려들었다.

아기 여우의 모습이었기에 도약과 동시에 신의 품 속에 쏙 들어왔다. 심화로 말한 것은 파티 멤버 외에 다른 사람이 있어서일 것이다.

"쿠우!"

한동안 떨어져 있었던 탓인지 유즈하는 재회하자마자 상당한 어리광을 부리고 있었다. 신은 전에 슈니와 단둘이 있게 해준 은혜를 생각해서 유즈하가 하고 싶은 대로 내버려 두기로 했다.

그러자 조금 늦게 다른 일행들도 가까이 다가왔다.

"무사히 들어왔나 보오."

"응. 하지만 꽤나 살벌하게 환영해주던데?"

화살을 겨누며 당장이라도 발사할 기세였다고 이야기하자 슈바이드는 심각한 얼굴로 고개를 끄덕거렸다.

"우리가 들어올 때만 해도 그 정도는 아니었는데 말이외다."

"내가 와서…… 그런 거겠지."

신이 유즈하를 달래며 슈바이드의 이야기를 듣고 있을 때 티에라가 면목 없다는 듯이 말했다.

"역시 티에라의 그것과 관련된 거야?"

"맞아. 그것 때문에 여러 가지로 복잡해져서 별수 없이 신을 불렀어."

티에라는 미안하다고 사과했다.

가능하다면 자신의 힘만으로 해결하고 싶었던 것 같았다.

"그 정도 부탁은 괜찮아. 하지만 나도 세계수에 대해 뭐든 알고 있는 건 아니라고."

"하지만 우리보단 많이 알잖아. 안 그래?"

"그야 뭐…… 모르는 거지."

신은 이 세계의 주민들에 비하면 그렇다고 말하려다가 말끝을 흐렸다.

게임 시절의 지식이 지금도 통용된다면 티에라의 말도 틀리진 않을 것이다. 다만 신이 알지 못하는 증상이 나타날 수도 있다는 것이 문제였다.

"어쨌든 자세한 이야기를 하기 전에 자기소개부터 해둘게. 오늘 처음 본 사람도 있으니까 말이야. 티에라에게서 들었을 테지만 내 이름은 신이고 모험가야. 그리고 이쪽은—."

"아내인 유키라고 해요."

신이 소개하자 슈니가 미소 지으며 인사를 했다. '아내'라는 단어를 자연스럽게 강조하고 있었다.

그 말에 반응한 것은 티에라와 슈바이드였다.

티에라는 상황을 이해하지 못했는지 입을 쩍 벌린 채 굳어 버렸다. 슈바이드는 몇 초 뒤에 고개를 끄덕거리며 히죽 미소 지었다.

"으음, 저는 리무리스 루델리아라고 합니다. 저기, 잘 부탁 드립니다."

리무리스는 첫 만남이 어색해서인지 고개를 살짝 숙인 채로 신을 올려다보았다. 낯가림이 심한 성격 같았다.

문지기였던 애너하이트와 성이 같은 것을 보면 남매인지도 몰랐다.

"잘 부탁해. 아까 하던 이야기로 돌아가서, 지금 대체 어떤 상황인 거야? 문지기분과 라일라 씨의 이야기를 들어보면 파벌 싸움이라도 벌어진 것 같던데."

신은 나중에 티에라와 슈바이드의 실문 공세가 쏟아질 것을 알면서도 둘의 반응을 무시한 채 이야기를 진행시켰다.

그리고 한편으로는 핵심을 찌르는 질문이기도 했다. 입구에서 애너하이트와 라일라가 논쟁할 때 라나파시아가 몇 개의 세력으로 갈라져 있다는 인상을 받았기 때문이다.

"신의 말이 맞소. 라나파시아 정원은 세계수의 관리를 위해 생겨난 나라이다 보니 일반적인 국가와는 조직 형태가 다르오. 왕이 있긴 하지만 세계수를 관리하는 자들의 권한이 더 강하지."

슈바이드도 지금은 라나파시아의 상황이 더 중요하다고 판단했는지 신의 질문에 담담하게 대답했다. 세계수가 워낙 중요한 존재이다 보니 그와 관련된 자들이 더 강한 권한을 가지는 듯했다.

"그걸로 나라가 잘 돌아가는 거야?"

"아직까지는 문제없이 돌아가는 것 같소."

"아직까지는?"

"아직까지는…… 말이오."

강조하여 반복하는 말에는 앞으로 어떻게 될지 모르겠다는 뜻이 담겨 있었다.

"원래대로라면 관리자들은 나라의 방침에 간섭하는 경우가 거의 없다고 하오. 하지만 현재의 관리자인 루델리아 당주는 조금 달랐던 게지. 외부로 진출해야 하지 않느냐는 뜻을 공공연히 드러낸 것이오."

이 세계에 꼭 필요한 세계수를 관리하는 자신들이 어째서 이런 변경에서 힘겹게 살아가야만 하는가.

대충 그런 내용이었다고 한다.

"불길한 예감이 드는군."

"하지만 원래대로라면 이 정도로 심해지진 않았을 거야."

그때 충격에서 헤어난 티에라가 끼어들었다.

"그게 무슨 말이야?"

"원래 세계수를 관리하는 가문은 두 곳이 존재해서 한쪽이 폭주하려 들면 다른 한쪽이 억제하는 역할을 하곤 했어."

거기까지 듣자 신은 무슨 말인지 이해했다.

"혹시 그 한쪽이 루센트 가문……인 건가?"

"응, 맞아. 내가 저주받은 것 때문에 그 역할도 사라지고 말았지만."

현재 루센트의 이름을 물려받은 자는 남아 있지 않다고 한다. 저주받은 엘프를 배출한 일족으로 냉대받았던 것이다.

"그런데 내가 저주를 풀고 돌아오면서 이야기가 복잡해져 버렸어."

"그랬을 테지."

더럽혀진 일족으로 취급받던 루센트 가문. 그러나 추방당한 무녀는 저주를 극복하고 더욱 강대한 능력을 얻은 채 고향에 돌아왔다. 게다가 무녀의 힘이 사라진 것도 아니었다.

"루센트 가문을 섬기던 사람들이 가문을 재건하자고 나선 거야."

"우와⋯⋯."

한때 루센트 가문 사람들은 모두의 존경을 받고 있었고 저주 사건만 아니었다면 루델리아 가문을 견제할 수 있었을 거라는 인식이 있었다.

신은 이제 와서 뻔뻔하다는 생각을 지울 수 없었다.

"나는 그럴 마음이 없다고 말하긴 했는데⋯⋯."

"그 사람들의 의도가 뭐냐에 따라 달라지겠지. 어쩌면 그 사람들도 내심 추방하고 싶지는⋯⋯ 아, 미안. 쓸데없는 소리를 했네."

이유가 어찌되었든 간에 티에라의 입장에서 보면 추방당했다는 사실은 바뀌지 않는다. 무의식중에 자신의 생각을 중얼거리던 신은 실언했음을 깨닫고 티에라에게 사과했다.

"아니, 그건 이제 됐어. 나도 다른 사람들과 똑같은 입장이었다면 막지 못했을 거야."

티에라의 말에 따르면 모든 엘프들이 추방에 찬성한 것은 아니었다고 한다. 그래서 그녀가 슈니와 만날 때까지 살아남을 수 있었던 것이다.

원래대로라면 추방이 아닌 처형을 당해야 하는 사안이었다.

"그러면 지금 티에라는 어떤 입장인데?"

"글쎄. 루센트 가문으로서의 지위나 권력은 없지만 아직 무녀인 건 사실이니까 그에 맞는 대우는 받고 있는 것 같아."

세계수의 무녀는 아무나 될 수 있는 게 아니었다. 세계수에게 인정받아 교신할 수 있을 정도의 소질이 필요했다.

또한 그런 소질이 자식에게 이어지는 것은 아니며 같은 집안 내에서 나타날 가능성이 높은 정도라고 한다.

"그러면 다른 무녀의 기분이 좋진 않겠는데? 티에라가 돌아오기 전에 소명을 맡고 있던 무녀가 있을 거 아냐?"

"그렇진 않아. 그 다른 무녀가 바로 이 아이인걸."

티에라는 그렇게 말하며 리무리스를 앞으로 떠밀었다.

"어, 그게, 저기…… 맞아요오……."

리무리스는 시선을 받는 게 부끄러운지 그것만으로도 울먹거리고 있었다. 스킬로 확인해보니 직업은 분명 무녀였다.

"실례되는 말인 건 알지만, 정말 무녀를 할 수 있는 거야?"

무녀라면 좀 더 의연할 거라 생각했던 신은 눈앞에서 어쩔 줄 몰라 하는 리무리스를 보자 걱정이 앞섰다.

"괜찮아. 내가 사라진 뒤로 이 정원을 지탱해온 건 이 아이들이었는걸. 소질과 기량은 이미 증명됐어."

"그렇군……. 어, 아니? 무녀가 그렇게 많은 거였어?"

티에라는 '이 아이들'이라고 말했다. 잘못 말한 것이 아니라면 적어도 두 명 이상이라는 의미였다.

"맞아. 소질을 가진 아이가 언제 태어날지는 아무도 모르는 걸. 동시에 여러 명이 나타나는 경우도 있어. 리무리스는 내가 아직 무녀였던 시절의 후배 같은 아이야. 물론 지금은 이 아이가 무녀를 더 오래 했으니까 내가 오히려 선배라고 불러야겠지만."

"아니에요! 티에라 언니는 저 같은 것보다 훨씬 대단한 분이신데요! 저주를 풀고 강해지고, 거기에 무녀의 힘까지 잃지 않으셨잖아요. 저였다면 정원 밖으로 나가지도 못했을 거예요."

방금 전까지 어쩔 줄 몰라 하던 모습은 온데간데없이, 리무리스는 티에라가 얼마나 대단한 사람인지를 역설하기 시작했다.

견습생 시절의 이야기부터 시작해서 티에라가 무녀로서 무슨 업적을 남겼는지 이야기하는 그녀의 모습은 세계수의 무녀라는 커다란 사명을 짊어진 소녀답지 않게 천진난만해 보였다.

하지만 정작 티에라 본인은 그런 칭송이 달갑지 않은 모양이었다. 신나게 떠들어대는 리무리스와는 대조적으로 얼굴이 새빨갛게 달아올라 있었다.

"그 정도면 됐어, 그 정도만 해도 돼!"

처음에는 못 말린다는 듯이 바라보던 티에라도 이야기가 길어질수록 여유를 잃어갔다.

"뭐, 어때. 그 정도로 널 존경한다는 이야기잖아?"

"그래도…… 이야기가 너무 과장되어서 나에 대해 말하는 것 같지가 않은걸……."

슈니와 만나기도 전인 미숙했던 시절의 이야기는 부끄럽게 느껴지는 모양이었다.

티에라는 이야기가 과장되었다고 부정했지만 신은 그녀가 능력을 사용할 때 의식이 거의 사라진다는 것을 알고 있었다.

본인은 별것 아니라고 생각할지 몰라도 실제로는 꽤 대단했을 가능성도 없진 않았다.

"아니에요, 조금도 과장하지 않았는걸요! 티에라 언니의 강령술은 고인의 혼을 몸에 담아내서 마치 다른 사람처럼 되시잖아요."

다른 사람처럼 된 게 아니라 실제로 다른 사람인 거라는 말이 신의 목구멍까지 올라왔다.

이야기를 들어보면 원래 티에라가 쓸 수 없는 스킬을 사용한 적도 있다고 한다.

신은 현실 세계의 무당을 떠올렸지만 티에라의 능력은 그보다도 윗단계인 듯했다.

비슷한 힘을 가진 무녀는 과거에도 존재했지만 티에라처럼 고인이 생전에 쓰던 스킬을 그대로 사용하는 사람은 없었다고 한다.

티에라가 천재로 불리는 이유가 바로 그 점이었다.

"별로 이야기하고 싶진 않지만 어떨 때는 추태를 보였던 적도 있었다나 봐……."

"굉장한 능력이긴 하지만 그런 말을 들으니까 부럽진 않군."

혼이 세계수로 돌아가면 해당 스킬은 더 이상 사용할 수 없게 된다.

게다가 강령 시의 기억이 거의 없다면 티에라 본인에게는 아무 이득도 없는 셈이다. 도움 받은 사람들의 감사를 제외하면 말이다.

다만 그만큼 무녀로서 좋은 대우를 받았을 것이다.

"주변 사람들은 부러워했지만 지금 떠올려보면 자유 시간도 거의 없고 식사도 소박하고 수행도 힘들었고. 강령술이 끝났을 때는 사람들이 가엾다는 눈빛으로 쳐다보기도 하고……. 나도 그때 참 열심히 살았는데……."

"티에라~! 현실로 돌아와~!"

아무래도 좋은 대우는 아니었던 것 같다. 이야기가 이어질수록 티에라의 눈빛이 멍해지고 있었다. 당황한 신은 티에라를 깨우기 위해 소리쳤다.

"저기, 티에라 언니. 괜찮으세요?"

"앗?! 내가 방금 뭘…… 으으, 갑자기 머리가 아프네."

"이 이야기는 그만하는 게 좋겠어. 이제 다시 본론으로 돌아가자고."

신은 티에라를 진정시킨 뒤에 일단 지금까지의 이야기를 종합해보았다.

일단 지금 세계수를 관리하는 것은 루델리아 가문뿐이다. 그리고 그 당주가 뭔가 불온한 움직임을 보이고 있다.

현재 티에라에게는 아무 권력도 없다. 그러나 저주를 극복해낸 티에라를 앞세워 루센트 가문을 부흥시키려는 자들이 그녀를 위해 일하고 있었다.

『그런데 아까 보니까 라일라 씨는 루델리아 가문 사람이던데? 루델리아 가문 사람이 왜 당주 말고 티에라를 따르는 거야? 아, 잠깐. 혹시―.』

신은 루델리아의 무녀인 리무리스를 의식해서 심화로 슈바이드에게 물었다.

그러나 신은 자신이 꺼낸 질문의 대답을 금세 찾아냈다.

신은 다양한 스토리가 넘쳐나는 현실 세계에서 살다 온 사람이었다. 그와 비슷한 전개는 얼마든지 떠올릴 수 있었다.

『아마 신의 생각이 맞을 것이오. 지금은 루델리아를 칭하고 있지만 한때는 루센트 가문에 속했던 사람들이나 그 부하들이 이곳에 많이 있소이다. 라일라 공도 그중 한 명이오.』

『역시 그랬군. 루센트 가문이 몰락하면서 루델리아에서 흡수한 거야.』

라나파시아 정원은 여러 개의 씨족으로 구성되어 있었다.

그중에서도 가장 힘이 강했던 것이 왕족 외에 초대 무녀 루의 후예로서 갈라져 나온 루센트와 루델리아였다.

루센트의 부하였던 씨족은 같은 세계수의 관리자인 루델리아 가문에 흡수된 것이다.

"그러면 이 집도 루델리아의……?"

"응. 지금은 루델리아의 별관처럼 쓰이지만 원래는 내가 살던 집이었어. 살기 편할 거라며 여기서 지내게 해준 거야."

그러자 루센트의 부하였던 자들이 모여들어 지금 같은 상황이 벌어졌다고 한다.

"생업까지 팽개치고 오는 사람도 있어서 정말 곤란해."

신은 그건 직무 태만이 아닌가 생각했다.

"루델리아 가문에선 이걸 가만히 보고만 있는 거야?"

"설마. 무녀니까 세계수의 정화에 협력하라는 말을 들었어. 물론 그러려고 온 거니까 거절할 생각은 없지만, 그것 말고도 여러 가지 문제들이 생겨나서……."

신이 아는 것은 세계수가 시들기 시작했다는 사실뿐이었다.

라나파시아에 와서 루센트 가문과 루델리아 가문의 분쟁에 대해 듣게 되었지만 이야기는 더 이어지는 듯했다.

"일단은 세계수를 정화할 자격을 가진 무녀에 대한 거야. 원래는 리무리스 말고도 무녀가 한 명 더 있었는데, 꽤나 오래 전에 행방불명됐대. 내가 떠난 뒤에 태어난 아이였는데, 그 아이가 사라진 뒤로는 최근까지도 리무리스 혼자 정화를 담당했나 봐. 세계수가 약해진 건 리무리스 혼자서는 완전히 정화할 수 없었기 때문이기도 해."

세계수 문제는 라나파시아 내에서도 모르는 사람이 많았다. 라나파시아에 들어오기만 해서는 그에 관한 상황을 자세히 알기 힘들었을 것이다.

어린 무녀가 사라진 현장을 조사한 바에 따르면 마기가 남아 있던 걸로 보아 데몬의 짓일 가능성이 크다고 한다.

하지만 그것 외의 단서는 거의 없어서 찾을 방법이 없었다.

"세계수는 이 세계의 부정한 기운을 정화하는 역할을 맡고 있소. 하지만 세계수의 숫자가 줄어들고 부정한 기운은 늘어나면서 많은 세계수들이 병들어가고 있소이다. 티에라 공이 아니었다면 이곳의 세계수도 위험했을 것이오."

리무리스도 무녀로서의 힘이 약한 것은 아니었다. 그러나 그것으로도 부족할 만큼 세계수의 상태가 안 좋다고 슈바이드가 덧붙였다.

"루센트 부흥을 주장하는 사람들이 들고 일어난 데에는 그런 배경도 있어. 납치당한 무녀를 배출한 건 루라크라는 일족인데, 그렇다면 원래 루라크 가문이 루델리아 가문을 견제해야 맞거든. 하지만 역할을 수행할 무녀가 사라지면서 발언력과 영향력을 크게 잃어버린 끝에 방금 말한 것처럼 루델리아가 독주하게 된 거야."

루센트 일족은 루델리아 일족에 흡수당했지만 다른 일족에서 무녀가 태어나면서 다시 두 개의 가문이 관리하는 체제로 돌아왔다고 한다.

그러나 그때 유괴 사건이 발생했다.

만약 리무리스가 납치당했다면 이야기가 달라졌을지도 모르지만, 사라진 것은 새 관리자 일족인 루라크의 무녀였다.

덕분에 관리자로서의 권한과 발언력이 다시 루델리아에게 집중되게 된 것이다.

"정화에 어려움을 겪고 있어서 이렇게 환영받고는 있지만, 이유가 이유인지라 심정이 좀 복잡해."

티에라의 표정은 어두웠다. 그러나 이런 상황일수록 티에라의 발언력이 강해질 수밖에 없을 것이다.

그녀는 무녀로서의 경험 덕분에 이럴 때 어떻게 대처해야 좋은지 완벽히 알고 있었다. 게다가 리무리스와는 비교도 되지 않는 강한 능력을 갖고 있었다.

어찌 보면 그녀의 존재 덕분에 소강상태가 유지되는 셈이었다. 루델리아가 협력을 요청하는 것도 당연했다.

"미안해요. 제가 부족한 탓에……."

"네 탓이 아냐. 내가 있던 시절과는 비교도 안 될 만큼 심각했는걸. 나도 혼자서는 대처할 수 없었을 거야."

고개를 숙인 채 말하는 리무리스를 티에라가 옹호해주었다.

신 일행은 티에라의 뛰어난 정화 능력을 알고 있었다. 그런 티에라가 다른 무녀와 힘을 합쳐서 간신히 현상유지에 그친다면 상당히 긴박한 상황일 것이다.

"확실히 우리한테 연락할 만했네."

"응. 잘 부탁할게."

그들이 무엇을 할 수 있을지는 세계수의 상태를 확인하기 전까진 알 수 없을 테지만, 신은 최선을 다해야겠다고 다시금 마음먹었다.

"그런데 티에라 공. 아직 말하지 않은 것이 있지 않소이까? 그것 역시 중요한 이야기인데 밝히지 않아도 되겠소?"

"윽, 저기, 깜빡하고 있던 건 아니에요. 그냥 할 수만 있으면 없던 일로 하고 싶어서……."

슈바이드의 지적에 티에라는 떨떠름한 표정을 지었다. 티에라가 없던 일로 하고 싶다고 할 정도면 심상치 않은 사안 같아서 신도 몸가짐을 바르게 했다.

"무슨 일이 있었는데?"

"그게, 루델리아의 현 당주에게 아들이 있는데, 그 사람이…… 저기, 날 아내로 삼고 싶대."

"……Oh."

너무나 놀란 나머지 신의 입에서 알아들을 수 없는 목소리가 새어나왔다. 방금 전 티에라가 슈니의 자기소개를 듣고 놀랐던 건 이 일 때문인지도 몰랐다.

"우두머리로 옹립되기 전에 포섭하려는 건가?"

"그런 것 같지도 않아. 여기 처음 돌아왔을 때 잠깐 이야기를 나눌 기회가 있었는데, 그때 청혼을 받았거든."

정화가 끝나고 리무리스를 데리러 온 루델리아 가문 사람들 중에 당주의 아들이 포함되어 있었는데, 그 자리에서 티에라에게 청혼했다고 한다.

세계수나 세계를 위한다는 구실도 없이, 청혼 내내 간절해 보였다고 티에라는 이야기했다.

"맙소사."

"일단 말해두지만 거절했어."

티에라는 신을 살짝 노려보며 말했다.

슈바이드가 나중에 한 이야기로는 티에라는 즉시 대답했다고 한다. 놀라서 뜸을 들이거나 하지는 않았던 것이다.

"혹시 전부터 알던 사이였어?"

청혼치고는 너무나 갑작스러웠다. 그런데도 놀라지 않았던 데는 이유가 있을 거라고 신은 생각했다.

"그래. 내가 무녀였던 시절부터 알고 지내던 사이……가 아니라 소꿉친구야. 뭐, 엘프는 원래 어린아이가 많지 않다 보니까 나이가 비슷하면 다 소꿉친구지……. 일단 나는 루센트 당주의 딸이기도 했으니까 따라야 하는 규율이나 관습 같은 게 잔뜩 있었거든. ……알기 쉽게 이야기하자면, 소꿉친구 겸 전 약혼자였어."

"아~ 그랬구나."

고귀한 가문끼리 좋은 관계를 유지하기 위해 자식들을 결혼시킨다는 이야기는 신도 들은 적이 있었다.

신에게는 인연이 없는 이야기지만 현실 세계에서도 종종 일어나는 일이었다.

티에라가 당주의 딸이라는 것은 오늘 처음 알게 된 사실이었다. 하지만 그렇다면 오히려 납득이 갔다.

왕족, 귀족이 존재하는 세계인 만큼 엘프들에게도 비슷한 일이 벌어지지 말라는 법은 없었다.

다만 관리자 일족끼리 혼인을 맺어도 괜찮은가 하는 의문은 있었다.

"내가 저주를 당했을 땐 바로 약혼을 취소해 놓고 저주가 풀렸다는 걸 알자마자 이런다니까? 뻔뻔한 것도 정도가 있지!"

그때 일이 생각났는지 티에라의 분노가 되살아났다. 갑자기 머리끝까지 화가 난 것 같았다.

"티에라, 진정해요. 티에라가 화내는 것도 당연하지만 지금은 흥분할 때가 아니에요."

"아, 네……. 죄송해요, 스승님."

그런 티에라도 슈니의 한마디에 바로 조용해졌다. 역시 슈니였다.

"저기, 티에라 언니. 유키 님과는 대체 어떤 관계세요?"

"그러고 보니 아직 말을 안했네. 내가 정원에서 추방당했을

때 도와주신 게 스승님이야. 저주가 풀릴 때까지 쭉 날 돌봐
주셨어. 기술은 물론이고 사고방식이나 관점까지, 내가 모르
던 걸 잔뜩 가르쳐준 분이셔."

"어, 엄청난 분이시네요!"

티에라를 존경해온 리무리스는 그런 티에라가 스승으로 섬
기는 슈니를 보며 눈을 반짝였다. 이럴 때만 낯가림이 덜해지
는 모양이다.

"그런데 리무리스 씨가 여기 있어도 괜찮은 겁니까?"

열렬한 시선에 곤란해 하는 슈니를 돕기 위해서, 신은 저택
에 왔을 때부터 떠오른 의문을 이야기했다.

루센트 부흥을 꿈꾸는 자들과 마찬가지로 리무리스 역시
티에라를 깍듯이 대하고 있었다.

언니라고 부르고는 있지만 태도만 보면 티에라가 명백히
윗사람 같았다.

본인의 생각이 어떻든 간에 루델리아 가문 입장에서는 별
로 달갑지 않을 것이다.

"원래는 안 되지만 말이지. 나는 지금 리무리스하고 같이
정화를 담당하게 된 입장이니까 친목을 도모하는 것도 괜찮
지 않느냐는 구실로 와 있는 거야."

"티에라 언니께 무녀로서의 마음가짐이나 힘의 사용 방법
을 배웠으니까……."

슈니를 쳐다보던 기세는 어디로 갔는지, 신의 앞에 선 리무

리스는 또다시 수줍어했다.

상대방이 엘프냐 아니냐에 따라 태도가 달라지는 듯했다. 아니면 단순히 남자 대하는 걸 어려워하는 건지도 몰랐다.

"그랬구나. 선배 무녀라고 했었지."

"대단한 걸 가르친 건 아냐. 무녀로서의 마음가짐이나 행동거지는 가문에 따라 달라지는 게 아니고, 힘의 사용 방법은 본인이 익숙해지는 수밖에 없는걸."

"그렇지 않아요! 얼마나 쉽게 가르쳐주셨는지 모른다고요!"

"그, 그래? 그러면 다행이네."

티에라는 리무리스의 기세에 움츠러들었다. 방금 전 슈니에게 움츠러들었을 때보다도 더욱 겁을 먹은 것 같았다.

"그보다도 이제 그만 돌아가야 하지 않을까? 지금도 이른 시간은 아니잖아?"

"하지만……."

"괜찮아. 만나고 싶을 땐 언제든 만날 수 있잖니."

티에라가 웃으며 권하자 리무리스는 루델리아 저택으로 돌아갔다. 호위는 다른 방에서 기다리고 있었던 듯했다.

"내가 생각했던 것보다 훨씬 성가시게 된 것 같은데."

"맞아. 편지로 쓰기엔 너무 복잡해서 무엇부터 적어야 할지 몰랐어."

티에라는 리무리스가 돌아가면서 긴장이 풀렸는지 피곤한 얼굴로 말했다.

"처음엔 어머니 묘소를 찾아뵈려 했던 것뿐이었거든. 그런데 세계수의 기운이 예전과 비교도 되지 않을 만큼 나빠져 있어서 그냥 외면할 수 없었어. 리무리스도 내가 처음 도착했을 때는 무척 초췌해 있었거든."

세계수 주변은 엘프 수비대가 지키고 있어서 원래 아무나 다가갈 수 없었다. 하지만 슈바이드의 스킬과 장비를 이용해 몰래 세계수에 접근해서 상태를 확인했던 것이다.

슈바이드는 은밀 활동 스킬을 많이 습득하지 못했기에 상당한 시간이 걸렸다고 한다.

그리고 간신히 숨어든 그들이 보게 된 것은 세계수의 정화에 힘을 다 쏟아내고 쓰러지기 직전이던 리무리스였다.

"그 뒤엔 리무리스를 간호하면서 사정을 전해 들었어. 내 얼굴을 기억하고 있어서 침입자라고 소리치진 않았던 거지. 그 뒤로는 당당히 이름을 밝히고 나서면서 지금에 이른 거야."

"그래서 지금은 무녀님으로 떠받들어지면서도 분쟁의 불씨가 되고 있는 거로군."

"그 이야긴 하지 말아줘. 난 세계수가 건강해지면 바로 떠날 생각이니까."

라나파시아 정원은 티에라의 고향이다. 그러나 이곳에 머물 생각은 없다고 이미 분명히 밝혀둔 상태였다.

"티에라의 마음이 어떤지는 잘 알았어. 다음은 세계수에 관해서 얘기해보자. 그렇게나 심각한 거야?"

"내가 오지 않았으면 시들어버리는 건 시간문제였을 거야. 그 정도로 심한 상태는 처음 봤어."

줄기 일부가 말라비틀어진 것처럼 생기를 잃은 채 변색되었다고 한다.

티에라가 무녀였던 시절에 그런 상태가 되었던 적은 단 한 번도 없었다.

"하지만 이상해. 세계수에 대한 지식은 선대 무녀로부터 전부 전수받았지만 저런 증상에 대해선 들은 적이 없어. 세계수에 이상이 생기면 정확히 기록해서 후세에 모두 전하게 되어 있거든. 리무리스에게도 물어봤지만 모른다고 했어. 아마 지금까지 나타난 적이 없는 병일 거야."

결국 정화에 힘을 다하는 것 말고는 이렇다 할 대응책이 없다고 티에라는 이야기했다.

"세계수 말이오만, 시든 부분이 일부 떨어져 나가서 땅에 떨어져 있었소이다. 그걸 내가 회수해 두었소."

티에라의 이야기에 맞춰서 슈바이드가 두 장의 카드를 꺼내 실체화했다. 한 장은 오리할콘 판이었고 다른 한 장이 방금 언급한 세계수의 파편이었다.

아마 세계수의 껍질 부분일 것이다. 슈바이드는 오리할콘 판 위로 탁한 색으로 물든 파편을 내려놓았다.

"심각하군……."

신은 멍하니 중얼거렸다. 게임 시절에도 병든 세계수를 회복시키는 이벤트는 있었다. 그러나 그때도 이 정도로 상태가 나쁘진 않았던 걸로 기억했다.

"이건 마기⋯⋯는 아니군. 악마들의 기척과도 비슷하지만 달라."

게임 시절에는 어두운 아우라 같은 화면 효과가 뿜어져 나왔지만 현실이 된 지금은 파편에서 기척이 느껴질 뿐이었다.

이 세계에서 지금까지 신이 접해본 『사악한 기운』들과 비슷하면서도 전혀 다른 그 기척이야말로 다름 아닌 부정한 기운이었다.

"정화하면 원래대로 돌아오는 거야?"

"상태에 따라 다르겠지. 이 정도로 악화되면 병든 부분을 제거할 수밖에 없어. 신이라면 괜찮겠지만 일반 엘프들은 만지기만 해도 며칠 동안 누워 있어야 할 정도야. 마비나 착란 증상을 일으키는 사람도 있었대."

상태 이상+α 같은 증상이라고 티에라는 말했다.

파편의 회수와 환부 제거 작업은 무녀들의 참관하에 전사 계급이 담당했다. 그때 우연히 파편이 몸에 닿았다고 한다.

일반인보다 레벨이 높고 오랫동안 단련해온 전사들도 버티지 못하고 쓰러지고 말았다.

피해자 중에는 선정자가 없었기 때문에 선정자들도 움직이지 못하게 되는지는 아직 몰랐다.

"그냥 닿았는데 말이야? 움직일 수 없게 된다면 마비와는 다른 증상인 건가?"

"마비는 말 그대로 몸이 마비되어서 움직이지 못하는 것뿐이잖아. 이때의 증상은 몸에 힘이 들어가지 않았다나 봐. 슈바이드 씨에게도 물어봤지만, HP와 MP라고 하던가? 그게 빨갛게 바뀌어 있었대."

"음. 아마 생명력을 저하시키거나 흡수하는 효과가 있는 것 같소."

티에라의 말을 받은 슈바이드가 자신의 의견을 이야기했다.

"그러면 스킬로 분석해볼까. 세계수의 껍질은 제작 재료로 취급되니까 뭔가 알아낼 수 있을지도 몰라."

생산직들의 공통 스킬 중에 【머테리얼 애널라이즈(재료 분석)】라는 것이 있었다. 해당 재료에 대한 정보를 분석하는 스킬이었다.

사용하면 아이템에 관한 설명문과 함께 제작 과정 중 어느 시점에서 사용되고 어떤 효과가 부여되는지 등의 정보가 표시된다.

또한 아이템의 효과를 높이는 정보를 얻을 수도 있었다. 약초의 경우는 잘게 다지면 좋다는 식이다.

다만 꽤나 애매한 표현이 많기 때문에 정확한 사용법을 익히기까지는 상당한 시행착오를 겪어야 했다. 그래도 단서가 전혀 없는 것보다는 훨씬 효율적으로 작업할 수 있었다.

신은 이 나무 파편을 제작 재료로 사용하긴 힘들 것 같다고 생각하면서 스킬을 발동시켰다. 정보는 신의 눈앞에 반투명한 스크린으로 표시되었다.

"아~ 이건 안 되겠군."

"무슨 말이야?"

"버그……가 아니고 표시가 엉망이야. 아마 부정한 기운에 침식된 탓에 원래 정보를 읽을 수 없게 된 것 같아."

표시된 정보를 본 신은 어쩔 수 없다는 듯이 양손을 들었다.

표시된 것은 알파벳과 기호 등이 마구 뒤섞인 버그 메시지였다.

무사한 부분을 통해 추측해보자면 원래의 문장은 세계수의 파편에 대한 정보였을 것이다.

"새로운 정보는 없어. 재료로 사용해도 제대로 기능하지 못할 거야."

"뭔가 알아냈으면 좋았을 텐데, 잘 안 되는군."

"별수 없지. 처음부터 큰 기대를 걸었던 건 아니니까 말이야."

신은 모처럼의 단서인 만큼 여러 방향으로 시험해보기로 했다. 상태 이상 회복 효과가 있는 아이템과 스킬을 종류별로 사용해본 것이다.

그러자 변색된 파편이 조금씩이나마 원래 색으로 돌아오기 시작했다.

신과 티에라가 정화를 사용하자 그 효과는 현저해졌다. 역시 티에라의 정화가 더 높은 효과를 발휘하고 있었다.

"이상하네. 파편을 회수했을 때도 정화를 사용했지만 이 정도 효과는 없었는데."

"세계수에서 멀리 떨어졌기 때문인지도 모르지. 세계수 자체가 부정한 기운의 공급 장치처럼 작용하는 셈이니까."

세계수에는 전 세계의 부정한 기운이 집중된다. 그렇다면 완벽히 정화하기는 힘들 거라고 신은 생각했다.

"그렇구나. 확실히 나와 리무리스만으로 전 세계의 부정한 기운을 정화하는 건 불가능할 거야."

신의 말을 듣고 티에라도 납득했다는 듯이 고개를 끄덕였다. 신의 생각은 충분히 타당했지만, 만약 그렇다면 세계수를 완전히 정화시키는 것은 불가능한 셈이었다.

"……혹시 더는 방법이 없는 거야?"

"아니, 방금 한 이야기는 어디까지나 가설일 뿐이야. 내가 아는 한 부정한 기운을 완전히 없앨 수는 없어. 하지만 부정한 기운의 양을 줄여서 세계수가 알아서 정화할 수 있게 하거나 세계수의 정화 능력 자체를 강화시킬 수야 있겠지."

예전에 신이 수행했던 이벤트에서는 정화 보조 장치를 설치하거나 세계수를 위한 영양제를 제작해서 투여해야 했다.

문제는 부정한 기운이 게임 시절에 비해 얼마나 증가했는가 하는 점이었다.

떠오르는 대책은 몇 가지가 있었지만 게임 시절과 달라진 요인이 많다 보니 효과를 보장하기는 힘들었다.

"그렇다고 가만히 있을 수는 없잖아. 일단 신과 스승님이 세계수의 영역에 들어가서 조사를 할 수 있도록 허가를 받아야겠어."

무녀와 아는 사이라는 것만으로 들여보내 주진 않는다고 한다.

"정 안 되면 제 이름을 밝히도록 하죠. 같은 엘프니까 제가 누군지 아는 사람이 있긴 할 거예요."

"그렇다면 나도 돕겠소이다."

"아니요, 슈바이드는 원래 다른 나라의 왕이었잖아요. 쓸데없는 의심을 사게 될 수도 있으니까 일단은 저 혼자 나서는 게 좋을 것 같아요."

"흐음, 그것도 그렇군."

슈니의 말에 슈바이드도 고개를 끄덕였다. 현재의 슈바이드는 일개 모험가에 지나지 않지만 용황국의 왕이었던 그의 이름은 지금도 널리 알려져 있었다.

설령 현재는 모국과 관계가 없더라도 슈바이드의 정체가 밝혀진다면 루델리아 가문은 물론이고 라나파시아의 국왕도 어떤 반응을 보일지 알 수 없었다.

"스승님의 정체를 밝히면 조용히 넘어갈 가능성이 없지 않을까요?"

"그렇겠지. 슈니를 모르는 엘프는 아마 없을 테니까."

신과 티에라는 조금 유명할 거라는 슈니의 자기 평가를 부정했다. 각국의 왕들조차 중요시하는 인물이 조금 유명한 수준일 리는 없지 않은가.

"제 경우엔 특정한 나라에 소속된 게 아니니까 세계의 평온을 위해서라고 이야기하면 될 거예요."

"설마 거절할 리는 없겠지만, 현재의 당주가 고집이 세긴 해요."

신은 걱정스러운 표정을 짓는 티에라를 보며 그런 인물이 당주를 맡아도 되는 거냐는 생각을 지울 수 없었다.

납치당한 무녀　　Chapter 2

"그러면 바로 허가를 받으러 다녀올게."

대화가 끝나자 티에라는 즉시 루델리아 저택으로 가겠다고 나섰다. 빨리 문제를 해결해서 이 나라를 떠나고 싶은 것이리라.

티에라의 발밑에 얌전히 앉아 있던 카게로우가 그녀의 그림자 속으로 조용히 빨려 들어갔다.

"그러면 저도 동행할게요."

슈니도 티에라를 따라 걸어가기 시작했다. 만약 티에라와 슈니가 가서 허가를 받지 못할 경우에는 몰래 숨어드는 방법도 고려해두어야 할 것이다.

신과 슈바이드는 조용히 기다렸다. 라나파시아의 현재 정세를 생각하면 신 일행이 밖에서 돌아다니는 것만으로도 문제가 생길 가능성이 많았다.

"이봐, 슈바이드. 잠깐 물어보고 싶은 게 있는데, 괜찮아?"

"흐음, 무엇이오?"

신은 유즈하를 품에 끌어안은 채 슈바이드에게 말을 건넸다. 본인에게 하기는 곤란한 질문이라 슈바이드에게 묻기로 한 것이다.

"티에라는 원래 어머니 묘소에 참배하러 온 거였잖아? 그건 어떻게 됐어?"

신은 티에라가 어머니를 끌어안고 우는 장면을 간접적으로 목격한 적이 있었다.

그것을 통해 추측하자면 티에라의 어머니는 그녀를 도망치게 하려다가 돌아가신 것 같았다.

티에라에게는 훌륭한 어머니였지만 당시의 라나파시아 엘프들에게는 단순한 배신자일 뿐이었다. 티에라가 제대로 무덤을 만들진 못했을 텐데 그녀의 어머니가 어떻게 모셔져 있는지 의문이었다.

"티에라 공의 어머님 말이군. 나도 자세한 이야기는 모르오. 하지만 티에라 공이 말한 것처럼 모든 엘프들이 추방에 찬성한 것은 아니었다고 하오. 티에라 공의 어머님도 나름대로 존경받는 분이셨을 테지. 구석진 곳이긴 해도 확실히 무덤은 있었소이다. 다른 무덤처럼 손질도 되어 있었소."

슈바이드는 티에라가 이미 참배를 끝냈다고 말했다. 티에라의 어머니가 이곳에서 어떻게 추모되고 있는지는 알 수 없지만 적어도 그대로 방치된 것 같지는 않아서 신은 조금 안심이 되었다.

"하지만 세계수가 위험할 때 티에라가 마침 이곳으로 전송되다니. 우연치곤 너무 절묘한 것 같은데."

"나도 그렇게 생각했소. 하지만 세계수는 세계의 버팀목 중

하나이니 어쩌면 전송될 때 무언가의 간섭을 받은 건지도 모르오."

사신은 이미 쓰러진 것이나 다름없었고 세계수의 힘이라면 그 정도 간섭은 가능했을 거라는 게 슈바이드의 의견이었다.

"확실히 앞뒤가 맞는 이야기이긴 해. 다만 이런 식의 절묘한 우연이 아무래도 너무 자주 일어나는 것 같아서 말이야."

『망령 평원』에서 출현한 스컬페이스 로드와 신이 우연히 마주쳤다.

리온이 전송될 때 신이 함께 휘말렸다.

그리고 최근에는 인어들이 위험에 빠진 시점에 신 일행이 찾아갔다.

악마가 침공해온 나라로 신과 슈니가 전송되기도 했다.

그 외에도 사소한 사건까지 더한다면 상당한 숫자가 된다. 유즈하나 카게로우와 만났을 때도 마찬가지였다.

그런 대부분의 우연이 현지인들만으로는 대처하기 힘든 상황일 때 일어났다. 다른 사람이 보더라도 의아하게 생각할 만했다.

"그렇구려. 내가 모르는 곳에서도 다양한 일에 끼어들었던 모양이군."

"매번 내 의지로 끼어든 건 아니거든?"

"알고 있소. 하지만 그 일들 사이에 무슨 연관성이 있는지는 잘 모르겠군. 데몬이나 악마와 관련된 사건이 많았지만 그

렇지 않은 경우도 많았지 않소이까. 베일리히트에서 벌어졌
던 일은 단순한 우연일 것이오."

악마와 관련되었던 건 엘쿤트뿐이었고 주로 데몬과 엮일
때가 많았다.

하지만 나중에 가서야 데몬이 흑막이었음을 알게 된 경우
도 적지 않았던 게 사실이다. 리온과 함께 성지로 전송되었을
때가 그 대표적인 사례였다.

만약 신이 스컬페이스의 검을 왕성으로 튕겨내지 않았더라
면 리온과는 마주칠 일도 없었을 것이다.

"쿠우, 신은 특별해."

"응? 유즈하는 뭔가 알고 있는 거야?"

유즈하가 불쑥 중얼거린 말에 신과 슈바이드가 대화를 멈
추었다.

두 사람의 시선이 집중된 것을 알아챈 유즈하는 신의 품에
서 뛰어내려 땅에 착지하더니 사람의 모습으로 변신했다.

헤어지기 전에 봤던 10대 후반의 외모 그대로였다.

『심해 고성』에서 이슈카에게 받은 힘에 적응해갈수록 더욱
성장한 모습이 될 거라 생각했지만 지금은 이 정도가 한계인
것 같다.

"이게 말하기 편하니까 이 모습으로 이야기할게. 신에 대해
새롭게 생각나고 알게 된 게 있어."

"내가 특별하다고 했지? 그게 무슨 뜻이야?"

"신의 내면에 신과 다른 어떤 힘이 느껴져. 아마 그 힘이 세계를 나쁘게 바꾸려는 존재들에게로 신을 인도하는 걸 거야. 다른 사람들도 그 영향을 받고 있어."

"내 안의…… 힘?"

"그래. 그 힘은 원래 세계를 지키기 위한 거야. 그래서 악마나 데몬에게 이끌리게 되고 엮이게 돼. 짚이는 거 없어?"

"짚이는 거라. 확실하진 않지만 생각나는 건 있어."

게임 시절의 법칙이 남아 있는 이 세계에서 오직 신만이 갖고 있을 스킬과 칭호가 있었다. 그것을 얻게 된 경위를 떠올려 보면 유력한 단서는 하나뿐이었다.

"내가 데스 게임을 클리어하기 위해 싸웠던 마지막 상대. 오리진이라는 몬스터를 쓰러뜨렸을 때, 나는 이 세계에서 반칙 같은 힘을 주는 칭호를 얻었어."

예전에 슈니에게도 이야기한 적이 있는 【도달자】, 【임계자】, 【해방자】의 세 가지 칭호.

그중에서도 특히 대단한 것이 앞의 두 칭호였다.

능력치가 상한선에 도달했기 때문이기도 하지만 효과 자체도 반칙이나 다름없었다.

"그 이야기라면 나도 들어보았소. 무슨 효과인지 알았을 때는 나도 귀를 의심할 수밖에 없었지."

"나는 눈을 의심했다고."

잘못 본 것이 아닌지 몇 번이고 확인했던 것은 어느새 아득

한 추억으로 남아 있었다.

"칭호 외에 스킬도 습득했는데 그쪽은 아직 발동해본 적이 없어. 아니, 발동할 수 없다고 하는 게 정확하겠네. 처음 보는 스킬이라 발동 조건을 잘 모르겠거든."

오리진을 쓰러뜨렸을 때 얻은 【명왕의 파동】, 【확산 파동】, 【집중 파동】의 세 가지 스킬은 아직 사용은커녕 발동조건도 알아내지 못했다.

플레이어가 사용하는 스킬은 메뉴에서 소비 MP와 효과 등을 확인할 수 있었다.

이벤트나 퀘스트 전용 스킬은 특정한 사용 조건이 설정되기도 하지만 대부분은 이름과 이벤트 내용을 통해 추측이 가능했다.

그러나 신이 습득한 세 가지 스킬은 관련 이벤트가 없는데다가 사용 조건의 단서도 거의 없었다.

이름을 통해 추측해보자면 【명왕의 파동】은 강화 계열이거나 다른 두 스킬을 사용하기 위한 트리거일 것이다.

【확산 파동】은 광범위 공격.

그리고 【집중 파동】은 한 점에 높은 위력을 집중하는 스킬일 거라고 예상하는 정도였다.

"나도 그런 이름의 스킬은 들어본 적이 없소이다. 다만 조금 신경 쓰이는 부분은 있소."

"신경 쓰이는 부분?"

"음. 전에 신이 이슈카와 싸웠을 때 짙은 보라색 아우라가 신의 몸을 뒤덮은 것처럼 보였소. 어쩌면 그게 【명왕의 파동】일 수도 있지 않겠소이까?"

자신이 그런 상태였다는 것을 전혀 모르던 신은 슈바이드의 말에 놀랄 수밖에 없었다.

"미안. 잘 모르겠고 전혀 기억도 안 나."

"꽤나 많은 시간이 흘렀으니 그럴 만하오. 나도 그 뒤에 이슈카가 했던 말이나 인어들에게 정신이 팔려서 지금까지 알리는 것을 잊고 있었소. 미안하오."

"사과하지 말아줘. 나도 전혀 몰랐고 슈니와 필마도 깜빡하고 있었으니까 네 잘못은 아냐."

이슈카와 싸울 때는 슈바이드와 슈니가 보이지 않는 벽에 가로막혀 상당히 초조해했다는 이야기를 들은 적이 있었다.

게다가 파동 계열 스킬에 대해 지금까지 함께 이야기해본 적은 단 한 번도 없었다. 신은 바로 떠올리지 못하는 게 당연하다는 말로 슈바이드를 위로했다.

"생각해보면 확실히 그때의 나는 평소의 내가 아니었던 것 같아. 굉장히 호전적인 생각을 했던 기억이 나. 하지만 그건 유즈하가 말한 세계를 지키는 힘과는 조금 다른 것 같기도 해."

"신의 몸 안에 깃든 힘에 명확한 의지는 없어. 아마 신의 감정에 힘이 과잉 반응을 해서 투지가 너무 강해진 걸 거야. 너무 강한 힘은 사람을 취하게 해. 주저 없이 상대방을 상처 입히게 하지."

"그래. 유즈하의 말이 맞을지도 몰라. 평소엔 【리미트】로 억누르고 있지만 힘을 해방시키는 순간엔 뭐든 할 수 있을 것 같은 기분이 들거든."

【리미트】를 풀고 전력으로 싸운 횟수는 고작해야 몇 번뿐이지만, 그때마다 질 것 같다는 생각이 전혀 들지 않았다. 전능감(全能感)과도 비슷한 그것은 유즈하가 말한 것처럼 힘에 도취된 상태인지도 몰랐다.

"【리미트】를 해제하는 게 위험한 건가?"

"힘에 삼켜지지만 않으면 괜찮아. 정말 위험할 때는 내가 막을게."

유즈하는 무표정하던 평소와 다르게 눈에 힘이 들어가 있었다.

"이 이야기는 슈니와 티에라가 있을 때 해야 하지 않았겠소이까?"

"아직 조금 일러."

슈바이드가 정보는 공유하는 게 좋지 않느냐고 말하자 유즈하가 눈에서 힘을 풀며 대답했다.

"이유가 무엇이오?"

슈바이드는 그렇다면 어째서 자신에게는 이야기해주었냐고 물었다.

"티에라와 슈니는 신에게 너무나 마음을 기울이고 있어. 만약…… 신에게 나쁜 일이 생기더라도 칼끝을 겨눌 수는 없을 거야. 나 혼자서는 막아낼 자신이 없어."

유즈하는 '만약'이라는 말 뒤에 잠깐 망설이고 나서 말을 이어나갔다. 그 만약의 사태가 찾아오지 않길 바라는 것이 분명했다.

"나라면 할 수 있다는 것이오?"

"슈바이드의 마음속에 있는 건 충심이야. 슈니처럼 신의 특별한 사람이 되고 싶은 게 아냐. 그러니까 정말 손을 쓸 수 없게 되었을 때는 무기를 들 수 있어."

위압감을 감추려고도 하지 않는 슈바이드를 똑바로 마주보면서 유즈하는 단언했다.

"설령 잘못된 길이라 해도 함께 따라가는 것 또한 부하의 의무가 아니오?"

"그럴 가능성도 전혀 없는 건 아니야. 하지만 슈바이드는 주군이 잘못된 길을 가려 하면 적이 되어서라도 막으려 할 거라 생각해. 그래서 이야기했어."

"……."

슈바이드는 유즈하의 말에 반박하지 못했다. 정말 그런 상황이 오면 유즈하의 말대로 행동할 거라는 것을 본인도 인정한 셈이었다.

서포트 캐릭터이긴 해도 현재의 슈바이드에게는 아무런 제약도 없었다. 게임 때처럼 특정한 행동만 반복하는 것이 아니라 자신의 의지로 생각하고 결정할 수 있었다.

항상 신과 같은 편이어야 할 이유는 없는 것이다.

두 사람의 대화를 듣고 있던 신도 슈바이드라면 그렇게 할 거라고 생각했다. 슈바이드의 성격을 설정한 당사자이니 만큼 틀린 생각은 아닐 것이다.

어떻게 보면 유즈하보다 신이 더 슈바이드를 잘 알고 있다고 해도 과언이 아니었다.

"하지만 신이 지금 그대로라면 걱정할 필요 없어. 유즈하는 신을 믿어."

"신뢰해주는 건 좋지만 그 모습으로 끌어안는 건 자제하라고."

지금까지의 무거운 분위기는 어디 갔는지, 유즈하는 종종걸음으로 다가와 신을 꼬옥 끌어안았다.

양팔을 등에 두르며 있는 힘껏 안았기에 크게 성장한 두 언덕이 신과 유즈하 사이에서 부드럽게 눌렸다.

유즈하의 감정을 드러내듯 이리저리 흔들리는 꼬리를 보고 슈바이드도 긴장이 풀렸는지 어깨의 힘을 풀었다.

"신이 힘에 삼켜지지 않을 거라 믿는 건 나 역시 마찬가지외다. 그대야말로 그래 가지고 신을 막을 수 있겠소?"

"유즈하는 할 때는 하는 여우야."

"……."

유즈하는 자신을 떼어내려는 신에게 저항하면서 의기양양한 얼굴로 대답했다. 신과 슈바이드는 형용할 수 없는 허무함에 한동안 아무 말도 하지 못했다.

†

달라붙고 싶으면 여우의 모습일 때 하라고 유즈하에게 말한 지 10분 정도가 지났을 때였다.

품속에서 새근새근 잠든 유즈하를 쓴웃음과 함께 바라보며 티에라가 돌아오는 걸 기다리고 있는데 현관 쪽에서 누군가가 언쟁을 벌이는 소리가 들렸다.

슈바이드도 그것을 알아챘는지 목소리가 난 방향을 돌아보고 있었다.

신 일행이 머물고 있는 저택은 제법 넓었다. 보통 사람이라면 현관에서 무슨 소리가 들리든 모르고 넘어갔을 테지만 엿듣기 스킬을 가진 신과 슈바이드에게는 선명히 들렸다.

물론 저택 안의 목소리를 도청할 의도는 없었고 해당 스킬을 계속 발동시켰던 것도 아니었다. 기본적으로는 사용자의 의사에 따라 발동된다.

지금은 현관 앞에서 서성거리다 안으로 들어오는 두 개의 반응을 보고 신이 스킬을 발동시켰다.

대화 내용을 보면, 티에라와 만나러 온 두 사람이 안에서 기다리겠다고 했지만 저택의 관리자에게 거절당하고 있었다.

넓은 저택이라 집사 같은 사람들이 여러 명 있었던 것이다.

한동안 엿듣다 보니 루라크의 대표가 어떻고 루센트와 루델리아의 문제가 어떻다느니 하는 엉뚱한 방향으로 두 사람의 이야기가 엇나가기 시작했으므로 신은 모습을 숨긴 채 현관으로 이동하기로 했다.

"一그러니 티에라 공이 우리 루라크 저택에 와주셨으면 하오. 이대로 가면 루델리아의 힘만 더 강해질 것이오. 그것은 관리자 가문으로서 옳지 못한 일이 아니오."

"무슨 소리. 그대들은 티에라 공의 힘이 필요한 것뿐일 테지. 루센트는 이미 루델리아의 일원이오. 티에라 공도 우리 편에 서는 게 도리에 맞소."

이동하는 와중에도 들려오는 대화를 듣고 신은 화가 나기 이전에 어이가 없었다. 결국 양쪽 모두 티에라를 자기편에 끌어들이는 것만 생각하고 있었던 것이다.

눈앞에서 다투는 두 엘프 남자의 입장을 생각해보면 당연한 일이긴 했다. 그러나 신은 티에라의 마음이 어떤지 알고 있었기에 그들이 괜한 힘을 쏟고 있다는 생각밖에 들지 않았다.

"어쩔 수 없군. 다시 오겠소."

루라크의 대표로 온 남자가 그렇게 말하며 발걸음을 돌리자 루델리아의 일원으로 보이는 남자도 다른 곳으로 움직이기 시작했다.

미니맵으로 그들의 반응을 한동안 지켜보던 신은 그 두 사람이 같은 방향으로 나란히 걸어가고 있다는 사실을 깨달았다.

가는 길이 우연히 같은 방향이라 하더라도 굳이 나란히 걸어갈 필요는 없을 것이다. 게다가 뒤에서 그들을 미행하는 누군가도 있었다.

"이상하네……. 저 둘은 가문의 입장 차이 때문에 사이가 좋지 않아 보였는데. 미행하는 사람이 호위……라면 굳이 모습을 감출 필요는 없었겠지. 아무래도 개인적인 용무로 온 것 같지는 않은데, 그럴 때는 보통 부하를 한두 명은 대동하지 않나?"

"음, 그래야 상대를 위압하는 효과도 있을 테지만 그런 허세를 싫어하는 사람도 있기 마련이오. 만약 그렇다면 숨어서 호위할 수도 있을 것 같소. 저 자들의 지위가 높다면 충분히 그럴 법하오. 다만 저들이 함께 행동하는 이유까지는 모르겠구려. 두 가문의 모든 사람들이 서로 으르렁거려야 한다는 법은 없지만 아무래도 사이가 좋아 보이지는 않았는데 말이오."

"그렇지? 좋아, 잠깐 따라가 볼게."

인적이 많은 길을 피해 가는 것이 아무래도 수상했던 신은 슈바이드에게 미행하겠다는 뜻을 밝힌 뒤에 따라붙기 시작했다. 잠에서 깨어난 유즈하는 신의 어깨로 훌쩍 뛰어올랐다.

슈바이드는 은밀 행동에 능숙하지 않았기에 돌아오기를 기다리기로 하며 저택에 남았다.

"흠, 뭔가 얘기하는 것 같은데."

"쿠우, 말다툼은 아닌 것 같아."

신과 유즈하는 【하이딩】으로 모습을 숨긴 채 두 사람의 뒤를 따라 걸어갔다.

그들은 겉으로는 언쟁을 벌이는 척하면서도 그 사이사이에 속삭이는 소리로 전혀 다른 대화를 나누고 있었다. 말다툼은 다른 사람들의 눈을 속이기 위한 위장술이었던 것이다.

신은 작은 소리로 나누는 대화에만 의식을 집중하기로 했다.

"그런 식으로 말하면 인상만 나빠지잖아. 사과를 하려면 좀 더 원만한 방법을 생각하는 게 어때? 그렇게 하면 자길 싫어해 달라고 말하는 거나 마찬가지라고."

루라크의 대표라고 칭했던 남자가 눈썹을 찡그리며 옆의 남자를 푸른 눈동자로 바라보았다.

엘프답게 균형 잡힌 얼굴에 푸른 머리카락을 짧게 자르고 있었다. 말투도 거침이 없어서 기가 센 인상을 주는 남자였다.

【애널라이즈】로 살펴보자 이름은 헤라드였다.

"너야말로 그렇게 말하면 티에라를 사라진 무녀의 대용품으로 쓰려는 것 같잖아. 그거야말로 인상이 나빠지지."

루델리아 가문으로 보이는 남자가 대답했다. 이쪽도 물론 엘프였고 목 언저리까지 내려오는 은발을 휘날리며 녹색 눈동자로 헤라드를 노려보았다.

이름은 오를레아였다.

"그걸 누가 모르냐? 우리 쪽 늙은이들은 당시에 티에라 님을 추방하는 걸 전부 찬성했다고 하잖아. 그런데 그렇게 강해져서, 그것도 신수까지 길들여서 돌아온 걸 보고 보복당할까 봐 벌벌 떨고 있다고. 그런데도 아직 잘못을 인정하지 못하는 걸 보면 한심하기 그지없지. 아무리 그때 이후로 태어났다지만, 나 같은 놈한테 권유하고 오라는 게 말이 되냐? 그러면서도 저자세로 나가지 말라고 하면 나보고 대체 어쩌라는 거냐고! 게다가 그 양반은 원래 루센트 가문이라 내가 사실을 말해도 믿어줄지 모른다니까?"

티에라를 옹립하여 가문 부흥을 꿈꾸는 자들이 있을 정도였다.

전 루센트 가문 사람들의 눈에는 루라크 가문이 티에라를 이용하려는 것으로밖에 보이지 않을 것이다.

속삭이면서 소리치는 재주를 부려야 할 정도로 헤라드는 초조해하고 있었다.

"그렇게 따지면 난 약혼자면서도 지키지 못했다고. 보복할 마음이 있었으면 내가 제일 먼저 당했겠지. 하지만 그걸로 티에라의 기분이 풀린다면 나쁘진 않으려나."

빨리 꼬리 내리고 협력을 요청하는 게 낫다는 헤라드의 말에 동의하면서 오를레아가 말했다.

"바보냐. 나야 루라크의 대표로 잠깐 인사만 나눈 정도지만, 티에라 님은 그런 사람이 아냐. 세계수를 정화할 때 호위로 따라간 녀석은 티에라 님이 정화하는 모습을 보기만 해도 눈물이 나왔다더라. 그런 힘을 가진 사람이 너 따위 죽인다고 무슨 기분이 풀리겠냐고."

아무래도 신이 모르는 사이 티에라에 대한 평가가 더 높아진 것 같았다.

신은 티에라가 정화를 사용하는 장면을 본 적이 있었지만 눈물이 날 만큼 감동적으로 느껴지진 않았다. 그래서 어떻게 된 일인지 조금 궁금해졌다.

"네가 말 안 해도 알아. 그 정도로 후회하고 있다는 뜻이었어. 그래서 티에라를 최대한 돕고는 싶은데, 그 옆에 항상 감시하는 녀석들이 있단 말이지. 내가 부주의한 말을 꺼내기라도 하면 바로 아버님께 보고가 올라갈 거야. 가뜩이나 티에라에 대한 문제로 요즘 자주 의견 충돌이 일어나는데, 최악의 경우엔 내 움직임을 제한하실지도 몰라. 예전엔 이 정도까진 아니셨는데 최근의 아버님은 뭔가 이상하시거든."

"그 일을 서두르시는 건가?"

"아니, 아버님이 무슨 일을 하시려는 건지 최대한 알아두고 싶어. 그리고 루라크의 전사장들도 아직 대부분 아버님 편이잖아. 나라와 세계수를 지키는 전사로서 당주를 따르는 거라 그나마 다행이지만 말이지."

심상치 않은 이야기가 나오기 시작하면서 신은 불길한 예감을 씻을 수 없었다. 마치 쿠데타라도 일으킬 것 같은 말투였다.

그리고 무엇보다 티에라가 감시당하고 있다는 게 가장 큰 문제였다.

적어도 신이 함께 있을 때는 그런 낌새가 없었다. 그렇다면 세계수를 정화할 때 따라붙는지도 몰랐다.

'방금 전 이야기대로라면 티에라의 전 약혼자가 바로 이 녀석이겠지? 티에라에게 청혼했다는 것도 이 녀석이고.'

두 사람의 이야기를 들을수록 오를레아에 대한 인상이 바뀌고 있었다. 현재의 상황에 대해 의문을 품고 있는 듯했다.

그리고 헤라드 역시 마찬가지일 것이다. 대화 내용을 보면 두 사람 외에 다른 협력자도 있는 것 같았다.

티에라에게 청혼했던 것도 강해져서 돌아온 그녀를 최대 세력 중 하나인 루라크 가문에 끌어들이는 동시에 당주에게서 보호하기 위한 것일지도 몰랐다.

"계속 루델리아의 독주 체제였으니까 말이지. 하지만 세계수에 대해 알고 있는 녀석들에게서 루델리아가 뭔가 안 좋은 일을 꾸미는 게 아니냐는 이야기도 나오고 있어. 너희 아버지도 더 이상 숨길 생각이 없어지신 거 아냐?"

"준비가 갖춰진 건지도 모르지. 하지만 나도 대체 뭘 하시려는지 모르겠단 말이야. 내가 차기 당주이긴 해도 아직은 실무의 일부만 담당하고 있을 뿐이야. 게다가 그것도 다른 사람이 충분히 대체할 수 있는 일이고 말이지. 심상치 않은 상황인 건 틀림없지만 어째서 그렇게 되었는지, 지금 뭘 하고 있는 건지는 나에게도 가르쳐주시지 않아. 답답할 뿐이야."

신은 두 사람의 뒤를 따라가면서 지금까지 얻은 정보를 정리해나갔다.

아무래도 루델리아 가문 내에서 당주와 차기 당주인 오를레아의 사이가 벌어지고 있는 것 같았다. 당주와 측근들끼리 무언가를 꾸미는 게 분명했다.

이야기를 들어보면 오를레아는 진지하게 세계수의 보전과 관리에 대해 걱정하고 있었다.

헤라드는 오를레아의 죽마고우였고 허물없는 말투는 그 때문이었다. 그 역시 오를레아와 마찬가지로 세계수를 지키고 관리하는 것을 사명으로 삼고 있는 듯했다.

티에라를 자기 일족에 끌어들이는 것은 장로들의 의견인 것 같았다. 본인 역시 루델리아를 견제하면서 세계수를 지켜나가기 위해서는 티에라의 힘이 필요하다는 생각을 갖고 있었다.

게다가 루델리아 가문의 일부가 뭔가 수상한 움직임을 보이고 있기 때문에 그것을 저지하기 위해선 같은 관리자 가문인 루라크에 힘이 더해져야 한다는 논리였다.

"그럼 가볼게. 다음엔 좀 너 제대로 된 권유 방법을 생각해 보라고."

"말 안 해도 알아. 너야말로 좀 더 그럴듯한 대사를 생각해 둬."

속삭이는 대화는 그걸로 마지막이었다.

헤라드와 오를레아는 다투며 헤어지는 척을 하며 각자 다른 길로 걸어가기 시작했다.

신은 둘 중 하나를 추적해볼까도 생각해봤지만 혼자 걸어 가면서 중요한 정보를 이야기할 리는 없었기에 여기까지만 하기로 했다.

게다가 지금까지 엿들은 이야기만 해도 여러모로 생각해볼 만한 정보가 충분히 많았다.

"루델리아의 차기 당주가 지금 상황을 이상하게 생각하고 있단 말이지."

"세계수가 위험한 것도 그 때문일까?"

"관리자들의 수장이 무언가를 꾸미고 있다면 전혀 상관없 다고 할 수는 없겠지."

유즈하가 그런 의문을 갖는 것은 당연했다. 신은 아무 문제 없이 넘어가긴 힘들 것 같다는 생각에 한숨을 쉬었다.

✝

신과 유즈하가 저택으로 돌아온 지 한 시간 정도가 지났을 때였다. 신과 슈바이드가 이야기를 나누고 있을 때 쿵 하는 커다란 소리가 났다.

"티에라와 슈니가 돌아온 것 같은데."

"꽤나 기분이 안 좋은 것 같소. 좋은 결과를 기대하긴 힘들 것 같구려."

두 사람이 들은 것은 있는 힘껏 문을 열어젖히는 소리였다.

"유즈하가 들려준 이야기는 이 일이 정리된 다음에 밝히는 걸로 하자. 필마와 세티도 있을 때 말이지." 유즈하는 슈니와 티에라가 없을 때 이야기를 꺼냈지만 무조건 숨기는 게 좋다고 할 수는 없었다.

이 자리에 없는 동료들도 있으므로 모두가 한자리에 모였을 때 이야기를 꺼내기로 했다.

신의 말에 슈바이드가 고개를 끄덕였다. 그리고 바로 그때 평소보다 요란한 발소리와 함께 티에라와 슈니가 모습을 드러냈다.

"어서와. 허가는…… 못 받았나 보네."

노골적으로 불쾌감을 드러내는 티에라를 보면 결과를 물어볼 것도 없었다. 지금도 화를 간심히 참아내는 게 느껴졌다.

"그래, 맞아! 정말이지! '휴먼 따위 믿을 수 없어' 같은 소리나 하고 있고! 자기들이야말로 훨씬 못 믿을 족속들이면서! 리무리스에게만 떠맡기고 아무것도 안 했던 주제에!"

주변에 동료들만 있기 때문인지 티에라는 더 이상 못 참겠다는 듯이 마구 소리쳤다. 이 정도로 격렬하게 화를 내는 모습은 처음이었다.

"자, 자, 일단 진정하라고. 아무리 무녀와 아는 사이라도 갑자기 신뢰하기는 힘들지 않겠어?"

"그야 그렇지만. 직접 만나본 것도 아니면서 내가 속고 있는 게 아니냐느니, 자신들 외에 그런 정의로운 사람이 있을 리가 없다느니 하는 소리나 하고 있잖아. 아! 생각만 해도 또 화가 나!"

티에라의 말에 따르면 세계수를 중심으로 하는 일정한 영역은 엘프에게 일종의 성역이며 기본적으로 다른 종족을 들일 수가 없다고 한다.

하지만 지금은 비상 사태였다. 티에라의 힘으로도 현재 상황을 유지하는 게 고작인 것이다.

그런 사소한 관습에 얽매일 때가 아니라고 설득했지만 신이 세계수에 대해 잘 안다는 말을 믿어주지 않았다고 한다.

"화가 나는 건 이해하지만 상대방 입장에선 의심할 만도 하잖아? 엘프라면 모를까 휴먼이 알 만한 지식은 아니잖아."

"그건! ……그렇지만."

"뭐, 그건 어려운 문제라도 내게 해서 내가 대답하는 수밖에 없겠네. 누구한테 배웠냐고 물으면 하이 엘프에게 신세 진 적이 있다고 대답해줘."

그것으로도 안 된다면 몰래 숨어드는 것도 염두에 두어야 했다.

티에라의 고향이기도 하고 이 세계에서 매우 중요한 존재인 세계수 때문에 라나파시아에 오게 되었지만, 가능하다면 귀찮은 문제에 휘말리고 싶지는 않았다.

세계수 문제가 정리되기만 하면 엘프들이 뭐라 하든 빨리 도망쳐버릴 생각이었다. 물론 그게 그렇게 쉽지만은 않을 테지만 말이다.

"그걸로 납득해주면 다행일 테지만."

"그런데 슈니의 정체는 밝힌 거야? 슈니가 있다는 걸 알면 상대방도 세게 나오진 못했을 텐데."

"밝힌 게 이거야. 스승님이 없었으면 이야기를 들어주지도 않았을걸."

"그것 참……."

워낙 중요한 사안이라 신중을 기하는 것일까? 아니면 단지 타 종족을 믿지 못하는 것일까? 지금까지 얻은 정보를 생각해 보면 아마 후자일 거라고 신은 생각했다.

정말 세계수만 아니었다면 얽히고 싶지 않은 곳이었다.

"뭐, 우릴 믿든 안 믿든 간에 해야 할 일은 똑같아. 준비라도 시작해두자고."

"아직 세계수의 상태를 보지 못했잖아. 괜찮겠어?"

"일단 내가 아는 범위 안에서 증상에 따른 대처를 준비할 생각이야. 세계수 자체를 활성화해서 건강하게 만드는 특수 영양제『요크나르 EX』하고 정화 능력을 강화하는 마법진『케시사르 EX』, 그리고 부정한 기운의 대미지를 줄여주는 결정석『간바르 EX』까지. 이 세 가지를 사용하면 부정한 기운에 대해 상당히 강해질 수 있을 거야."

게임 시절에는 이것들 중 하나만으로도 충분한 효과가 있었다.

세 가지를 모두 사용하면 말라 죽어가는 세계수마저 부활시킬 정도였다. 이쪽 세계에서도 효과는 있을 테니 아끼지 않고 써버리기로 했다.

"좋아지다(요쿠나루), 없애다(케시사루), 힘내다(간바루)……. 굉장히 위험해 보이는 이름이 하나 섞여 있는 것 같은데."

"이름은 신경 쓰지 마. 미리 말해두지만 내가 지은 게 아니라고. 이쪽에선 아직 사용해본 적이 없어서 어느 정도의 효과를 발휘할지는 모르겠지만 이론상으로는 잘 통할 거야."

신은 아이템 박스 안을 검색해서 이벤트에서 쓰고 남은 아이템을 꺼냈다. 요크나르 EX와 간바르 EX가 둘, 케시사르 EX는 하나였다.

요크나르 EX는 용액이 든 케이스를 땅에 꽂아 사용한다.

케시사르 EX는 마법진이 스티커 형태로 되어 있어서 그것을 줄기에 붙이면 된다.

간바르 EX는 뿌리 쪽에 결정석을 묻으면 된다.

"일단 여기서도 만들어둘까?"

게임 시절에 제작한 아이템과 이 세계에서 제작한 아이템은 효과가 다를 수도 있었다. 신은 혹시 모르는 사태에 대비해서 새롭게 제작해두기로 했다.

마법진만 펴면 되는 케시사르 EX와 술식만 부여하면 거의 완성되는 간바르 EX는 금방 완성된다. 가장 번거로운 것은 용액 형태의 요크나르 EX였다.

"달의 사당을 꺼내려면 안뜰밖에 없을 텐데, 눈에 띄지 않을까?"

"아니, 제작 방법이 간단하니까 달의 사당의 시설까지 필요하진 않아."

주변에 아무도 없다는 것을 확인해두었기에 신은 아이템 박스에서 직접 몇 종류의 금속 조각과 두 개의 유리병을 꺼냈다.

한 유리병에는 반투명한 은색 액체가, 다른 하나에는 금색 액체가 들어 있었다.

"저기, 신. 그 은색 액체는 혹시 세계수의 수액 아냐……?"

"오, 바로 알아보네. 역시 세계수의 무녀다워. 이 금색 액체는 에릭서(만능 회복약)이고 이 금속 조각은 오리할콘, 히히이로카네, 미스릴이야. 장비를 제작하고 남은 거라 조각이 작

아. 나머진 요크나르를 만들기 위한 마강철 합금 정도야."

"잠깐만. 세계수를 회복시키기 위해 세계수로부터 얻은 재료를 사용한다고? 그건 좀 이상하지 않아?"

제작 재료를 설명하는 신에게 티에라가 의문을 표했다. 세계수로부터 나온 재료로 세계수를 위한 아이템을 제작한다는 것을 의아하게 생각한 듯했다.

"오히려 없으면 안 돼. 수액을 사용해야 세계수가 약을 더 잘 흡수할 수 있어. 원래는 수액 없이 약을 만들다가 어느 정도 회복되고 나서 수액을 포함시키거든. 그리고 되도록 이곳에 있는 세계수의 수액을 사용하고 싶으니까 할 수 있으면 채취해줘."

신은 그렇게 말하면서 카드화한 빈병을 티에라에게 건네주었다.

이번에는 이벤트에서 쓰고 남은 아이템이 있으므로 그것을 사용하기로 했다. 스킬을 통해 금색과 은색의 액체가 섞이고 거기에 각종 금속 조각을 녹이게 된다.

금속 조각이 마치 물에 넣은 얼음처럼 녹아버리더니 액체가 엷은 녹색으로 변했다. 액체가 든 용기도 함께 변화하면서 20세메르 정도의 가늘고 긴 형태로 바뀌었다.

"이걸로 완성됐어. 뿌리 쪽 지면에 용기 끝을 꽂아두기만 하면 돼."

겉보기엔 커다란 텃밭용 영양제 같았다. 용액은 알아서 땅에 침투하기 때문에 꽂아둔 다음에는 특별히 신경 쓸 필요가 없었다.

"나머지 두 가지는 훨씬 간단해."

신은 전혀 긴장감 없는 목소리로 나머지 아이템을 제작하기 시작했다. 만약의 사태에 대비해서 여러 개를 만들어 티에라에게 건네주었다.

"왠지 성의가 별로 없는 것 같아……. 하지만 신이 원래 그렇지 뭐."

"그게 무슨 뜻이야."

신은 허무하다는 듯이 말하는 티에라에게 툭 쏘아붙인 뒤에 자세한 사용법을 알려주었다. 신의 입장에선 엘프들에게 귀찮은 심사를 받지 않아도 된다면 그게 제일이었다.

"응, 기억했어. 신이 당장 성역에 들어가긴 힘들 테니까 내가 먼저 가서 시험해볼게."

"잘 부탁해. 솔직히 말하면 이걸로 끝나면 더 바랄 게 없겠어."

그렇게만 된다면 성역에 들어가기 위한 허가를 받을 필요도 없을 것이다.

세계수만 괜찮다면 더 이상 체면 같은 걸 신경 쓸 이유도 없지 않은가. 좋지 않은 일을 꾸미는 당주가 본색을 드러내더라도 그냥 쓰러뜨리면 그만이었다.

그 뒤에 따라오는 성가신 문제는 차기 당주인 오를레아에게 맡기면 된다.

"그런데 티에라와 리무리스가 정화를 하는 시간은 따로 정해져 있는 거야?"

"지금은 아침과 밤에 한 번씩이야. 세계수를 정화하려면 체력이 필요하니까 하루에 몇 번씩이나 할 수는 없어. 나는 전보다 부담이 줄어든…… 게 아니라 체력이 좋아진 거겠지. 아무튼 그 덕분에 못 움직일 정도로 지치진 않아. 혼자서 하는 것도 아니니까 말이지."

다만 리무리스 혼자서 하기에는 상당히 부담이 크다고 한다.

"리무리스도 정화 능력이 낮은 건 아니야. 하지만 부정한 기운이 너무나 강해. 지금은 둘이서 하니까 부담이 가벼워지긴 했을 거야. 전에도 말한 것 같지만 내가 처음 왔을 때만 해도 정화 때문에 목숨이 위험해질 지경이었어."

정화 능력 자체는 신성한 힘이었다. 그러나 그것을 사용하는 주체는 사람이므로 한계가 존재할 수밖에 없었다.

티에라가 루델리아 가문에 분노하는 이유는 그 정도로 쇠약해진 리무리스에게 정화를 강요했기 때문이었다.

"정화는 무녀만이 할 수 있을 테지만, 옆에서 보조하는 사람은 아무도 없는 거야? 【힐】이나 【큐어】를 사용해주는 것만으로도 훨씬 나아질 텐데."

"그런 사람은 없어. 굳이 없어도 될 호위는 두 명 있지만.

우리 무녀들이 사용하는 정화는 마력 대신 생명력과 비슷한 힘을 사용하는 것 같아. 아, 【애널라이즈】라는 스킬이 있잖아? 그걸로 리무리스를 봤을 때 깨달은 건데 마력을 나타내는 『엠피』? ……가 줄어들지 않았거든. 【에이치피】가 조금씩 줄어들긴 했지만 그에 비해 지나치게 쇠약해져 있었어. 내 상태를 확인해봤을 때는 양쪽 모두 줄어들지 않았고."

【힐】과 【큐어】 같은 스킬로는 회복되지 않는 모양이었다.

"HP는 설정상 생명력을 나타낸다고 하는데, 엄밀히 말하면 나도 정확히 어떤 건지는 몰라. 그런데 마력을 사용하지 않는다니. 유사시에 MP를 양도하는 스킬도 의미가 없겠네."

"그런 것도 할 수 있구나. 정화 중에 에테르(마력 회복약) 같은 걸 마실 수는 없거든."

정화는 다른 행동 — 마실 것을 입에 살짝 머금는 것조차도 — 과 병행하기 힘들다고 티에라가 말했다.

"목록에는 없지만 스킬하고 비슷한 거겠지. 신성한 힘이기도 하고, 완전히 집중하지 않고도 할 수 있다면 오히려 덜 신비하게 느껴질 것 같은데."

스킬에 특정한 형태가 존재하는 것처럼 정화 역시 마찬가지일 거라고 신은 생각했다. 발동 조건 같은 것이 존재하더라도 이상할 것은 없었다.

"어쨌든 지금 시점에서 우리가 할 수 있는 일은 다 한 것 같은데."

"루델리아에서 연락이 오거나 다음 정화 예정일이 다가올 때까지 기다릴 수밖에 없겠죠. 마음만 먹으며 우리 쪽에서 먼저 움직일 수도 있겠지만요."

"모습을 감추고 루델리아 가문에 잠입이라도 해볼까?"

신은 슈니의 말을 듣고 지금까지 몇 번이고 언급되었던 방법을 농담 삼아 이야기해보았다. 그러자 문득 그것도 나쁘지 않겠다는 생각이 들었다.

루델리아의 당주가 무슨 생각을 품고 있는지 알아낼 수 있을지도 모르기 때문이었다. 신과 슈니의 잠입 능력이라면 충분히 가능할 것이다.

"해볼까요?"

"······아니, 다음 정화 때까지 기다리자. 우리라면 들키지 않고 숨어들 수 있을 테지만 상대는 세계수를 관리하는 일족이야. 우리가 모르는, 예를 들어 세계수의 힘을 응용한 경보 같은 걸 설치해뒀을지도 몰라. 이방인이 찾아오자마자 침입자가 발생한다면 제일 먼저 우리가 의심받을 테고 티에라의 입장도 난처해져. 조금은 기다려보자."

세계수는 신에게도 아직 모르는 부분이 많았다. 쓸데없는 의심을 산다면 활동에 제약이 생길 뿐이므로 일단은 상황을 지켜보는 게 나았다.

오를레아와 헤라드의 뒤를 밟을 때 저택까지 따라가지 않았던 이유도 바로 그것이었다.

"그렇다면 남은 건 정보 수집인가요?"

"그렇겠지. 세계수에 대한 정보에는 아무나 접근할 수 없을 테지만 루델리아 가문과 루라크 가문에 대한 거라면 뭔가 알아낼 수 있을지도 몰라. 그리고 티에라와 슈니가 없을 때 루라크와 루델리아의 엘프들이 찾아왔었어. 잠깐 뒤쫓아 가봤는데 이런 이야기를 하고 있더라고—."

신은 모두 모인 김에 헤라드와 오를레아의 대화 내용을 슈니와 티에라에게 말해주었다.

"틀림없어. 내게 청혼했던 엘프가 바로 그 오를레아야. 하지만 그런 상황이었을 줄이야……. 지금 생각해보면 재회하자마자 결혼하자고 말하는 게 이상하긴 했어."

"자기 곁에 가까이 두고 지켜주려는 생각이었겠죠. 하지만 신의 이야기를 들어보면 그런 배경을 설명하기도 힘든 상황인가 보네요. 두 사람을 몰래 따라가던 건 당주가 파견한 감시자들이었을 테니까요."

신도 내심 그렇게 생각하고 있었다.

두 사람은 감시자를 의식해서 서로 으르렁대는 연기를 하며 대화를 나누었다. 서로를 비난하는 상황이라면 같은 방향으로 나란히 걸어가더라도 그렇게 이상해 보이지는 않는다.

신 역시 작게 속삭이는 대화를 엿듣지 못했다면 그들이 말다툼에 너무 열중한 것으로 착각했을 것이다.

"그 두 사람과 한 번 접촉해보는 것도 방법이겠네. 정보를 수집하고 싶어도 휴먼인 나한테는 이야기해주지 않을 가능성이 높으니까 말이야. 슈바이드는 어떻게 생각해?"

"티에라 공의 일행이니 만큼 가벼운 대화는 받아주겠지만 중요한 내용을 캐내긴 힘들 것이오."

슈니가 다가가면 크게 경계하지 않고 이야기해줄 것이다. 엘프와 하이 엘프는 외관상의 차이가 없기 때문이다.

그러나 휴먼과 드래그닐이라면 그러기 힘들었다.

"시도해볼 가치는 있겠네요. 지금은 라나파시아의 내부 정보를 얻는 게 가장 중요해요."

신과 슈니라면 모습을 감춘 채로 접촉할 수도 있었다. 오를레아와 헤라드가 감시당하는 상황에서도 들킬 염려는 없었다.

"정보 수집이라면 나도 도울 수 있어. 정확히 말하면 루센트 가문의 부흥을 목표로 하는 사람들이 멋대로 이야기해주는 거지만."

"그건 엄청 귀중한 정보원인데? 루델리아 가문에서 일하는 사람도 있을 거 아냐."

"그렇지만 역시 중요한 내용은 장로같이 지위가 높은 사람들만 알고 있는 것 같아. 내가 돌아온 뒤로 비밀 유지가 더욱 엄중해졌다고 들었어. 그리고 루센트 가문 출신은 중요한 직책을 맡지 못한다나 봐."

루센트 가문 사람들을 신용하지 못하는 것일까? 아니면 단지 다른 가문 출신자에 대해 신중을 기하는 것일까?

아마 후자일 것이다. 외부와 내통할 수 있다는 위험을 늘 염두에 두는 듯했다.

지금도 아는 정보를 티에라에게 모두 누설한 걸 보면 그런 염려가 정확히 적중했다고 할 수 있었다.

"그러면 일단 저와 티에라가 정보를 수집하기로 할게요."

"그럼 우리는…… 응?"

스킬로 모습을 감추어 거리에서 대화를 엿듣는 게, 아니, 정보 수집을 하는 게 어떨지 생각할 때 신의 시야 끄트머리에서 메시지 수신을 알리는 아이콘이 깜빡였다.

"왜 그러세요?"

"메시지가 도착했어. 보낸 사람은…… 리리시라?"

신은 그게 누군지 생각하다가 성녀를 구출할 때 팔미락에서 협력해주었던 엘프 신관임을 바로 떠올렸다. 엘프가 이종족 남성과 파티를 맺는 의미에 대해 알려준 인물이기도 했다.

"뭔가 급한 용무라도 있는 것이오?"

"잠깐만. 이건……."

슈바이드에게 양해를 구한 뒤 신은 메시지 내용을 읽어 내려갔다.

메시지에는 예전에 쓰러뜨린 돼지 사제, 즉 브루크의 방 안에서 발견된 엘프 소녀가 눈을 떴다는 내용이 적혀 있었다.

이어지는 이야기에 따르면 그 소녀는 라나파시아로 돌아가야 한다는 말을 했다고 한다.

"혹시 납치당했다는 다른 무녀가 아닐까?"

사제들의 배후에는 데몬이 있었다. 그리고 라나파시아의 무녀를 데려간 존재 또한 데몬이었다.

게다가 그 엘프가 라나파시아로 돌아가야 한다고 말했다면 거의 틀림없다고 봐도 될 것이다.

"그때 구해냈던 아이 말이지? 내가 떠난 뒤에 태어난 무녀라서 얼굴을 알아보지 못했던 거구나."

"무녀끼리 서로를 알아보진 못하는 거야?"

"알아보는 경우도 있다고 들었는데 난 아니야. 게다가 그때는 마기에 침식당한 상태라 어차피 힘들었을 거야."

같은 무녀의 힘을 갖고 있더라도 서로의 정체를 알아보는 것은 개인에 따라 다르다고 한다.

"그런데 그 아이가 정말로 무녀라면 어째서 무사히……가 맞는지는 모르겠지만 살아 있었던 걸까? 나를 공격할 때는 죽이려고 혈안이었으면서."

티에라는 『정점의 파벌』의 거점에서 싸웠던 두 마리의 데몬인 아다라와 스콜어스를 떠올린 것 같았다.

신도 당시의 상황을 되짚어보았다.

분명 그 두 마리의 데몬은 티에라의 힘을 깨닫자마자 다른 일행을 무시한 채 티에라만 공격하기 시작했다. 그렇다면 그 소녀도 번거롭게 납치할 것 없이 그 자리에서 죽이면 되지 않았을까?

"아마 그 소녀는 납치당할 때 무녀의 힘을 봉인당했거나 사용하지 못할 정도로 약화되었던 게 아닐까? 누가 납치했는지는 모르지만, 그게 데몬이라면 작위가 높더라도 그 아이가 매우 위협적으로 느껴졌을 거야. 아무리 무녀라도 혼자 맞서 싸우긴 힘들었겠지. 그런 상태로 살려둔 건 뭔가 다른 꿍꿍이가 있다고 봐야 할 것 같은데."

호위가 붙어 있었다고 해도 작위가 높은 데몬을 상대하려면 슈니나 슈바이드 정도의 힘이 필요했다. 이 세계에서는 그정도의 방비를 해두기 어려웠을 것이다.

"빨리 데려오는 게 좋을 것 같군. 하지만 어떻게 데려왔느냐고 물어보면 어떻게 대답하지?"

리리시아와 소녀가 있는 팔미락은 『육천』의 길드하우스였다. 굳이 달의 사당을 꺼낼 것도 없이 전송 마법의 결정석으로 이동할 수 있었다.

지금처럼 달의 사당을 꺼내기 힘든 환경이거나 물리적으로 꺼낼 수 없을 때를 위해 준비해둔 것이다. 장소만 등록해놓으면 왕복도 가능했다.

다만 라나파시아에 오늘 도착한 신 일행이 납치당했던 무녀를 데려온다면 어떤 반향을 일으킬지 알 수 없었다.

처음부터 동행했다면 호위해 왔다는 변명을 할 수도 있었겠지만 라나파시아에 들어올 때는 신과 슈니뿐이었다. 어디서 데려왔느냐고 묻는다면 어떻게 대답한단 말인가.

"전송 마법이 부여된 결정석에 대해 모르는 사람은 없어요. 무녀의 건강이 안 좋은 상태라 안전을 위해 우리가 선발대로 왔고, 오자마자 결정석으로 이동시켰다고 하는 건 어떨까요? 무녀가 얼마나 중요한 존재인지 생각해보면 귀중한 결정석을 사용하는 게 자연스러워 보이지 않을까요?"

슈니의 제안에 신은 그럴듯하다며 고개를 끄덕거렸다.

처음에 밝히지 않은 까닭도 갑자기 그런 이야기를 해봐야 믿지 않았을 거라는 식으로 둘러대면 될 것이다.

슈니라는 중요 인물이 동행했다는 사실도 신빙성을 높이는 요인이 될 수 있었다.

"하지만 시점이 참 절묘하단 말이야."

방금 전 유즈하가 했던 이야기가 신의 뇌리를 스쳤다. 이 일 역시 그의 내면에 깃든 힘이 작용한 거라고 생각하면 기분이 복잡해졌다.

신 일행에게는 분명 유리한 상황이었다. 유리했지만 시점이 지나치게 절묘했다.

"뭐 신경 쓰이는 거라도 있어?"

"조금. 이번 일이 마무리되면 말해줄게. 필마와 세티도 합류해서 모두 모였을 때 이야기하고 싶어."

지금은 무녀를 데려오는 게 우선이라고 생각하며 신이 말했다. 무녀가 세 명 모인다면 세계수의 정화 작업이 호전될지도 모른다.

"알겠어요. 그러면 저는 정보를 수집하고 올게요."

"나도 정화하러 가는 김에 이야기를 들어볼게."

"그래, 이따가 봐."

정보 수집은 두 사람에게 맡겨두기로 하고 신, 슈바이드, 유즈하는 메시지에 답장하며 팔미락으로 날아갔다.

전송 지점은 팔미락의 중추인 제어실이었다.

중추에 들어갈 수 있다는 사실을 리리시라에게 밝히진 않았으므로 【하이딩】으로 모습을 감추고 나왔다가 정문을 통해 다시 들어갔다.

수행 지구의 안내 데스크에서 리리시라를 찾아왔다는 뜻을 밝히자 이미 연락이 되어 있었는지 안쪽으로 안내되었다.

그곳에서 엷은 녹색 머리카락과 갈색 눈동자를 가진 엘프 여성 리리시라를 만날 수 있었다.

"오랜만이에요. 꽤나 빨리 오셨네요. 근처에 계셨나요?"

"네, 그렇습니다. 그런데 아까 보낸 메시지 말인데요."

"네. 일단은 그 일부터 처리하기로 하죠. 이쪽으로 와주세요."

리리시라가 향한 곳은 개인실이 늘어서 있는 생활 구획이었다. 리리시라는 그중 한 곳의 문을 두드렸다.

열린 문 안에는 견습 신관의 옷을 입은 엘프 소녀가 있었다.

어깨 길이로 자른 짙은 녹색의 머리카락과 가늘고 긴 눈에 옅은 녹색 눈동자를 가졌고 기가 세 보이는 인상이었다.

인간으로 따지면 10대 후반 정도의 외모였다.

"저기, 이분들은요……?"

"전에 이야기한 적이 있었죠? 당신을 구해준 분들이에요."

"그랬군요. 그때는 정말 큰 신세를 졌습니다."

소녀는 의자에서 일어나 고개를 숙였다. 그리고 다시 고개를 들며 야무진 말투로 자신의 이름을 밝혔다.

"저는 리나 루라크라고 합니다."

"저는 신이라고 합니다. 이쪽은 파트너인 유즈하고요."

"슈바이드라고 하오."

신 일행도 방으로 들어와 자기소개를 마쳤다.

"저기, 왜……?"

신은 자신을 빤히 바라보는 이유를 물었다.

리나는 이름을 밝히기 전부터 신을 물끄러미 보고 있었던 것이다.

"아니요, 저기…….."

리나는 명확하게 대답하지 않고 말끝을 흐렸다. 그러면서 리리시라 쪽으로 눈짓을 해 보였다.

"리리시라 씨. 저희는 즉시 그녀를 라나파시아로 데려가고 싶은데 괜찮을까요?"

눈짓과 표정을 통해 리리시라 앞에서 할 수 없는 이야기라는 것을 눈치 챈 신은 바로 말을 꺼냈다.

"리나 씨의 몸 상태는 나쁘지 않을 테지만 눈을 뜬 지 얼마 되지 않았어요. 장거리 이동은 아직 삼가는 게 좋지 않을까요?"

"아니, 괜찮아요. 이유는 모르겠지만 몸 상태는 오히려 좋은 편이고 빨리 돌아갈 수만 있다면 저도 돕고 싶을 정도에요."

리리시라는 리나를 걱정했지만 본인이 괜찮다고 말하고 신 일행도 무리 시키지 않겠다고 약속하자 결국 승낙했다.

그 뒤로는 일사천리로 진행되었다. 리나에게는 개인 물품 같은 게 없었기에 협회에서 제공해준 옷 말고는 챙길 물건이 전혀 없었다.

식량과 이동 수단을 신 일행이 제공한다면 리나는 따라가기만 하면 되었다.

"그러면 뒷일은 맡겨주세요."

"잘 부탁드립니다. 그리고 이걸……."

마차를 실체화해서 마부석에 앉은 신에게 리리시라가 종이 뭉치를 내밀었다.

"이건……?"

"전에 약속 드렸던 성지에 관한 자료들이에요. 물론 아직 밝혀진 게 많지는 않지만요."

바로 건네줄 수 있도록 미리 준비한 것 같았다. 신은 바로 아이템 박스에 넣었다.

"감사합니다. 그러면 저희는 이만 가보겠습니다."

"다음번에는 유키 님과 함께 들러주세요. 언제든 환영하겠습니다."

신은 리리시라의 배웅을 받으며 마차를 달렸다. 카게로우가 없었기에 마차는 유즈하가 끌고 있었다.

"자, 아까 뭘 이야기하려고 했던 건지 이제 말해주겠습니까?"

팔미락에서 충분히 멀어졌을 때 신은 등 뒤에 앉은 리나에게 물었다.

리리시라와 함께 있을 때의 태도를 보면 자신이 세계수의 무녀임을 밝히지 않은 것 같았기 때문이었다.

"존댓말을 쓸 필요는 없어요. 저는 당신들의 도움이 필요해요. 한 가지 물어볼 게 있는데, 당신의 정체는 대체 뭔가요?"

"그러면 편하게 이야기할게. 음, 질문에 질문으로 대답하는 것 같아서 미안하지만 구체적으로 뭘 알고 싶은 건데?"

신은 무엇을 대답해야 하는 건지 되물었다.

"당신에게서는 조금이지만 세계수 자체의 기운이 느껴져요. 게다가 휴먼이면서도 다른 종족의 마력이 섞여 있어. 같이 있는 드래그닐하고 몬스터도 조금 이상하지만 당신은 차원이 달라요. 그리고 설명하기 어렵지만, 당신에게서는 심상치 않은 힘이 느껴져. 당신은 정말 사람이야?"

리나는 당황스러운지 말투가 계속해서 바뀌었다.

"난 사람이라고 생각하고 있어. 그리고 동료 중에 세계수의 무녀가 있어서, 그 영향으로 그런 기운이 느껴지는 걸 거야. 다양한 마력이 섞여 있는 이유는 나도 잘 몰라. 하지만 내 동료인 무녀도 너와 똑같은 말을 한 적이 있었어."

마력이 섞여 있는 것은 환생을 반복한 하이 휴먼이기 때문일 수도 있다고 생각하면서 신은 대답했다.

"그건 그렇고 잘도 따라올 생각을 했네. 널 구해준 사람이라지만 그렇다고 다 믿을 수 있는 건 아니잖아?"

"저 혼자서는 라나파시아에 가지 못할 테고, 빨리 돌아가기 위해 사정을 말하고 교회의 힘을 빌리는 건 도박이 될 테니까요."

"도박?"

교회의 힘을 빌릴 수만 있다면 혼자서 여행을 하는 것보다는 훨씬 안전하고 빠르게 고향으로 돌아갈 수 있을 것이다.

"최대한 빨리 이동하려면 이유를 설명해야만 해요. 하지만 세계수에 대해 이야기하는 건 너무나 위험하죠. 귀중한 재료로 쓰이기도 하고 세계수의 특별한 힘을 갈구하는 사람도 있어요. 사람은 손이 닿는 곳에 커다란 힘이 있으면 반드시 갖고 싶어 하기 마련이에요. 그렇다고 가만히 앉아만 있다간 세계가 멸망해버릴지도 모르고요."

"힘에 대한 갈망이라. 부정하긴 힘들군. 하지만 세계가 멸망하다니, 지나친 호들갑이 아니오?"

리나의 말을 잠자코 듣고 있던 슈바이드가 그냥 넘어갈 수 없다는 듯이 대답했다.

"아니, 리나 씨의 말이 전혀 틀리다고 할 수는 없어."

"그게 무슨 뜻이오?"

"슈바이드는 이벤트에 참가하지 못했으니까 모르는 게 당연할 거야. 세계수는 말이지, 말라 죽든 누가 쓰러뜨리든 해서 마지막 한 그루까지 사라지면 세계가 멸망할 만한 일이 벌어지거든."

신은 게임 시절의 지식을 떠올리며 무심결에 이야기하고 말았다.

그리고 잠시 뒤에야 주위가 조용해졌다는 것을 깨달았다.

"응? 왜 그래?"

"아니, 너무나 자연스럽게 말해서 말이오."

"저도 궁금하네요. 그건 무녀에게만 전해지는 비밀일 텐데요."

신은 두 사람의 시선을 받아내며 아차 싶었다.

게임에서 발생하는 세계 멸망 이벤트는 플레이어들의 세계수 벌목으로 인해 발생하는 일종의 인재(人災)였다. 플레이어들의 분투로 주요 도시는 지켜냈지만 피해는 막대했다.

그러나 그것도 게임에서는 숨겨진 이벤트 중 하나일 뿐이었다.

멸망한다 해도 건물 등의 피해만 존재하며 플레이어는 데스 페널티만 받을 뿐, 실제로 사망하진 않는다.

그러나 이쪽 세계에서는 그렇게 가벼운 이야기가 아니었다.

"그걸 어떻게 아는지는 이야기하기가 좀 그래. 하지만 리나 씨를 라나파시아로 데려가겠다는 말은 사실이야. 지금 우리 동료와 리무리스 씨가 세계수를 회복시키기 위해 움직이고 있어. 리나 씨는 납치당한 루라크의 무녀가 맞지?"

"역시 알고 있었네요."

"응. 이번에는 살짝 반칙 기술을 써서 널 데리러 온 거야. 돌아갈 때도 같은 방법을 사용할 거고. 묻고 싶은 이야기가 많지만, 우리는 세계수를 회복시키기 위해 움직이고 있어. 가능하다면 라나파시아에서도 협력해줬으면 해."

잠시 침묵하던 리나는 각오를 굳힌 듯이 고개를 끄덕였다.

"알겠습니다. 그러면 마지막으로 하나만 대답해주세요. 당신들의 동료라는 세계수의 무녀는 티에라 루센트인가요?"

"……그래, 맞아. 저주받고 추방당했었지. 일단 말해두지만 그 저주는 이미 풀렸어. 라나파시아에 몬스터들이 쳐들어올 일은 없을 거야."

"그런……가요. 역시 그녀가…….."

"티에라를 알아?"

리무리스를 통해 티에라를 알고 있었다 해도 바로 그녀라고 확신한 것이 이상해서 신이 물었다.

"역대 최고의 힘을 가졌지만 저주를 받아 추방당한 무녀라고 장로께서 가르쳐주셨어요. 하지만 이유는 그것뿐만이 아니었죠. 세계수의 무녀가 어떤 힘을 가졌는지 안다면 짐작할 수 있겠지만요."

리나는 동료라면 당연히 알고 있어야 한다는 뉘앙스로 말했다.

"무녀가 가진 힘 말인가."

"네. 저의 힘은 【천리안】이에요. 세계수의 영향이 미치는 범위라면 아무리 떨어져 있어도 그곳의 광경을 바라볼 수 있죠. 그리고 미약하지만 죽은 사람과 대화할 수 있는 능력도 있어요."

"잠깐만. 네 힘에 대해 이야기해도 되는 거야? 우리는 라나파시아에 속한 사람이 아니잖아."

자세한 능력까지 알려줄 거라고는 생각하지 못했기에 신은 놀랐다. 슈바이드도 직접 언급하진 않았지만 의아한 표정을 짓고 있었다.

신의 말과 슈바이드의 시선을 받아낸 리나는 둘의 예상과 달리 표정을 누그러뜨렸다.

"실은 방금 말한 힘 덕분에 두 분이 신뢰할 만한 사람이라는 걸 미리 알고 있었어요. 팔미락은 지맥의 영향을 강하게 받는 땅 위에 세워져 있어서 조금이나마 힘을 사용할 수 있었거든요."

죽은 사람의 혼과 교신했을 때 신 일행이 믿을 만하다는 이야기를 들었던 모양이다.

"죽은 사람의 혼이라. 그게 누구였는지 물어봐도 될까?"

"그게, 잘 모르겠어요."

"모르겠다고?"

자세히 물어보자 알아낸 것은 엘프이며 세계수의 무녀였다는 사실뿐이었다고 한다.

리나의 능력으로 그것이 거짓말이 아님을 알 수 있었기에 신 일행도 믿어보기로 한 것이었다.

다만 신 일행에 대해 알려준 자는 자신의 이름을 밝히지 않았다. 하지만 그것 자체는 특이할 게 없다고 리나는 말했다.

"굳이 우리에 대해 알려주다니……. 세계수에 무슨 일이라도 생긴 건가?"

"음, 멀리 떨어져 있는 무녀의 도움이 필요할 만큼 위험한 상황인지도 모르오."

신은 티에라에게 건네준 아이템이 효과가 있기를 마음속으로 조용히 빌었다.

"자, 이제 그만 가자. 유즈하, 진로를 바꿔줘."

이야기를 나누는 사이에 주변에서 사람이나 마차의 모습이 보이지 않게 되었기에 신은 숲속으로 진로를 바꾸도록 유즈하에게 지시했다.

부자연스러운 진로 변경이었지만 리나는 아무 말도 하지 않았다. 세계수가 신 일행에 대해 알려줬다지만 이 정도면 경계심이 너무 없는 것 같다는 생각이 들 정도였다.

"그렇지. 마지막으로 한 가지 확인할 게 있는데, 괜찮아?"

"뭔데요?"

"네가 납치당할 때의 상황에 대해서야. 우리가 전에 조우했던 데몬은 티에라가 세계수의 무녀라는 걸 깨닫자마자 바로 죽이려 했어. 그런데 어째서 리나 씨는 살아 있는 거야?"

남아 있던 흔적을 보면 리나를 납치한 것은 틀림없는 데몬이었다고 했다. 그렇다면 명백하게 부자연스러운 일이었다.

"아마 제가 가진 힘을 이용할 속셈이었겠죠. 저의 【천리안】으로 사람을 해칠 수는 없지만 잘만 사용하면 위험한 능력이 될 수도 있어요. 저에게는 무리지만 한 곳에 머물면서 전 세계를 내다본다고까지 했던 능력이거든요. 사람들이 숨기려는 다양한 비밀을 엿볼 수 있기도 해요."

"스킬인 【천리안】과는 꽤나 다른데. 이용 가치가 있으면서 실제로 이용할 수 있겠다고 생각했던 건가."

리나의 말에 따르면 의도적으로 마기를 받아들여 혼수상태에 빠짐으로써 조종당하는 것을 피했다고 한다.

그럼에도 살려둔 것은 그런 상태로도 조종할 수 있거나 뭔가 다른 이용 가치가 있어서일 것이다.

"라나파시아에 돌아가면 또 데몬이 습격해오는 거 아냐?"

"그럴 수도 있겠죠. 저로서는 한 순간도 버틸 수 없을 만큼 강력한 개체였어요."

"……괜찮은 거지?"

신은 리나가 가슴 앞에 모은 손이 희미하게 떨리고 있는 것을 깨달았다.

아무렇지 않은 척해도 괴물의 공격을 받고 납치당해 죽을 뻔한 경험을 했다. 무섭지 않을 리가 없지 않은가.

"저기, 여러분은 티에라 님을 돕고 있고, 루델리아를 돕지는 않는 거…… 맞죠?"

"응? 그래, 맞아. 아직 만나본 건 아니지만 아무래도 루델리아의 당주가 수상쩍다는 정보가 많이 들어왔거든. 그것도 꼭 확인해야 해."

"……그렇다면 라나파시아로 돌아간 뒤에 한동안 여러분과 함께 행동할 수 있을까요?"

신은 리나의 말을 듣고 슈바이드와 얼굴을 마주보았다. 루라크의 무녀인 리나가 돌아간다면 라나파시아 전체에 그 소식이 전해질 것이다.

루델리아의 당주가 무슨 일을 꾸미든 간에 루라크가 그것을 충분히 견제할 만한 발언력을 되찾게 될 것이다.

하지만 아직 데몬의 위협에서 안전한 것은 아니었다. 그렇다면 어떻게 하는 게 좋을지 생각한 끝에 나온 말일 거라고 신은 결론지었다.

"우리와 함께 있는 게 반드시 안전하다는 보장은 없어."

신은 마차를 세워 카드화하면서 말했다. 카드는 품에 넣는 척하면서 아이템 박스 안으로 정리했다.

"저는 감지 능력만큼은 역대 최고라는 말을 들었어요. 신 님을 비롯해 슈바이드 님, 그리고 유즈하 님도 저를 습격한 데몬보다 강하다는 걸 알 수 있어요. 그러니까 당주를 포박할 때까지 부디 힘을 빌려주세요."

리나는 그렇게 말하며 땅에 엎드렸다. 손과 옷이 흙에 더러워지는 것을 상관하지 않는 행동이었기에 신은 깜짝 놀랐다.

"갑자기 왜 그래?"

"난 봤어. 루델리아의 당주가…… 데몬과 내통하는 장면을. 내가 공격당한 건 【천리안】으로 그걸 지켜봤기 때문이기도 할 거야. 나도 세계수를 구하고 싶어. 하지만 무서워서……."

리나는 갈라지는 목소리로 말했다. 꾹꾹 억눌러온 감정이 이야기를 하다가 터져 나온 것 같았다. 작은 어깨가 떨리고 있었다.

"……그렇군. 입막음도 겸했던 건가."

예상치도 못한 곳에서 악행의 증거가 나온 셈이다. 세계수의 머리맡인 라나파시아라면 당주의 방 안까지 엿볼 수 있는 듯했다.

리나의 말이 거짓이 아니라면 당주를 이대로 둘 수는 없었다. 어쩌면 지금 티에라가 공격당하고 있을 지도 모를 일이었다.

"안심해. 여기까지 와서 나머진 알아서 하라고 할 리가 없잖아."

신은 떨리는 어깨에 손을 얹으며 리나의 얼굴을 들게 했다. 어지간히 무서웠던 것이리라. 리나의 눈동자에서 굵은 눈물이 떨어져 내렸다.

"도와……주는 거야?"

리나의 눈물은 연기처럼 보이지 않았다. 지금도 리나의 눈동자 안에서는 사명감과 공포가 싸우고 있다.

"맡겨둬. 우리라면 공작급 데몬이 와도 쓰러뜨릴 수 있으니까."

"맞소."

"쿠우!"

신과 슈바이드, 그리고 유즈하는 자신 있게 고개를 끄덕여 보였다.

세계의 안녕과 부정한 기운의 정화.

그런 추상적인 이유 대신, 추방당한 뒤에도 무녀로서의 역할을 다하려는 동료와 공포에 떠는 소녀의 눈물을 닦아주기 위해 싸운다고 생각할 때 더욱 강한 의욕이 끓어오른다는 게 신기했다.

✝

"그러면 협력 관계는 성립했으니까 바로 전송을 사용할게."

신은 리나의 울음이 그치는 것을 기다렸다가 전송 준비를 시작했다. 감정을 주체 못 한 것이 부끄러웠는지 얼굴을 아직도 조금 붉히고 있다.

"전송?"

"응. 멀리 떨어진 곳으로 순식간에 이동할 수 있는 숨겨진 기술이야. 그게 이 결정석에 부여되어 있어. 이걸 사용하면 눈 깜빡할 사이에 라나파시아까지 갈 수 있어. 탁 트인 장소에서 사용하면 아무래도 눈에 띄니까 이렇게 은밀한 곳으로 온 거야."

"그래서 숲으로 온 거구나. 왜 그러나 싶었어―요. 네."

리나는 이야기하다가 반말을 사용하고 있음을 퍼뜩 깨닫고 갑자기 말투를 바꾸었다.

"죄송해요. 저도 모르게 긴장이 풀렸나 봐요."

"그럴 수도 있지 뭐. 난 정처 없이 떠도는 모험가니까 그냥 편하게 이야기해도 돼. 격식 같은 건 다른 사람들 앞에서만 차려도 충분하잖아."

신은 세계수의 무녀에게 존댓말을 쓰게 했다는 게 알려지면 곤란하다는 그럴듯한 이유를 들어 서로 편하게 이야기하기로 했다.

하지만 사실은 세계수의 회복과 루델리아 당주 타도를 위해 함께 싸워야 할 테니 서로 허물없이 대하고 싶었던 게 본심이었다.

물론 강하다고 존경받는 게 별로 기분 좋진 않다는 개인적인 이유도 있었다.

"그러면, 저기, 잘 부탁해."

쭈뼛거리며 머리를 숙이는 리나에게 신과 슈바이드는 다시 한 번 고개를 끄덕여 보였다.

"그럼, 전송 기동."

신이 결정석에 마력을 주입시켰다. 부여된 술식이 정확히 효과를 발휘하면서 그들은 순식간에 라나파시아의 저택으로 이동했다.

"정말 그 저택이네……."

리나는 이 저택에 대해 알고 있었는지 실내 풍경을 보자마자 라나파시아에 왔음을 이해했다. 다만 연신 주변을 두리번거리는 것을 보면 머리로는 이해하면서도 다소 혼란스럽긴 한 것 같았다.

"아, 돌아왔네."

저택 안에는 슈니와 티에라가 있었다. 두 사람은 전송된 것을 감지했는지 방문을 열며 모습을 드러냈다.

"너희도 돌아와 있었구나. 빨리 온 것 같은데?"

"이제 곧 정화하러 갈 시간이야. 대단한 정보는 모으지 못했지만 일단 스승님께라도 말씀드리는 게 좋을 것 같아서."

티에라는 조금이나마 정보를 수집해온 모양이었다.

"얘가 그 아이구나. 난 티에라 루센트라고 해. 몸은 괜찮니?"

"리, 리나 루라크라고 합니다. 저도 놀랄 만큼 괜찮아요!"

티에라는 리나가 어떤 일을 당했는지 알았기에 부드러운 미소와 함께 말을 건넸다.

리나는 티에라를 처음부터 알아보고 있었는지 조금 고양된 표정으로 대답했다.

"마기의 영향은 없는 건가요?"

"내가 보기엔 없는 것 같아. 회복된 건 아마 에릭서 덕분이 겠지. 그리고 본인의 말에 따르면 세계수에게서 뭔가 간섭을 받은 듯해."

슈니가 작은 소리로 묻자 신은 리나에게서 들었던 내용을 알려주었다.

"과거의 무녀가 우리에 대해 알려준 거군요. 무녀라면 충분히 가능한 일이에요. 그 무녀가 누구였는지 궁금하네요."

"무녀가?"

"네. 무녀라면 죽은 사람과 대화하는 게 그렇게 드문 일도 아니에요. 다만 지금은 워낙 긴박한 상황이죠. 제 생각이 지나친 걸 수도 있겠지만 그 무녀가 선택된 이유 같은 게 있지 않을까 싶어요."

"……확실히 그렇군. 게임 때처럼 수많은 무녀 중에 무작위로 뽑혔을 리는 없을 테니까."

하지만 리나가 본 엘프가 누구였는지 알아낼 방법은 없었다.

리나에게 자세한 특징을 물어봐도 외모적으로 비슷한 사람은 얼마든지 있었다. 은발에 녹색 눈동자를 가진 엘프라고 했지만 엘프들 중에서는 드물지 않은 조합이었다.

"특정한 인물을 판별할 만한 특징이 없다는 게 문제로군. 게다가 상대가 먼저 간섭해온 거라 우리 쪽에서 불러내긴 힘들대."

"내 강령술도 의도적으로 이뤄지는 건 아니니까 어쩔 수 없어."

죽은 사람과의 대화도 아무하고나 제약 없이 가능한 것은 아니라고 티에라는 말했다.

"재앙이 가까울 때는 그에 대응할 능력을 가진 사람의 혼이 나타나고, 유가족들과 재회시킬 때는 그중 한 사람이 반드시 곁에 있어야 해. 내 힘으로는 특정한 능력을 가진 혼을 불러낼 수 없어. 역대 무녀들 중에선 가능했던 사람도 있었지만 말이지."

티에라가 알기로는 그런 능력을 가진 사람은 역대 무녀 중에서도 단 한 명뿐이었다고 한다. 티에라와 마찬가지로 상당히 강한 힘을 가진 무녀였다.

"그렇구나. 뭐, 할 수 없다면 어쩔 수 없겠지. 만약 또 비슷한 일이 생기면 꼭 이름을 물어봐 줘. 그걸 통해 뭔가를 알아내긴 힘들 테지만 모르는 것보단 나을 거야."

"응, 알았어."

신이 말하자 리나는 순순히 고개를 끄덕였다. 그리고 신에게 묘하게 가까이 붙어 있었다.

"……그런데 신. 리나 씨가 무사히 돌아왔으니까 루라크 가문으로 보내는 게 좋지 않을까요? 그녀가 돌아오면 루라크 가문도 발언력을 되찾을 수 있을 거예요."

리나의 태도를 본 슈니가 눈을 살짝 찡그리며 말했다. 물론 데몬에게 또 습격받을지 모르니까 방어 아이템을 지니게 하자고 덧붙이는 것도 잊지 않았다.

"그 문제 말인데. 여기로 오기 전에 우리와 함께 행동하기로 약속했거든."

루델리아 당주가 데몬과 내통했다는 것을 아는 리나가 돌아오면 틀림없이 습격해올 것이다.

사람과 거래할 정도의 데몬이라면 작위도 높을 것이다. 그렇다면 루라크의 전사들만으로 대처하기는 힘들었다.

"미안. 조금 성가시게 될지도 몰라."

"조금이 아니지. 분명 다툼이 일어날 거야."

"그렇겠지……."

아까는 분위기에 휩쓸려 그런 약속을 하게 된 게 사실이었다. 하지만 슈니의 말대로 방어 아이템을 지니게 하더라도 다른 사람이 위험해지면 의미가 없다고 신은 생각했다.

예전에 고아원에서 방어 아이템을 지니고 있던 미리가 인질로 잡히자 스스로 아이템을 포기했던 적도 있었다.

리나 역시 라나파시아에 가족이나 친구들이 있을 것이다. 아무리 신 일행이라도 그들을 전부 지켜내긴 힘들었다.

게다가 지난번 같은 일이 또 발생하면 방어 아이템이 악용될 우려도 있다.

"그렇다면 어쩔 수 없겠네요. 다행히 루라크 가문 내에도 현 상황을 우려하는 자들이 있는 것 같아요. 돌아왔다는 사실을 알리기 전에 미리 접촉해서 사정을 설명하면 루라크의 간섭에서 조금은 자유로워질 수 있겠죠."

"루델리아 쪽도 오를레아에게 부탁하면 조금은 동향을 알아낼 수 있을지도 몰라. 신이 했던 이야기가 사실이라면 아마 정화하러 갈 때 내게 접촉해올 테니까."

루델리아의 당주가 데몬과 내통 중이라는 사실까지는 밝히지 않을 예정이었다. 그걸 알게 된 오를레아와 그 관계자들이 흥분하지 않으리란 보장이 없기 때문이다.

"지금부터 바로 성역에 갈 건데, 리나 씨는 어떻게 할래?"

"정화를 서두르고는 싶지만 이번엔 아이템을 시험해보기로 하고, 리나 씨는 다음번부터 데려가는 게 좋을 것 같아. 갑자기 데려간다고 순순히 들여보내 주지도 않을 테고 틀림없이 소란이 벌어지겠지."

납치당했던 무녀가 갑자기 나타나면 소란이 발생하지 않는게 더 이상했다.

실제로 정화의 힘을 보여주면 가짜라고 의심받진 않겠지만, 흑막 중 하나가 다름 아닌 루델리아의 당주였다. 최악의경우 신 일행이 범인으로 몰릴 가능성도 있었다.

"헤라드는 제 오라버니예요. 제가 직접 이야기하면 이해해줄 거예요."

신이 오를레아와 헤라드가 나누던 대화를 이야기해주자 리나는 조금 놀라며 그런 말을 꺼냈다.

"티에라와 리무리스가 정화를 하러 간 사이에 이야기를 해둬야겠네. 저택에 숨어들어야 할 텐데, 혹시 조심해야 하는함정이라도 있어?"

신은 리나의 판단을 돕기 위해 눈앞에서 기척을 숨겨 투명해져 보였다. 그것을 보고 리나가 눈을 동그랗게 떴다.

"내가 납치당한 뒤로 경비는 강화됐을 거야. 하지만 지금의신 님이라면 들킬 일은 없을 것 같아."

"그건 직접 가보기 전엔 모르겠지. 그런데 왜 갑자기 신 님이야? 그냥 편하게 불러도 된다니까."

"그건 무리야."

신의 성격과 분위기 덕분에 말투는 편해졌지만 호칭은 분명히 하고 있었다. 리나에게는 절대 양보할 수 없는 선이 존재하는 듯했다.

신뿐만 아니라 다른 동료들에게도 전부 님이라는 경칭을 붙이고 있었다.

신도 굳이 강요할 생각은 없었기에 편한 대로 부르라고 해 두었다.

"그럼 바로 움직이자. 난 리나 씨와 함께 루라크에 다녀올 게."

"동행할게요."

"쿠우!"

신의 말에 슈니와 유즈하가 호응했다.

"모두가 자리를 비우는 건 좋지 않을 테지. 나는 남겠소."

"난 예정대로 정화 작업에 갈게."

행동이 결정되자 모두가 즉시 움직이기 시작했다. 티에라 는 세계수로, 신 일행은 루라크 저택으로 향했다. 리나가 있 었기에 길을 헤맬 일은 없었다.

신의 스킬로 모습을 감추며 지붕을 따라 일직선으로 나아 갔다. 리나는 신 일행만큼의 도약 능력이 없었으므로 유즈하 의 등에 타고 가기로 했다.

길을 무시한 채 이동한 덕분에 저택까지 금방 도착할 수 있 었다.

"얼핏 봐선 성가신 함정은 없는 것 같은데. 슈니는 뭔가 느 껴지는 게 있어?"

"아니요. 저도 위험하게 느껴지는 건 없네요. 사람들 눈만 조심하면 별 문제는 없을 거예요."

쿠노이치인 슈니가 아무것도 느끼지 못할 정도라면 함정은 없을 것이다. 신 일행은 먼저 저택 지붕으로 뛰어올랐다. 만약 감지되지 않는 함정이 있더라도 어쩔 수 없는 일이었다.

"응?"

저택 안으로 이동하려는 순간, 신은 무언가가 몸속을 관통하는 듯한 느낌을 받았다.

경보 장치에 걸린 건가 싶어서 다른 일행에게 움직이지 말라고 지시한 뒤 주변을 경계했지만 저택 안에서 별다른 움직임은 보이지 않았다.

"함정인가요?"

"아니, 무언가가 몸속을 뚫고 지나가는 느낌이 들었거든."

리나에게 물어보았지만 그런 함정은 처음 듣는다는 대답이 돌아왔다. 신은 예민한 탓이라고 생각하면서도 경계심을 풀지 않으며 저택 안뜰에 내려섰다.

리나의 안내로 헤라드의 방까지 이동하자 안에서 인기척이 느껴졌다.

【스루 사이트】로 실내를 들여다보자 헤라드는 무언가를 읽고 있었다. 티에라를 만나러 가진 않은 것 같았다.

부재중일 때는 편지만 남기고 갈 예정이었지만 본인이 있으니 오히려 잘된 셈이다.

신 일행은 소리를 죽인 채 방 안으로 들어가 문을 닫았다. 헤라드는 전혀 알아채지 못하고 손에 든 편지만 들여다보고 있었다.

"오라버니."

"……?! 누구냐!"

갑자기 목소리가 들리자 깜짝 놀란 헤라드가 경계하는 자세를 취하며 몸을 돌렸다. 자세에 빈틈이 없는 것을 보면 평소에 체술을 익혀둔 것 같았다.

"잠깐만! 나 리나야!"

신이 스킬을 풀자 리나의 모습이 헤라드의 눈에 보이게 되었다. 동생의 모습을 확인한 헤라드의 눈이 크게 떠졌다.

"……이게 대체 어떻게 된 거지?"

"내가 데몬에게 납치당했던 건 알고 있지? 이분들이 날 구해줬어. 하지만 지금의 라나파시아는 안전하지 않으니까 먼저 오라버니한테 내가 무사하다는 걸 알려주러 왔어."

"정말로 리나 맞니? 아니, 슈니 님이 함께 있는 걸 보면 분명할 테지만……."

혼란스러워하던 헤라드는 리나와 이야기를 나누는 사이 냉정함을 찾아갔다.

다만 머리로는 이해하면서도 아직 얼떨떨한 부분도 있는 것 같았다. 납치당해 생사 여부도 불분명하던 여동생이 갑자기 눈앞에 나타났으니 무리도 아니었다.

"자, 여기 가장 큰 증거."

리나는 그렇게 말하더니 기도하듯 손을 모으며 의식을 집중했다. 그러자 그녀의 온몸이 엷은 빛을 발하기 시작했다.

"정화의 빛…… 정말로 리나……였구나."

헤라드는 빛에 이끌리듯이 떨리는 발걸음으로 리나에게 다가갔다.

그리고 자신을 증명하기 위해 발산하던 정화의 빛이 사라진 리나의 몸을 와락 끌어안았다.

"잠깐, 오라버니?!"

"……다행이야. 네가 살아 있어줘서."

헤라드는 당황하는 리나를 끌어안은 채 쥐어짜는 듯한 목소리로 말했다. 리나가 무사하다는 것을 알고 진심으로 기뻐하는 것이 느껴졌다. 몇 줄기의 눈물이 그의 뺨을 타고 흘러내렸다.

"이제 슬슬 이야기를 꺼내도 될까?"

"기다리게 해서 죄송합니다. 이번에 우리 리나를 구해주셔서 뭐라 감사를 드려야 할지 모르겠군요. 이 은혜는 평생 잊지 않겠습니다."

헤라드는 머리를 깊이 숙이며 감사를 표했다. 리나와 이야기할 때와 달리 정중하기 그지없는 말투였다.

"그래서 제게 원하시는 게 무엇입니까?"

헤라드는 고개를 들며 진지한 표정으로 물었다.

세계수의 무녀인 리나를 우연히 구하게 되어서 데려왔다는 식의 단순한 이야기가 아님은 짐작하고 있는 것 같았다.

신은 리나가 납치당한 이유와 앞으로도 한동안은 함께 행동하고 싶다는 뜻을 이야기했다.

"그러시다면 저도 반대할 이유는 없습니다. 슈니 님이 얼마나 강한지는 저도 잘 알고 있고, 그런 슈니 님이 인정하신 신 공도 마찬가지로 강하시겠죠. 저와는 차원이 다른 능력이라 감히 비교할 수도 없지만, 강하시다는 것만은 잘 압니다. 루라크 가문에도 선조 환생자같이 특별한 힘을 가진 전사가 있지만 상대가 데몬이라면 안전을 보장하기 힘들 겁니다. 두 분이시라면 여동생을 맡기기에 더할 나위 없겠죠."

라나파시아에도 선정자는 존재하는 듯했다. 그 대부분이 라나파시아를 지키는 부대장을 맡고 있다고 한다.

그 뒤로도 헤라드는 현재까지 알아낸 정보들을 신 일행에게 이야기해주었다. 리나를 구해주었고 슈니가 한편인 것을 보고 완전히 신뢰하게 된 것 같았다.

헤라드가 알려준 정보는 라나파시아의 주민들이 자주 행방불명되고 있다는 것이나 부대장 중에 갑자기 성격이 바뀌는 사람이 있다는 것 등, 국내에서 중요한 위치에 속한 사람만이 알 수 있는 것들이었다.

그런 정보 중에서도 신이 가장 신경이 쓰였던 것은 최근 들어 당주의 모습을 전혀 볼 수 없다는 이야기였다.

대화를 나눌 때도 항상 얇은 천 하나를 사이에 두었으며, 요 몇 달 동안 당주와 직접 대면한 사람도 거의 없다고 한다.

"슈니가 만났을 땐 어땠어?"

"헤라드 씨가 말한 그대로예요. 【애널라이즈】처럼 시각을 통한 스킬을 차단하는 천을 쓰고 있었죠. 하지만 그렇게 드문 일은 아니라서 굳이 지적하진 않았지만요."

신은 이야기를 듣고 게임상의 설정도 영향을 끼쳤을 거라고 생각했다.

【애널라이즈】도 그렇지만 마안 계열의 스킬 역시 막는 방법이 있었다.

티에라의 관계자라지만 슈니 역시 외부인이었다. 아무리 유명한 사람이라도 경계하는 것이 당연했다.

마안으로는 상대를 매료시켜 조종하는 정신 간섭도 가능하기 때문이다.

게임에서는 주로 로드가 이런 종류의 스킬을 차단하는 아이템을 제작하곤 했다.

로드는 종족 특성으로 마안을 갖고 있었다. 따라서 그것의 악용을 막는 동시에 불필요한 의심도 피하기 위해서 시선 스킬을 차단하는 아이템을 제작하려 노력했던 것이다. 다만 그것은 게임 속의 NPC에게 해당하는 이야기였으며 이쪽 세계에서 어떤지는 알 수 없었다.

슈니의 말에 따르면 로드 외에도 왕족이나 귀족 같은 상류

계층은 외부인과 회견할 때 그렇게 하는 경우가 있었다.

로드는 물론이고 엘프와 일부 비스트들도 가끔 사용할 정도였다.

"지금까지 들어본 정보를 통해 생각해보면 남들에게 보여줄 수 없는 상태인지도 모르겠군."

예전에 교회에서 인베이드화된 여성과 싸웠을 때를 떠올려보면 진짜 당주는 이미 죽었을지도 모른다는 생각이 들었다.

"그럴지도 몰라. 가짜라면 들통 나는 걸 막으려고 모습을 감춰도 이상할 게 없고, 최근에 행동이 이상해진 것도 설명할 수 있게 돼."

"어디까지나 내 상상이지만 말이지. 조종당하고 있을 가능성도 있고, 별로 말하고 싶진 않지만 자발적으로 협력했을 가능성도 전혀 없지는 않아."

신은 마지막 가능성은 오히려 사실이 아니길 바랐다.

"확증을 얻으려면 더 조사해봐야겠네요. 다행히 당주의 아들도 현재의 루델리아 가문을 염려하고 있습니다. 무슨 일이 생기면 바로 연락해주기로 약속했으니 여러분께도 알려드리겠습니다. 당주의 아들은 오를레아라고 하는데, 그 친구에게 오늘 일을 이야기해도 괜찮겠습니까?"

"다음 정화에는 리나도 참가할 예정이니까 그때까지는 비밀로 해줘. 의심하는 건 아니지만 그 오를레아라는 사람도 감시당하고 있을지 모르니까 말이지. 당주에게 들킬 위험성은 최대한 피하고 싶어."

가능성이 있다는 식으로 이야기했지만 감시자로 보이는 인물이 헤라드와 오를레아를 뒤쫓은 건 사실이었다.

신 일행에게도 감시가 붙을 법했지만 감지 범위 안에서는 아직 이렇다 할 반응이 느껴지지 않았다.

신 일행은 전송 마법으로 저택 안뜰로 이동한 뒤에 헤라드와 만나기까지 쭉 모습을 숨기고 있었다.

저택의 엘프들에게 들키진 않았을 테니 리나가 라나파시아로 돌아온 사실은 극히 일부의 사람들만이 알고 있었다.

당주에게 발각될 경우 방해나 간섭을 받을 수도 있으므로 다음 정화까지는 최대한 숨겨두고 싶었다. 물리력을 행사할 경우 반격하면 그만이지만 권력을 이용해온다면 대응하기 어려울 수도 있었다.

"알겠습니다. 저도 이번 일은 비밀로 해두죠."

이야기를 오래 하고 있을 여유는 없었다. 리나가 무사하다는 사실은 전달했으니 일단 저택으로 돌아가기로 했다.

신은 저택으로 돌아가기 전에 아이템 박스에서 한 장의 카드를 꺼내 실체화했다.

1세메르 정도 크기의 투명한 마석이 빛나는 심플한 디자인의 목걸이였다. 그것을 리나에게 건네주었다.

"이건……?"

"【하이딩】과 각종 방어 스킬이 부여된 액세서리야. 만약 우리가 옆에 없는 상황이 생기더라도 그걸 목에 걸면 모습을 감출 수도 있고 도망칠 시간을 벌 수도 있을 거야. 자기 손으로 벗으면 효과가 사라지는 게 단점이지만 말이지. 우리 중 한 명은 꼭 네 곁에 붙어 있을 테니까 괜찮을 거라 생각하지만, 혹시 모를 사태에 대비해서 주는 거야."

"이것 하나로도 국보급 아이템인 것 같지만, 응, 안전을 위해, 안전을 위해……."

미리가 납치당할 때 깨달은 단점이었다. 목에 차고 있는 사람이 스스로 벗으면 효과가 사라지는 것이다.

등록된 사람 외에는 효과가 발휘되지 않도록 재조정해두었지만, 어디까지나 보험일 뿐이었다.

리나는 스스로에게 타이르듯이 중얼거리면서도 목걸이를 찼다.

타고난 감지 능력으로 그 목걸이가 말도 안 되게 귀중한 물건임을 알아챈 것 같았다.

"응? 누가 오는데?"

신은 그들을 향해 접근해오는 기척을 감지하고 미니맵에서 일직선으로 움직이는 반응을 확인했다.

지금까지 이 방으로 가까이 오는 반응은 없었기 때문에 신 일행은 모습을 감추고 있기로 했다.

"헤라드 님! 헤라드 님!"

"무슨 일이지?"

헤라드가 문을 열자 엘프 여성이 당황한 얼굴로 설명하기 시작했다.

세계수로 향하는 길이 던전으로 변해서 정화를 위해 출발한 티에라와 연락이 되지 않는다고 한다.

"뭐라고…… 성역을 수호하던 전사들은 뭘 한 거냐?"

"던전 출현 후에 몰려나온 몬스터를 쓰러뜨리면서 상당한 피해를 입은 것 같습니다. 루델리아에서는 던전 공략을 위해 각 씨족에 전사를 소집하라는 지시를 내렸습니다. 장로들이 이미 소집령을 발령한 것 같습니다."

출현한 몬스터의 레벨은 전부 300을 가볍게 넘는다고 한다.

많은 숫자로 밀어붙인다면 쓰러뜨리지 못할 상대는 아니었다. 전사들 중에도 그 정도는 혼자 쓰러뜨릴 만한 실력자가 있었다.

하지만 몬스터의 숫자가 워낙 많았고 던전 안쪽에는 그보다 강한 개체도 있는 것 같았다. 던전이 출현한 지 얼마 되지 않았기에 알 수 있는 정보가 많지 않았지만 성역 주변은 비상사태로 인해 일시 폐쇄된 모양이었다.

"우리도 가봐야겠군. 장비를 준비하라고 전해줘."

"알겠습니다."

여성은 헤라드의 지시를 받자마자 어딘가로 달려갔다.

"당주나 그와 협력 중인 데몬이 움직인 걸까?"

"아니면 세계수가 한계에 달한 걸 수도 있겠죠."

메시지 카드를 꺼내면서 말하는 신에게 슈니가 또 다른 가능성을 제기했다. 신이 알고 있는 게임 지식으로 따지자면 슈니의 생각이 더 그럴듯했다.

만약을 위해 감지 범위를 넓혀 티에라의 반응을 살펴보자 티에라, 카게로우, 리무리스의 반응을 함께 감지할 수 있었다. 다만 기척이 희미했고 미니맵의 마크도 불안정하게 깜빡이고 있었다.

"던전화된 성역 안에 있어서인지 기척이 잘 읽히지 않아. 반응이 있는 걸 보면 무사하긴 할 거야. 카게로우도 있으니까 지금의 티에라라면 그리 쉽게 당하진 않을 테지. 하지만 공작급 데몬이 나타나면 상대하기 버거울 거야. 적이 티에라를 노리는 건 분명하니까 이번엔 힘 조절 없이 던전을 빠르게 가로지르자."

티에라와 카게로우는 괜찮을지 몰라도 리무리스의 전투력은 낮았다.

몬스터가 공격해온다면 그녀가 약점으로 작용할 수 있었다. 작위가 높은 데몬이 나타난다면 틀림없이 리무리스부터 노릴 것이다.

게다가 습격해온 데몬이 한 마리라는 보장도 없었다.

엘프들의 구출 부대만 기다리고 있을 때가 아니었다. 눈에 띄어서 나중에 무슨 소리를 듣게 되더라도 신은 티에라 일행을 구하러 가기로 마음먹었다.

"시, 신 공?! 아무리 슈니 님이 계시다지만 위험하지 않겠습니까?"

신이 동료들에게 하는 말을 듣고 헤라드가 놀라며 물었다.

신 일행의 능력을 잘 모르는 헤라드에게는 엉뚱한 소리처럼 들렸으리라.

"이래 봬도 공작급 데몬을 쓰러뜨린 적도 있다고. 슈니 라이자가 보장하는 거니까 믿어줘. 지금은 시간과의 싸움이니까 리나 씨의 호위를 위해 슈바이드를 부를게. 여기서 잠시만 기다려줘."

슈바이드는 근력과 내구력에 중점을 둔 캐릭터였기에 신과 슈니에 비해 느리다는 단점이 있었다.

신은 미안하게 생각하면서도 슈바이드에게 연락해서 호위를 맡기기로 했다.

"유즈하는 슈바이드가 올 때까지 여기 있어줘. 슈바이드가 도착하면【서먼 파트너(종마 소환)】로 소환해줄게."

"쿠우!"

중요한 역할을 맡은 게 기뻤는지 유즈하는 앞발을 들어 경례해 보이더니 리나의 발밑에 내려섰다.

"유즈하가 겉보기엔 평범한 아기 여우 같겠지만, 마음만 먹으면 이 주변을 황무지로 만들어버릴 만큼 강하니까 안심해줘."

"네, 네에……."

강하다는 걸 이해했는지 헤라드는 당황하면서도 고개를 끄덕였다.

"슈바이드와 합류하면 리나 씨는 저택에서 대기해줘."

"알았어. 조심해."

"그래. 티에라와 리무리스를 데리고 금방 돌아올게."

데몬즈 던전 | Chapter 3

신과 슈니는 즉시 방에서 나와 각력(脚力)에 의지해서 높이 뛰어올랐다.

　건물 지붕과 벽을 발판 삼아 도약했지만 있는 힘껏 밟는 순간 부서질 것이다.

　나중에 문제가 되면 곤란했기에 공중에 발판을 만들어내는 【비영(飛影)】을 활용하다가 스킬의 제한을 받을 때만 지붕과 벽을 이용했다.

　할 수만 있다면 【비영】을 이용해 성역까지 일직선으로 달려가고 싶은 상황이었다.

　"응?"

　신은 이동하던 중에 스킬에서 묘한 위화감을 느끼며 중얼거렸다.

　이 세계에서는 스킬을 사용하면 감각을 통해 스킬의 내용을 이해할 수 있었다.

　검술이라면 어떤 식으로 검을 휘두르는지, 마법이라면 어떤 효과와 위력을 발휘하는지 알게 되는 것이다. 신의 경우는 그에 더해 메뉴에서도 자세한 설명을 확인할 수 있었다.

　그리고 지금 신이 위화감을 느낀 것은 이동에 사용하는 이동 계열 스킬【비영】이었다.

원래는 공중에서 최대 두 번까지 발판을 만들어 점프하는 스킬이지만 그 이상으로 발판을 만들 수 있을 것 같다는 느낌을 지울 수 없었다.

"설마……."

두 번의 제한에 답답함을 느낀 신은 안 되어도 그만이라는 생각에 스킬을 시험해보았다.

지붕에서 도약하고 나서 일단 한 번, 공중에서 한 번 더.

그리고 지붕이나 벽을 차서 횟수를 초기화해야 하는 타이밍에 세 번째 발판을 만들려 했다.

원래대로라면 아무 일도 일어나지 않고 헛발질을 해야 하는 상황이었다. 그러나 신이 발을 뻗은 곳에는 분명 스킬을 사용했을 때의 단단한 느낌이 존재했다.

신은 감각이 이끄는 대로 네 번, 다섯 번, 여섯 번까지 땅에 내려서지 않고 허공을 나아갔다.

"신?!"

슈니의 놀라는 목소리가 신의 귀에 들렸다. 자유자재로 하늘을 달리는 신과 땅에 내려와야 하는 슈니의 속도가 명백하게 벌어지고 있었다.

신은 일단 지붕 위로 내려와 슈니와 합류하더니 당황하는 슈니의 몸을 다짜고짜 안아들었다. 소위 말하는 공주님 안기 상태였다.

"저기, 신? 이건 대체……."

"【비영】의 발판 형성 제한이 사라진 것 같아. 이유는 모르겠지만 이참에 제대로 활용해보려고."

갑작스러운 일이라 본인도 의아하고 당황스러웠다. 그러나 결코 나쁜 일은 아닐 거라는 확신이 있었다.

"전력으로 날아갈게. 꽉 붙잡아!"

"네!"

슈니가 신의 목에 팔을 두르자 신도 슈니를 안은 팔에 힘을 주었다.

준비 완료.

신은 지붕을 약하게 차며 뛰어오른 뒤에 다리에 강하게 힘을 담았다. 발밑에는 보이지 않는 발판이 형성되어 있었다. 신의 각력에도 견디는 단단한 그것을 발사대 삼아서 두 사람의 몸이 탄환처럼 빠르게 가속했다.

더 이상 발판을 신경 쓸 필요가 없어진 신은 던전화된 성역을 향해 최단 거리로 나아갔다.

『티에라가 답장을 보냈어. 미안하지만 슈니가 읽어줘.』

풍압 때문에 목소리가 잘 들리지 않는 상태였기에 신은 슈니에게 심화로 말을 건넸다. 그리고 슈니의 몸을 강하게 끌어안아 만에 하나라도 떨어지지 않도록 고정시켰다.

슈니는 목에 둘렀던 팔을 풀고 신이 공중에 실체화한 메시지 카드를 재빨리 낚아채서 개봉했다.

『티에라를 포함해서 모두 무사한 것 같아요. 세계수 주변은 던전화되지 않았다고 하네요.』

메시지를 읽은 슈니가 티에라 일행의 현재 상황을 알려주었다.

세계수를 중심으로 반경 200메르 정도까지는 예전 그대로라고 한다.

그러나 그 범위를 벗어나면 다양한 색을 뒤섞은 것 같은 탁한 안개에 가로막혀 쉽게 이동할 수 없었다. 겉보기엔 평범한 안개 같지만 티에라의 화살도 박히지 않을 만큼 단단했다.

안개는 세계수 위로도 덮여 있어서 하늘은 보이지 않았다. 성역까지 이어진 길이 그대로 던전으로 변한 것 같았고 동굴 같은 형태의 입구가 생겨났다고 한다.

티에라가 느끼기에는 마치 생물의 입 같다고 적혀 있었다.

『평범한 인스턴트 던전인줄 알았는데 부정한 기운이라도 이용한 건가?』

『아니면 데몬이 자기 몸을 던전으로 변이시켰을 가능성도 있어요.』

『「데몬즈 던전」 말이구나. 그럴지도 모르겠네..』

다양한 필드에서 무작위로 생성되는 인스턴트 던전. 그 파생 버전이라고 할 수 있는 것이 『데몬즈 던전』이었다.

던전의 보스는 당연히 데몬이다. 인스턴트 던전과의 가장 큰 차이점은 탈출할 수 없다는 점이었다.

일반 던전은 최상급 결정석을 사용하면 탈출할 수 있었다. 그러나 『데몬즈 던전』에서는 그게 불가능했다.

밖으로 나가려면 던전을 클리어하거나 사망해서 도시로 귀환하는 수밖에 없었다.

『아직까지 티에라를 공격해오지는 않는 것 같은데.』

『부정한 기운에 침식당하긴 했어도 세계수가 위치한 장소니까요. 보스로 출현할 만한 여력은 없는 건지도 모르죠. 다만 데몬이 여러 마리 있다면 습격당하는 건 시간문제예요.』

이 세계의 모든 것이 게임 시스템에 기반하고 있지는 않았다. 게임에서 불가능했던 일도 이쪽 세계에선 벌어질 수 있는 것이다.

신은 슈니의 말에 고개를 끄덕이며 허공을 차는 발에 힘을 주었다. 하늘을 날다시피 해서 달려온 덕분에 던전화된 성역 입구까지 10분도 채 걸리지 않았다.

신은 적당한 지붕 위에 서서 상황을 살폈다. 티에라의 메시지에 적혀 있던 대로 안개가 던전을 이루고 있었다. 지면에서부터 하늘 높이까지 안개로 뒤덮여 있어 던전을 뛰어넘는 것은 불가능했다. 지름길로 돌아 들어가는 것도 생각했지만 세계수 주변은 티에라 일행의 반응 외에 아무것도 없었다. 지금까지 존재하던 주변 건물들이 미니맵에 전혀 표시되지 않았던 것이다. 아무래도 입구로만 들어갈 수 있는 듯했다.

입구 넓이는 세로 10메르, 가로 20메르 정도였다. 엘프 전사들이 입구를 포위하듯이 부채꼴로 전개해서 무기를 들고 있었고, 지금도 동굴에서 빠져나온 한 마리의 몬스터를 공격하고 있었다.

온몸에 녹색 바위가 돋아난 코뿔소형 몬스터 라드세이아였다. 레벨은 344였다.

원거리 공격 능력이 없고 이동력도 낮지만 방어력이 압도적이라 어중간한 공격으로는 대미지를 줄 수 없었다. 방어력만큼은 레벨 400 수준이라는 평가를 받은 몬스터였다.

지금도 엘프들이 쏜 화살과 마법을 받아내면서도 아무렇지 않은 듯했다. 그리고 일방적으로 공격하는 엘프들의 표정이 초조해지고 있었다.

"안 좋은데. 모으기가 거의 끝났어."

멀리 도망치며 원거리 공격만 하면 라드세이아를 쓰러뜨릴 수 있다고 생각하는 플레이어가 많았다.

그러나 몬스터가 일방적으로 당하기만 할 리는 없다.

신이 말한 모으기란 라드세이아가 공격을 받을 때마다 쌓이는 것으로 모으기가 완료되면 이동력이 비약적으로 상승하여 강한 방어력을 활용해 적에게 돌격한다.

그것도 모르고 신나서 공격하다가 돌격을 받고 죽는 플레이어도 적지 않았다.

희생자는 이미 발생한 것 같았다. 던전 입구에는 몬스터의 사체 외에도 피웅덩이와 누구의 것인지 모를 팔다리가 널부러져 있었다.

"이야기를 하고 있을 때가 아니군. 공격하자."

"네!"

지붕을 차며 뛰어올라『비영』으로 가속했다.

그러는 와중에도 라드세이아의 온몸이 에메랄드 색 빛에 휩싸이고 있었다.

"오, 온다!"

빛나기 시작한 라드세이아를 보고 엘프 하나가 소리쳤다.

다음 순간, 몸길이가 3메르는 되는 거대한 몸뚱이가 폭발적으로 가속했다. 대부분의 엘프들은 갑작스러운 급가속에 대응할 수 없었다.

라드세이아의 돌격 방향에 있던 방패병 몇 명이 빠르게 몸을 낮추며 방패를 내미는 정도였다.

그러나 엘프는 육체 강도, VIT 수치가 낮은 종족이었다.

방어력이 뛰어난 상급 선정자가 아닌 이상 방패와 함께 산산조각이 나고 말 것이다.

엘프들의 필사적인 표정만 봐도 막아내지 못할 것이 자명했다.

라드세이아가 멍하니 선 엘프들에게 돌진했다.

그러나 그 거대한 몸이 방패병들을 날려버리기 직전에 신의 발차기가 라드세이아의 머리에 처박혔다.

"날아가 버려!"

펑 하고 무언가가 튕겨나가는 소리와 함께 라드세이아의 몸뚱이가 돌진하던 속도보다도 빠르게 동굴 안으로 사라져갔다.

잠시 뒤에 살덩이가 단단한 것에 부딪치는 둔중한 소리가 울렸다.

"……하?"

방패를 든 엘프들은 무슨 일이 벌어진 건지 이해하지 못하고 얼빠진 소리를 냈다.

그들의 눈은 라드세이아를 걷어차 버린 신을 주시하고 있었지만 무슨 생각을 하는 건지는 알 수 없었다.

"이봐, 밖으로 나온 몬스터는 더 없어?"

"응? 아, 아아…… 방금 녀석이 마지막이다."

"그래. 우리는 무녀를 구출하러 갈게. 가는 길에 마주치는 몬스터는 최대한 쓰러뜨리겠지만 밖으로 빠져나오는 녀석도 있을 거야. 그때는 잘 처리해줘."

"대체 무슨 소릴…… 아, 슈니 님?!"

신의 옆에 슈니가 서 있는 것을 깨달은 엘프가 말하자 다른 엘프들도 퍼뜩 놀라며 두 사람을 바라보았다.

"던전 안은 방금 전 같은 몬스터로 가득할 거예요. 우리가 무녀 분들을 모시러 갈 테니 그 동안 몬스터가 던전에서 나오지 못하도록 막아주세요."

"슈니 님이 가신다면 걱정할 필요가 없겠지만, 거기 있는 휴먼은……."

종족이 달랐기에 슈니만큼 신뢰하진 못하는 듯했다.

"제 일행입니다. 저를 따라올 정도의 실력이라면 얼마나 강한지 잘 아시겠죠?"

"……네."

질문을 꺼냈던 엘프는 슈니의 말에 침을 꿀꺽 삼켰다. 방금 전 신이 했던 행동을 뒤늦게 떠올린 것 같았다.

라드세이아의 돌격을 발차기 한 방에 날려버린 엄청난 힘을 말이다.

"그러면 뒷일은 맡기겠습니다."

"조, 조심하시길."

던전화되었다고는 해도 성역에 타종족을 들이게 된 것이지만 그것을 지적하는 엘프는 아무도 없었다.

실제로 몬스터와 싸워본 그들은 허가니 타종족이니 하는 것을 따질 때가 아니라는 것을 잘 알았던 것이다.

슈니와 신은 엘프들의 배웅을 받으며 던전에 들어갔다.

벽과 천장을 보니 티에라의 메시지대로 안개에 의해 던전이 형성되어 있었다. 손으로 만져보니 바위보다는 금속에 가까운 단단함이 느껴졌다.

신은 슈니에게 잠시 기다리라고 말한 뒤【매직 소나(마력파 탐지)】를 사용했다.

한시라도 빨리 합류해야 하는 상황인데 맵을 일일이 탐색

하고 있을 틈은 없었다.

이번에는 목적지가 분명하고 지상 타입의 던전이었기에 예전과 달리 과격한 수단을 얼마든지 사용할 수 있었다.

신의 미니맵에 미로 같은 내부 구조가 표시되었다.

상당히 복잡하게 구성되어 있어서 구조도를 봐도 출구까지의 경로를 바로 알아볼 수 없었다. 게다가 아무리 봐도 세계수까지의 거리가 멀었다.

마치 던전 부분만 공간이 확장된 것 같았다.

직선거리로 500메르 정도면 닿을 거리가 5케메르까지 늘어나 있었다. 이리저리 구부러진 미궁을 나아가려면 그 몇 배의 거리를 이동해야 할 것이다.

"너무 넓어졌는데."

"시간을 벌려는 목적이겠죠. 다른 길은 전부 차단된 것 같으니까요."

"사람 귀찮게 하는군."

신은 불평하면서 던전 안쪽을 노려보았다. 티에라의 반응을 다시 한번 살피자 그녀들 근처에 적성 반응을 나타내는 마크가 표시되어 있었다. 티에라와 리무리스 앞에서 움직이는 반응은 카게로우일 것이다.

"적이 나타났어. 상대도 이런 상황에 가만히 있을 리가 없겠지. 서두르자."

카게로우는 평범한 그루파지오가 아니었다.

아무리 데몬이라 해도 신수의 강한 변이종인 카게로우와 티에라 콤비를 쓰러뜨리긴 쉽지 않을 거라 생각하며 신은 땅을 박찼다.

한동안 나아가자 아까 신이 걷어찼던 라드세이아가 나타났다. 머리는 깊게 짓눌리고 몸은 억지로 압축시킨 것처럼 찌그러져 있었다.

"신?"

라드세이아 앞에서 멈춰선 신에게 슈니가 말을 건넸다. 신은 잠깐 기다려 달라고 손짓한 후 라드세이아를 치우고 벽을 살폈다.

역시, 하고 신은 확신했다. 벽은 울퉁불퉁해져 있었다.

게임에서 던전의 벽과 바닥, 천장은 일부를 제외하면 파괴가 불가능했다.

그러나 신은 이쪽 세계에서 파괴 불능 물체를 한 번도 본 적이 없었다. 모든 물체에 강도와 내구도가 존재했다.

그렇다면 그것을 뛰어넘는 힘이 가해질 경우 파괴되는 것이 당연했다.

"최단거리로 가자."

신은 그렇게 말하며 있는 힘껏 벽을 때렸다. 비록 스킬은 사용하지 않았지만 그의 주먹은 오리할콘마저 산산조각 낼 수 있었다.

신의 손에는 마치 솜이라도 때린 것 같은 감촉이 느껴졌다.

강철처럼 단단한 강도의 물질도 신이 마음먹고 때리면 종잇조각이나 마찬가지였다. 둥 하는 소리와 함께 벽에 커다란 구멍이 생겨났다.

"벽을 가로질러 가려는 거군요."

"생각보다 약해. 그리고 여기는 지금까지 들어갔던 던전들과 다르게 지상이잖아. 과격하게 움직인다고 무너질 염려는 없어. 그렇다면 가로질러 가는 게 빠르지."

그렇게 말하는 신의 주위로 붉은색과 노란색이 뒤섞인 광구(光球)가 여러 개 떠올랐다.

원을 그리듯 배치된 여덟 개의 광구는 신이 전방을 가리킨 순간 백열색의 빛을 방출시켰다.

20세메르 정도 크기의 광구가 그것보다도 굵은 열선을 뿜어냈다. 그 열량 앞에서 던전의 벽과 바닥, 천장이 녹아내리듯 사라져갔다.

신의 마력으로 강화된 열선은 던전의 벽이란 벽을 모조리 뚫고 지나갔다.

빛 /화염 마법 복합 스킬【플레어 블래스터】였다.

원래는 스킬 한 번에 하나의 광구만 출현해서 관통력이 강한 열선을 뿜어내는 스킬이지만 지금의 신이라면 동일한 스킬을 여러 개 발동시킬 수도 있었다.

"가자."

"네."

신과 슈니는 날아가 버린 벽 너머로 달려갔다. 던전 안에는 몬스터의 반응도 남아 있었지만 전부 무시하기로 했다.

『데몬즈 던전』도 인스턴트 던전으로 분류되기 때문에 보스를 쓰러뜨리면 던전과 함께 내부의 몬스터들도 소멸한다. 일일이 쓰러뜨리는 것은 시간 낭비일 뿐이었다.

"역시 수복되는군."

신과 슈니는 벽에 크게 뚫린 구멍을 따라 세계수를 향해 일직선으로 달리고 있었다.

이대로 나아갈 수 있었다면 좋았을 테지만 이곳은 『데몬즈 던전』이었다. 소멸되었던 벽이 미니맵 상에서 다시 복구되고 있었다.

복구된다기보다 더욱 두껍게 강화되는 것에 가까웠다.

"신, 다시 한번 벽을 뚫을 수 있겠어요? 소멸된 부분을 얼음으로 덮어 복구를 막을 수 있는지 시험해볼게요."

"그래, 알았어."

신은 슈니의 말에 대답하면서 다시 【플레어 블래스터】를 발사했다. 열선은 일직선으로 뻗어나가면서 강화된 벽 따윈 아랑곳하지 않고 관통해버렸다. 그 뒤에서 슈니가 다른 스킬을 사용했다.

물 마법 스킬 【클리어 블리자드】였다.

크리스탈처럼 투명한 빛의 소용돌이가 【플레어 블래스터】의 궤적을 따라 불어 닥쳤다. 붉게 달궈진 벽과 천장이 순식간에 꽁꽁 얼어붙었다.

얼음 위를 달려가면서 변화를 지켜보았지만 벽이 복구될 기미는 보이지 않았다. 동결을 통한 복구 차단이 훌륭히 이뤄지고 있었다.

이렇게 되면 아무도 그들을 방해할 수 없었다. 직선거리를 전속력으로 달려가면 되는 것이다.

던전 입구에서 출구 근처까지 5분도 걸리지 않았다. 끝까지 관통시키지 않은 것은 티에라 일행이 위험할 수도 있기 때문이었다. 마지막 벽을 신이 주먹으로 무너뜨리면서 세계수가 있는 곳에 도착할 수 있었다.

"신! 스승님도!"

벽을 무너뜨린 것이 신인 것을 확인한 티에라가 기쁨 섞인 목소리로 소리쳤다.

티에라와 리무리스 앞에서 카게로우와 그와 비슷한 덩치의 몬스터가 서로 노려보고 있었다. 엄니를 드러낸 채 으르렁거리는 몬스터의 이름은 오그브림이다.

네 발 짐승의 몸체에 호랑이처럼 노란색과 검은색의 줄무늬 모양이 있었다. 머리는 멧돼지와 늑대였고 비늘로 덮인 파충류의 꼬리가 돋아나 있었다.

레벨은 712. 카게로우가 변이종이 아니었다면 티에라를 지키며 싸우기 힘들었을지도 몰랐다.

티에라를 등지고 선 카게로우는 몸 여기저기에 상처를 입고 있었다.

지금도 티에라의 회복 스킬로 회복되고는 있지만 데몬 쪽은 거의 멀쩡했다. 『데몬즈 던전』에서는 데몬의 능력이 상승하는 효과가 있다.

카게로우의 레벨이 높더라도 아군을 지키며 싸워야 하는 카게로우와 공격에 전념하는 데몬 중에서 어느 쪽이 유리할지는 말할 것도 없었다.

"여기까진가. 지긋지긋한 수호자 놈들!"

오그브림은 상황이 불리한 것을 깨달았는지 신 일행에게서 등을 돌리더니 안개 속으로 달려갔다. 네 발 짐승답게 몇 초만에 안개까지 도달해 있었다.

그러나 신 일행을 보고 판단을 내리고 방향을 돌려 도망치는 사이에 신이 가만히 있을 리는 없었다.

오그브림이 등을 돌렸을 때 그는 이미 움직이고 있었다.

아무리 오그브림의 속도가 빠르더라도 순간 이동은 아니었다. 신은 그 자리에서 높이 솟구쳐 오른 뒤, 왼손을 위로 들어 투척 자세를 취했다.

아무것도 없던 왼손에는 순식간에 검날과 창자루를 이어붙인 듯한 기다란 무기가 나타났다. 길이는 총 4메르 정도였다.

숫자로 밀어붙이는 적을 쓸어버리기 위해 만들어낸 고대급의 상등품 특수검 『기어 서머』였다.

"……?!"

신은 자신이 쥔 『기어 서머』를 보고 움직임을 멈추었다.

원래 붉은 화염에 휩싸여야 할 2메르의 검신이 신의 눈앞에서 새하얗게 불타고 있었기 때문이었다.

화염의 색이 바뀌는 순간, 엘프 같은 여성의 모습이 순식간에 나타났다가 사라졌다.

손으로 전해지는 힘에서 악한 기운은 느껴지지 않았다. 오히려 화염에서 깨끗한 분위기가 풍겨 나오는 느낌이었다.

망설임은 짧았다.

바로 『기어 서머』에서 시선을 떼며 오그브림을 조준했다. 신의 눈앞에서 벽을 이루던 안개가 오그브림의 몸을 거짓말처럼 통과시키고 있었다.

"놓치지 않아!"

신은 【비영】 스킬로 형성된 발판을 이용해 불안정한 공중에서도 자세를 무너뜨리지 않고 『기어 서머』를 투척했다.

신의 괴력으로 던져진 『기어 서머』는 유성 같은 궤적을 남기며 허공을 갈랐다.

하얀 불꽃을 두른 검신이 안개 속으로 사라지려던 오그브림의 등을 꿰뚫으며 땅에 꽂혔다.

그 충격으로 오그브림 주위의 안개가 걷히듯 사라졌다.

"그오오오오오오오오오오오!!"

오그브림을 고정시킨 『기어 서머』에서 하얀 불꽃이 뿜어져 나왔다. 마치 불꽃 자체가 의지를 가진 것처럼 오그브림의 몸

안팎을 순식간에 태워버렸다.

불과 몇 초 만에 이루어진 일이었다.

화염이 원래의 붉은색으로 돌아올 쯤에는 땅에 박힌 『기어 서머』와 그것을 중심으로 넓게 퍼진 분화구 말고는 아무것도 남아있지 않았다.

"저기, 신. 뭐야? 저 무기는."

땅에 내려선 신에게 티에라가 다가왔다. 지금까지 싸우던 상대가 신의 힘이 아닌 검의 힘에 소멸한 것을 보고 호기심을 억누를 수 없었던 모양이다.

"갑자기 엄청난 일이 벌어졌지만 저 검엔 원래 이런 능력이 없어. 던지는 순간에 엘프 같은 사람의 모습이 보였으니까 아마 역대 무녀 중 누군가가 힘을 빌려준 게 아닐까? 여긴 세계수 옆이니까 말이야."

신은 데몬을 태워버린 『기어 서머』에서 실내의 중심으로 시선을 옮겼다.

던전으로 변한 성역 최심부의 중앙에 위치하는 것은 틀림없는 세계수였다.

줄기는 직경 5메르는 될 정도로 굵었고 위로 갈수록 가늘어지지도 않는 것 같았다.

무성하게 우거진 가지를 포함해서 전체가 옅은 금색으로 빛나는 모습은 보는 것만으로도 마음이 온화해졌다.

다만 슬프게도 티에라가 말한 것처럼 세계수의 일부가 검게 물들었고 그 주위의 빛도 불안정했다.

부정한 기운의 영향일 것이다. 줄기의 높은 곳은 안개로 뒤덮여 더 이상 보이지 않았다.

"데몬을 쓰러뜨렸는데도 던전이 사라지지 않는군. 방금 그게 던전을 만든 녀석은 아니었나 봐."

원래는 보스인 데몬을 쓰러뜨리면 『데몬즈 던전』은 소멸한다. 그러나 시간이 지나도 던전이 사라질 낌새는 없었다.

"습격해온 건 방금 그 데몬뿐이야?"

"응. 안개 속에서 갑자기 튀어나와서 공격해왔어. 버틸 수 있었던 건 카게로우가 열심히 싸워준 덕분이야."

전투가 끝나면서 1메르 정도의 늑대 모습으로 변신해 있던 카게로우를 티에라가 쓰다듬었다. 상처는 이미 회복되어 기분 좋게 눈을 감고 있었다.

"정화는?"

"아직 못 했어. 마침 시작하려던 참에 이렇게 됐거든."

"그러면 그 아이템을 시험하면서 해보는 게 어때? 지금이라면 데몬이 나오더라도 방해할 수 없을 거야."

신의 말에 슈니가 고개를 끄덕였다. 카게로우도 맡겨달라는 듯이 울었다.

"그래. 언제 또 방해가 들어올지 모르고, 세계수가 힘을 되찾으면 여기가 원래대로 돌아올 수도 있잖아."

"미, 미력하나마 저도 돕겠습니다!

정신없이 변화하는 상황에 당황하던 리무리스도 티에라의 분위기에 자극받았는지 의욕을 드러냈다.

신 일행이 주위를 경계하는 가운데, 티에라와 리무리스의 정화 작업이 시작되었다. 세계수 회복용 아이템은 이미 설치를 끝낸 뒤였다.

"—. —.—."

기도를 올리듯 가슴 앞에 손을 모으고 눈을 감은 두 사람의 입에서 알아들을 수 없는 선율이 흘러나왔다.

처음 들어보는 신비한 억양이었지만 이상하게도 듣기 좋았다.

신 일행이 아는 것과는 방법이 조금 다른 것 같았다. 두 사람 모두 정화가 시작된 뒤로는 몸 전체에서 은은한 빛을 발산하고 있었다.

두 사람의 빛이 엷게 변하며 세계수 쪽으로 이동하더니 세계수를 둘러싼 빛과 섞이기 시작했다. 그러자 세계수의 빛이 조금씩 강해졌다.

그와 함께 부정한 기운으로 검게 변한 부분이 점점 희미해지기 시작했다.

"슈니, 저건 혹시……."

"네. 역대 무녀 중 한 명이겠죠. 저 두 사람에게 힘을 빌려주는 게 아닐까요?"

정화를 시작한 지 10초 정도가 지났을 때 긴 은발에 녹색 눈동자를 가진 엘프 여성이 공중에 희미하게 나타났다.

세계수를 정화하는 두 사람 뒤에서 무언가를 바치듯 양팔을 들고 있었다.

그 모습을 보며 신은 왠지 모르게 티에라와 닮았다는 생각을 했다.

"안개가 변하고 있네요."

"그래. 무슨 일이 벌어질지도 몰라. 경계를 철저히 하자."

세계수의 정화가 진행되면서 안개의 형태가 바뀌고 있었다. 어떤 사태에도 대응할 수 있도록 준비하는 신 일행 앞에서 안개가 조금씩 옅어져갔다.

그리고 티에라와 리무리스가 정화를 끝내기 몇 초 전에, 세계수에서 조금 떨어진 곳에서 안개가 한 덩어리로 뭉치기 시작했다.

공중에 떠 있던 무녀의 모습은 티에라가 눈을 뜨기 전에 사라져 있었다.

"던전 마스터가 납신 건가?"

『데몬즈 던전』의 핵은 보스인 데몬이었다. 데몬을 쓰러뜨려야만 던전이 사라지는 것이다.

보스는 기본적으로 던전 최심부에 있으므로 지금 이곳에 나타난 것도 이상할 것은 없었다.

안개는 점점 모습을 바꾸더니 신 일행과 덩치가 비슷한 사람의 형상으로 바뀌었다. 무슨 의도인지는 몰라도 엘프와 유사한 모습을 하고 있었다.

"뭐지?"

【애널라이즈]로 표시된 이름을 보며 신이 미간을 찡그렸다. 인간형 데몬에게는 이름이 두 개 있었기 때문이다.

첫 번째 이름은 라그오쥬.

레벨은 802로 데몬의 계급으로는 공작급에 해당한다.

대공급 다음가는 고위 데몬이라면 사람의 형태를 취해도 이상할 것은 없었다.

그리고 두 번째는 크루시오 루센트라는 이름이었다.

그렇다. 티에라와 똑같은 {루센트}였다. 데몬에게서 세계수를 관리하던 일족의 이름이 표시되자 신 일행이 의아하게 생각하는 것도 당연했다.

"……거, 거짓말이야."

두 개의 이름, 특히 루센트라는 이름에 신 일행이 당황하는 가운데 티에라의 입에서 믿을 수 없고 믿고 싶지도 않다는 목소리가 흘러나왔다.

데몬을 바라보는 눈동자가 마음속을 반영하듯 흔들렸고 이해를 거부하듯이 고개를 좌우로 흔들며 한 걸음 물러났다.

"아빠……."

갈라진 목소리로 중얼거린 단어는 그 자리의 누구도 예상치 못한 것이었다.

티에라의 말에 반응하듯이 가면 같은 표정을 짓던 데몬의 눈동자가 그녀를 향했다.

그리고 그 눈에 티에라의 모습이 비친 순간, 데몬의 표정이 일그러졌다.

"으, 그으……."

표정뿐만 아니라 데몬의 윤곽 자체가 일그러지고 있었다. 데몬 역시 믿기지 않는다는 반응이었다.

"……도망쳤군."

데몬은 공기 속에 녹아들듯이 윤곽을 잃으며 사라졌다. 반응이 사라졌고 던전도 다시 나타나지 않았지만 쓰러뜨렸다고 생각하는 사람은 아무도 없었다.

데몬을 한 마리 쓰러뜨리기는 했어도 사태가 더욱 혼미한 방향으로 나아가고 있음을 신은 직감했다.

†

"티에라, 괜찮아?"

"어?"

데몬이 사라진 곳을 넋을 놓고 바라보던 티에라는 신의 말에 퍼뜩 정신을 차렸다.

"어쨌든 던전화되었던 성역은 원래대로 돌아왔어. 아이템도 효과를 발휘한 것 같고. 만약을 위해 수액을 채취해서 일단 저택으로 돌아가자."

"……그래야……겠지."

아직 충격에서 벗어나지 못한 눈치였지만 신은 굳이 추궁하지 않고 세계수의 수액을 채취했다.

리무리스가 뭔가 알려주지 않을까 생각했지만 티에라가 걱정되었는지 신 쪽은 거의 쳐다보지도 않고 있었다. 아무것도 해주지 못했던 것을 자책하는 표정이었다.

"그렇지. 리무리스에게도 혹시 모르니까 이걸 줄게."

"뭘요……?"

"아까처럼 습격당했을 때 조금이나마 몸을 지킬 수 있는 아이템이야. 만든 사람은 나지만 슈니 라이자가 보증하는 거니까 믿어도 돼."

세계수가 있는 성역에서 이런 일이 발생한 이상 라나파시아 내에 더 이상 안전한 장소는 없다고 봐야 했다. 임시방편에 지나지 않더라도 없는 것보다는 낫겠다 싶어 건네준 것이다.

그리고 몇 분이 지났을 때 엘프 전사들이 다가왔다. 던전화만 풀리면 직선거리로 1케메르도 되지 않는 곳이었다.

말을 탄 엘프들이 한발 먼저 온 것 같았다. 그 대부분의 레벨이 230을 넘었다. 선정자나 대장급들이 온 것 같다고 신은 추측했다.

"리무리스 님, 티에라 님, 무사하십니까?!"

선두로 달려오던 장년 엘프가 두 사람이 무사한지 확인했다. 대답한 것은 리무리스였다. 티에라는 고개를 숙인 채 신과 슈니의 옆에 서있었다.

"루델리아의 전사장을 맡은 오르도스 루델리아라고 합니다. 두 분을 구해주신 것을 진심으로 감사드립니다. 역시 슈니 라이자 공, 천하에 떨친 용명에 거짓이 없었군요."

슈니가 리더라고 생각한 것이리라. 오르도스라고 이름을 밝힌 엘프는 감사 인사와 함께 고개를 숙였다.

"아니요, 저 혼자만의 힘으로 해낸 일은 아닙니다. 세계수도 저항해주었고 무녀 분들의 정화도 효과를 발휘한 덕분입니다."

"그렇군요. 하지만 성역에 이변이 일어났던 전례는 없습니다. 저희는 부정한 기운이 증가한 탓으로 판단하고 있습니다만 라이자 공은 어떻게 생각하십니까?"

"그것 때문만은 아니겠지요."

오르도스가 어떤 인물인지 아직 몰랐기에 데몬에 대해 이야기해도 될지 판단이 서지 않았다. 다만 그는 매료나 혼란같은 상태 이상에 빠진 것은 아니었다.

"……데몬일 가능성도 있지 않겠습니까?"

떠보듯이 말하는 슈니에게 오르도스가 입을 열었다. 그의 입에서 흘러나온 단어에 신 일행은 눈을 가늘게 떴다.

"뭔가 정보라도……?"

"슈니 공이라면 이미 아실지도 모르겠지만 우리 전사들 중

에 명백하게 성격이 바뀐, 아니, 돌변해버렸다고 해야 맞겠군
요. 그런 자들이 몇 명이나 있습니다. 아마 금지된 술법인 정
신 계열 공격을 받은 것일 거라고 『영광의 낙일』 이전부터 살
아오신 분이 말씀하셨습니다."

오르도스는 상대가 슈니이기 때문에 털어놓을 수 있다는
식으로 이야기했다. 리무리스도 방금 데몬의 습격을 받았기
에 놀라지 않았다. 오르도스는 리무리스도 알아야 하기에 일
부러 이런 이야기를 꺼낸 것 같았다.

"당주가 약간 묘한 행동을 보인다고 하던데요. 그건 어떻게
생각하시나요?"

"저도 알고 있습니다. 요 몇 달 동안 극히 일부의 측근들 말
고는 그 분의 모습을 보지 못했습니다. 전사장 중에는 그것을
수상히 여기는 자도 있지요. 하지만 대화를 나눠보면 딱히 부
자연스러운 점은 없었고 업무도 매일 문제없이 수행하고 있
어서 괜한 트집이라고 잡아떼면 그만일 겁니다."

오르도스의 이야기는 헤라드에게서 들었던 내용과 동일했
다. 전사장들 사이에서도 분열이 일어나는 듯했다.

거기까지 이야기했을 때 새로운 부대가 나타났다.

"이번엔 여기까지만 하죠. 지금 오는 전사들의 우두머리는
이변이 나타난 자라서요."

"알겠습니다. 저희도 독자적으로 조사해보도록 하죠."

"잘 부탁드립니다."

오르도스는 다시 한번 고개를 숙이고 리무리스 옆에 자리 잡았다. 잠시 뒤, 부하를 거느린 다른 엘프 전사가 다가왔다. 이쪽은 아직 젊어 보이는 외모였다.

"리무리스 님! 무사하셨군요!"

선두에 선 엘프가 그렇게 말하며 달려오는 것을 오르도스가 앞으로 나서며 제지했다.

"오르도스 공. 무슨 짓이오?"

"리무리스 님의 보호는 내 담당이오. 귀공들의 임무는 성역의 조사가 아니오? 서로의 소임을 다하자는 것뿐이오."

오르도스는 새로 나타난 엘프를 리무리스에게 접근시킬 생각이 없는 듯했다.

리무리스를 보호하는 일이 오르도스의 임무라는 말은 사실이었는지 상대 엘프는 더 이상 반박하지 못했다.

"그러면 저희는 일단 저택으로 돌아가겠습니다."

"기다리십시오. 티에라 공은 예전에 사라진 루센트 가문의 무녀. 그렇다면 루센트를 통합한 우리 루델리아와 함께 돌아가는 게 도리 아니겠습니까?"

충격 받은 티에라를 진정시키기 위해서라도 이 자리에서 벗어나려던 신 일행에게 새로 나타난 엘프가 의문을 제기했다. 물론 도저히 받아들이기 힘든 내용이었지만 말이다.

"티에라는 우리 동료야. 무슨 일이 있어도 우리가 지키겠어."

"뭐냐 네놈은. 난 라이자 공과 이야기하는 중이다."

그 엘프는 신을 명백히 깔보고 있었다.

그게 원래 성격인지, 아니면 돌변한 탓인지는 모르겠지만 우호적인 관계를 맺기는 힘들 것 같았다.

"그건 저도 같은 의견입니다. 저희라면 무슨 사태가 벌어지더라도 티에라를 지켜낼 수 있어요. 아니면 혹시 제 말을 못 믿으시는 건가요?"

"윽…… 아닙니다. 라이자 공이 같이 계시다면 안전은 보장되겠지요."

슈니의 힘을 잘 알고 있는 것이리라. 제아무리 전사장이라도 그녀에게는 반박하지 못했다.

더 이상 엮이는 것도 귀찮았기에 신 일행은 그들을 뒤로 한 채 저택으로 향했다. 이번에는 제대로 된 길을 따라가기로 했다.

저택에 돌아오자 그곳을 관리하던 엘프 여성이 걱정스러운 표정으로 맞이해주었다. 던전화되었다는 소식을 듣고 걱정하고 있었던 모양이다.

아버지 일로 기운이 없던 티에라는 씩씩하게 웃어 보였다.

"아무튼 말이지. 엄청나게 물어보기 껄끄럽지만 그렇다고 안 물어볼 수도 없으니까 이야기할게. 티에라, 데몬이 취했던 모습을 보고 아빠라고 했지? 어떻게 된 거야?"

굳이 자극하고 싶지는 않았지만 그냥 넘어갈 수 없는 일이었기에 신이 입을 열었다.

"뭐가 어떻게 된 건지는 나도 모르겠어. 하지만 그 모습은 틀림없이 우리 아빠, 크루시오 루센트였어."

신 일행은 저택에서 잠시 휴식을 취한 뒤에 다시 모여 있었다. 티에라를 위한 시간이었다고 해도 과언은 아니었다.

그 시간 덕분에 티에라도 진정된 것 같았다. 그럼에도 표정은 굳어 있었다. 목소리도 평소의 티에라와 달랐다.

하지만 그렇다고 물어보지 않을 수는 없다. 관리자 가문인 루센트의 일원이 데몬에게 가담하고 있을지도 모르니까 말이다.

"생각해보면 티에라의 어머니에 대해 들어본 적은 있지만 아버지 이야기는 안 했던 것 같은데."

"그야 그렇지. 스승님께도 자세한 이야기는 한 적이 없는 걸."

신이 슈니에게 눈짓하자 그녀도 고개를 끄덕여 보였다.

"우리 아빠는 루센트의 당주셨어. 딸인 내가 이런 말을 하기도 좀 그렇지만 모두가 존경하고 모두가 의지하는 훌륭한 분……이셨어."

티에라와 아내 ─ 에이렌이라는 이름이라고 한다 ─ 를 소중히 대하면서도 결코 어리광을 용납하지는 않았다. 엄격하면서도 좋은 아버지였다고 티에라는 이야기했다.

그러나 행복하던 시간은 갑자기 끝을 맞았다. 아무 예고도 없이 티에라에게 저주가 내렸기 때문이다.

고향에서 사는 게 허락되었던 예전에는 크루시오가 억울한 중상모략을 당하는 것을 몇 번이나 봤다고 한다.

그리고 티에라의 추방이 결정된 날, 그녀의 아버지와 어머니도 어떤 결단을 내렸다.

어머니인 에이렌은 티에라를 데리고 떠났고 아버지 크루시오는 고향에 남았다.

그것은 대대로 계승되어온 관리자로서의 책무와 딸을 내버려둘 수 없는 부모의 마음 사이에서 갈등한 끝에 내린 힘든 결정이었다.

"그 뒤로 아빠가 어떻게 되셨는지는 몰라. 여기에 오고 나서 알게 된 건 몇 년 전에 병으로 돌아가셨다는 것뿐이었어."

어머니와 다른 곳에 무덤이 있다고 했지만 라나파시아에 처음 왔을 때만 해도 마음의 정리가 되지 않아서 아직 참배하러 가지 못했다고 한다.

"병으로 돌아가실 때 간호했던 사람은 있어?"

"나한테 그런 일이 생기긴 했어도 일단 관리자 일족의 당주셨으니까 치료는 받으셨던 것 같아. 치료는 그때의 담당 의사분이 하셨지. 나도 아는 분이야. 이야기를 들으러 갔을 때는 틀림없는 사실이라고 하셨어."

엘프의 수명은 길기 때문에 살해당하지 않는 이상 100년 정도로 죽지는 않는다. 덕분에 당사자에게서 직접 이야기를 들을 수 있었다. 장례도 정식으로 치러졌다고 한다.

"이곳의 장례 방식은……."

"매장이에요. 엘프와 픽시는 죽은 이의 몸을 대지로 돌려보내는 풍습이 있으니까요."

"역시. 그렇다면 그 녀석과 같은 경우인 건가."

예전에 팔미락에서 자해한 뒤에 데몬으로 변한 에이라인의 모습이 신의 뇌리를 스쳤다.

숙주가 살해당했느냐 병사했느냐의 차이는 있지만 사체를 조종당하고 있다는 점은 동일했다.

"하지만 왠지 그 녀석과는 다른 느낌이 들었는데."

"그 데몬은 티에라를 보고 반응했어요. 그렇다면 의식이나 기억 같은 것이 남아 있는 건지도 모르죠."

"그런 일이…… 아니, 있긴 했군."

슈니의 추측을 들으며 신은 예전 기억을 떠올렸다.

게임 시절에 있었던 일이지만 데몬과 관련된 이벤트에서 기생당하면서도 그에 저항하는 NPC를 구하는 내용이 있었던 것이다.

결론만 말하자면 그 NPC는 결국 사망하지만 플레이어의 개입을 통해 결국 삶에 대한 집착을 버리고 보상 아이템을 남겨준다.

즉 슈니의 말처럼 기생형 데몬에게 조종당하고 있더라도 자아가 남아 있을 가능성이 존재하는 것이다.

그렇다면 티에라를 보고 반응한 것도 납득할 수 있었다. 다만 그것으로 인해 본인과 티에라 모두 괴로워했지만 말이다.

"괜찮아. 나에게도 데몬의 이름은 보였어. 아빠를 구해달라는 말은 안 해. 오히려 빨리 편히 잠들게 해드리고 싶어."

티에라는 씩씩하게 웃으며 말했다.

분노나 슬픔을 드러내지 않는 그녀의 모습을 모두가 진지하게 바라보았다.

"티에라의 아버지, 크루시오 씨……. 그분이 돌아가신 게 정말로 병 때문이었던 거야? 에이라인 때는 기생 중이던 데몬에게 조종당해서 죽었잖아."

"틀림없어. 그렇게 희귀한 병도 아니었다고 해. 아무나 걸리기 쉽지만 그만큼 쉽게 낫고, 대신 무리를 하거나 몸 상태가 안 좋을수록 악화되는 병이야."

티에라의 설명을 자세히 들어보니 감기 같은 병인 듯했다. 악화하면 생명에도 지장을 줄 수 있지만 그건 어디까지나 본인의 몸 상태에 달려 있었다.

"당시 여러모로 한계에 달해 있었을 거라고 의사 선생님도 말씀하셨어."

아내와 딸을 잃고 가문은 흩어졌다. 육체적으로나 정신적으로나 피폐해지기 충분한 상황이었다. 그러나 크루시오의 고난은 그리 쉽게 끝나지 않았다.

당시 크루시오의 나이는 400세 정도였다. 엘프치고는 젊은 편이었다.

때문에 관리자 일족의 혈통이 끊길 위기에 빠지자 루델리아와 루라크 가문의 무녀를 낳기 위한 종마로서 살아가야 했다고 한다. 그러나 결국 아이를 얻지는 못했다.

아무리 대의를 위한 일이었다 해도 그것이 본인에게 얼마나 큰 고통이었을지는 신은 감히 상상할 수조차 없었다.

자신이라면 책무 따윈 포기하고 가족들과 함께 도망쳤을 거라고 생각했다.

"그런 상황을 데몬이 노렸다는 생각이 드네."

"맞아요. 녀석들이 보기엔 파고들기 딱 좋은 인재였겠죠."

신의 말에 슈니가 고개를 끄덕였다.

데몬이 표적으로 삼을 만한 조건이 전부 갖춰져 있었다. 이보다 더 안성맞춤이기도 힘들 것이다.

"하지만 무녀들을 노리고 왔으면서 티에라의 모습을 보고 동요한 것도 이해가 가진 않아요. 오랜 시간 동안 이곳에 숨어 있었다면 우리에 대해 정탐할 기회도 많았을 텐데요."

"데몬끼리 서로 반목하는 경우도 있잖아. 단순히 무녀가 있다는 사실만 전해 들었을 수도…… 아니, 이건 너무 억지스럽군."

데몬은 개체에 따라 움직임이 제각각이며 게임 시절에도 마왕의 계보나 개체의 능력 등을 참고해도 행동을 예상할 수 없었다.

하물며 자유도가 늘어난 이쪽 세계에서는 말할 필요도 없을 것이다.

"아무리 고민해봐야 답은 안 나오겠어. 일단 크루시오 씨는 데몬에게 조종당하고 있고 쓰러뜨릴 수 없다는 사실만 기억해두자. 미안, 티에라. 할 수만 있다면 구해드리고는 싶은데……."

"괜찮아. 아무리 신이라도 할 수 없는 일이 있다는 건 이해하니까. 그리고 나도 아빠의 몸을 멋대로 사용하는 게 괘씸하니까 주저 없이 해치워줘."

아직도 기운은 없어 보였지만 마지막 말을 할 때는 목소리에 힘이 조금 돌아와 있었다.

"정보 공유는 이 정도겠군. 시간이 너무 오래 걸리면 걱정할 테니까 슈바이드에게 돌아가자."

"그러고 보니 모습이 안 보이네."

"루라크의 무녀를 호위해주고 있어. 여기 돌아온 걸 아는 사람은 거의 없지만 만일의 사태에 대비해서 말이지."

티에라는 슈니와 함께 남아 있기로 하고 신은 루라크 저택으로 향했다. 이번에는 지난번 같은 묘한 감각은 느껴지지 않았다.

보는 사람이 없는 것을 확인하고 신이 헤라드의 방문을 노크하려는 순간 먼저 문이 열렸다. 자동문처럼 열린 문 앞에서 신은 주먹을 내민 자세 그대로 굳어 있었다.

"쿠우!"

문을 열어준 것은 유즈하였다. 아까는 데몬이 있는 곳까지 단숨에 이동해서 쓰러뜨렸기에 소환할 타이밍을 놓쳤던 것이다.

"아, 신 님! 무사했구나!"

"아…… 응. 일단 데몬을 한 마리 쓰러뜨리고 왔어."

"일단……?"

신이 돌아온 것을 기뻐하는 유즈하와 리나 뒤에서 헤라드가 그게 그렇게 쉬운 일이냐는 듯이 고개를 갸웃거리고 있었다. 상식적으로 생각해보면 그렇게 반응하는 게 당연했다.

"적어도 다른 한 마리가 어딘가에 숨어 있는 건 분명해. 최대한 조심해줘."

"알겠습니다."

물론 아무리 조심해도 한계는 있을 것이다.

크루시오에게 기생한 데몬에게 저항하거나 도망치는 것은 선정자라도 쉽지 않은 일이었다.

신이 가진 아이템을 건네주면 시간 벌기는 될 테지만 제대로 보호하려면 가까이서 호위해주는 방법밖에 없었다.

헤라드도 신이 건네주려는 아이템을 정중히 거절했다.

"그러면 오라버니. 다녀올게요."

"그래, 네 할 일을 잘 마치고 와."

신은 리나를 데리고 저택으로 돌아왔다.

루라크 저택에서 나올 때 헤라드는 신에게만 들리는 목소리로 자신이 데몬에게 이용당하게 되면 주저 없이 죽여 달라는 말을 했다.

지금이 여동생과의 마지막 작별일지도 모른다는 것을 이미 각오한 얼굴이었다.

✝

하룻밤이 지난 뒤에 신 일행이 묵고 있는 저택에 루델리아의 사자가 찾아왔다.

"자세한 상황 설명을 듣고 싶다……고요."

"네. 리무리스 님께도 이야기는 들었지만 아무래도 전투에 관해 자세히 알진 못하시니까요. 저희로서도 좀 더 상세한 정보가 필요합니다."

갑작스런 던전화와 데몬의 습격. 공황 상태에 빠지진 않았지만 리무리스는 전투에 관해선 문외한이었다.

세계수를 정화하려는 순간 던전화가 발생했고 데몬의 습격을 받아 싸우다가 신 일행의 도움으로 이겨냈다는 대략적인 사실밖에 이야기하지 못했다고 한다.

성역이 던전화된 것은 중요 사안이었다. 애매한 정보만으로 넘어갈 수 없다는 것도 지당한 이야기였다.

그리고 리무리스 외에 정확한 상황을 아는 사람은 티에라

뿐이다.

습격 도중에 가세한 신과 슈니도 있겠지만 역시 처음부터 사태를 지켜본 티에라의 이야기를 듣는 편이 나을 것이다.

리무리스와 달리 티에라는 전투에 익숙했기에 혼란에 빠질 일은 없었다. 마지막에 크루시오가 나타났을 때를 제외하면 말이다.

"실제로 데몬을 쓰러뜨린 건 스승님들이니까 그분들의 동행을 인정해주신다면 가겠습니다. 정보는 되도록 많은 편이 좋을 테니까요."

"그래주시면 저희로서도 감사할 따름입니다."

티에라가 정중히 말하자 사자도 황송하다는 듯 대답했다. 당주 쪽에 속한 사람은 아닌지 신 일행의 동행을 쉽게 허락해주고 있었다. 어느 정도의 권한은 위임받은 듯했다.

만약 동료들의 동행이 거부되면 가지 않기로 미리 이야기를 해두었기에 교섭하는 수고를 덜게 된 것은 신으로서도 다행이었다.

"흠, 뭔가를 꾸미고 있으려나?"

"글쎄요. 어제 일에 당주가 관여했는지는 아직 모르잖아요. 다만 만약 관여했다면 그때 무슨 일이 있었는지는 전부 파악하고 있을 거예요. 이번 일을 무겁게 받아들이고 있다는 걸 강조하기 위해서일까요?"

슈니가 하나의 가능성을 제시했다.

이미 자세한 정보를 갖고 있다면 다른 꿍꿍이가 있을 거라는 이야기였다.

신 일행을 사건의 배후로 지목해서 구속하거나, 돌변한 전사들에게 했던 것과 똑같은 일을 신 일행에게 시도할 수도 있었다.

"최대한의 방비를 해두고 가야겠군. 리나 씨를 데려갈 수는 없으니까 이번에도 슈바이드에게 맡겨야겠어."

"도움이 되지 못해서 미안해……."

"아니, 리나 씨의 역할은 싸움의 전면에 나서는 게 아니니까 신경 쓸 것 없어."

어깨를 축 늘어뜨리는 리나를 격려하기 위해 신은 일부러 밝게 말했다.

실제로 리나는 정화 작업을 도와야만 했다. 세계수에 대해서는 신이 할 수 있는 일이 많지 않았다.

지정된 시간까지 준비를 마친 뒤에 신 일행은 루델리아 저택으로 향했다.

"흠, 이렇게 기다리게 하는 건가."

"시간을 지정해놓고 왜 준비가 안 됐다는 거야?"

저택에 도착한 것까진 좋았지만 당주의 준비가 끝나지 않았다며 응접실 같은 곳에서 기다리게 되었다.

티에라와 슈니를 위해 사용인이 다과를 가져다주었지만 손도 대지 않고 있었다.

신은 입구에서 무기를 맡겨둬야 할 거라 생각했지만 슈니의 일행이라서인지 아무 말 없이 넘어갔다.

"그건 그렇고, 이건 심상치 않아. 나라도 알겠어."

부정한 기운과는 느낌이 다르고 마기만큼 강하지도 않았다. 하지만 사람에게 좋게 작용하지 않는 기운이 저택 전체에 충만해 있었다.

티에라와 슈니만큼 기운에 민감하지 않은 신도 분명히 느낄만한 정도였다.

"여기서 생활하다 보면 이상해지는 사람도 있겠네요. 아까 안내해준 분은 아무것도 느끼지 못하는 것 같았지만요."

슈니가 진지한 얼굴로 말했다. 저택에서 마주친 엘프들은 모두 평소와 같은 표정이었다.

"기분 나빠. 여기저기서 불쾌한 기척이 느껴져. 어떻게 아무도 모르는 걸까? 그리고 전에 왔을 때는 분명 이러지 않았는데……."

티에라도 자신의 팔을 끌어안으며 말했다. 악의와 그에 준하는 기척에 민감한 티에라는 신과 슈니보다 견디기 힘든 듯했다. 카게로우도 걱정하고 있었다.

그리고 1시간 정도 기다렸을 때에야 준비가 되었다며 안내자가 왔다.

"자, 뭐가 나올지 한번 가보자고."

신 일행은 안내자 엘프의 뒤를 따라 저택 안을 걸어갔다.

신은 가는 김에 저택 안을 탐색하는 것도 잊지 않았다. 비슷한 모퉁이와 통로가 많아서 미로처럼 되어 있었다.

안내자가 천천히 걷고 있던 탓도 있지만 당주가 기다리는 방에 도착하기까지 10분 가까이 걸렸다.

그곳의 방문도 다른 방과 똑같은 모양이라 거의 구분이 가지 않았다. 마치 적의 침입에 대비해서 만들어진 것 같다고 신은 생각했다.

"들어오도록."

방 안에서 남자의 목소리가 들렸다. 그 말에 안내자가 문을 열었다.

내부에는 얇은 천으로 사방이 둘러싸인 높은 단과 좌우에 늘어앉은 엘프들의 모습이 보였다.

오르도스와 뒤에 나타났던 엘프 전사가 끼어 있는 것을 보면 그들은 전사장이나 그에 가까운 계급의 엘프인 것 같았다.

단을 둘러싼 천 안에는 사람의 모습이 있었다. 천에 부여된 능력 때문인지 【애널라이즈】는 전혀 기능하지 않았다.

그러나 완전히 차단된 것은 아니었는지 심하게 흔들리면서도 표시되는 정보가 있었다.

"티에라 님은 당주님 앞으로. 라이자 님과 동행 분은 그 뒤로 와주십시오."

지시한 것은 오르도스였다. 앉을 자리가 미리 정해져 있었는지 방석 같은 것이 놓여 있었다.

함정의 낌새는 없었다. 지시에 따라 자리에 앉자 단의 바로 옆에 앉아 있던 엘프가 티에라에게 질문했다.

당주의 말을 전하는 역할인 것 같았다. 직접 대화를 주고받지는 않는 모양이었다.

질문은 세계수에 대한 것부터 시작해 데몬과 던전화되었을 때 출현한 몬스터, 부정한 기운에 대한 것 등 다양했다.

티에라가 알지 못하는 것 — 몬스터의 종류와 능력 등 — 에 관해서는 신과 슈니가 대답했다. 티에라는 몬스터와 조우하기 전에 데몬에게 습격당했으므로 대답할 도리가 없었다.

티에라도 질문을 꺼냈지만 전부 루델리아와 루라크가 알아서 하겠다며 아무것도 알려주지 않았다.

티에라가 불려온 것은 어디까지나 정보를 제공하기 위함이며 루델리아 측에서 정보를 넘겨줄 생각은 없는 듯했다.

티에라가 질문을 받는 동안 신은 당주를 가만히 지켜보고 있었다. 【애널라이즈】를 통해 얻어지는 정보가 시간이 지날수록 늘어났기 때문이다.

스킬을 사용한 사람이 신이기 때문일 수도 있고 지난번처럼 알 수 없는 존재가 힘을 빌려주는 것일 수도 있다. 정확한 이유는 알 수 없지만 이대로 가면 당주의 이름과 레벨까지 보일 것 같았다.

'마치 세력별로 나뉜 것 같군.'

시야 한구석으로만 잡아두고 있어도 스킬이 작용하기 때문에 신은 【애널라이즈】를 발동하면서 시선만 움직여서 방의 양 끝에 앉은 전사들을 바라보았다.

방의 오른편에 앉은 전사들은 질문에 대답하는 티에라에게 노골적인 시선을 보냈고, 그들을 보며 분노와 경멸의 표정을 짓는 것이 왼편에 앉은 엘프들이었다.

아마 왼편이 정상적인 집단이고 오른편이 돌변했다는 집단일 것이다. 오르도스도 왼편에 앉아 있었다.

그리고 그 외에도 익숙한 얼굴이 있었다. 라나파시아 입구에서 문답을 주고받았던 애너하이트였다.

루델리아라는 성을 쓰고 있었지만 문지기를 맡고 있었기에 이곳에 불려올 정도의 인물인 줄은 예상치 못했던 것이다.

"다음은…… 네? 아, 아닙니다. 알겠습니다."

질문자의 당황한 목소리에 신은 시선을 다시 앞쪽으로 향했다. 그는 동요를 감추지 못하고 있었다.

"에헴. 그러면 다음 질문이다. 고향에서 추방당한 뒤에는 뭘 하고 있었지?"

"네?"

질문을 받은 티에라 역시 크게 당황했다. 지금까지는 던전 화와 데몬에 대한 질문이 중심이었는데 갑자기 추방에 대한 이야기가 나오니 그럴 만했다.

"왜 그러지? 대답하라."

"저기, 그건 이번 일과 관련이 없는데요."

"됐으니까 대답해!"

티에라와 질문자의 대화에 신 일행뿐만 아니라 다른 엘프들도 동요하고 있었다.

좌우의 양쪽 진영에서도 대체 무슨 일인지 확인하기 위해 질문자를 주시하고 있었다.

"이제 와서 그걸 안다고 뭐가 달라지나요?"

이것만큼은 솔직히 대답할 생각이 없었는지 티에라는 질문의 의도를 물었다. 당주는 막에 가려져 실루엣밖에 보이지 않았기에 모두의 시선은 질문자에게만 집중되었다.

"그건…… 당주님? 아니요, 이 자리에서 더 이상의 질문은—."

질문자는 당주에게도 재촉을 받았는지 주위의 시선을 받으며 혼란스러워하고 있었다.

본인도 당주와 티에라를 번갈아 바라보며 무슨 말을 해야 할지 고민하는 눈치였다.

"우, 우리의 질문은 여기까지다! 물러가도 좋다!"

당주의 질문이 아직 끝나지 않았을 텐데도 질문자는 억지로 회견을 끝내려 했다.

방금 전의 질문 내용을 생각해보면 이번에도 티에라에 대한 개인적인 질문이었을 거라고 신은 생각했다. 막의 효과인지 당주의 목소리는 들리지 않았다.

그러나 회견 중단은 허락되지 않았다. 신과 슈니가 대체 무슨 일인지 묻기도 전에 질문자의 몸을 회색 가시가 관통했기 때문이다.

"좀 더 빨리【애널라이즈】가 끝났다면 좋았을 텐데 말이지."

【애널라이즈】의 흔들림이 사라져 안쪽에 앉은 당주의 정보가 표시된 것은 질문자가 가시에 찔리기 직전이었다.

이름과 레벨이 하필 마지막으로 표시되는 것이 데몬다웠다.

질문자를 꿰뚫은 가시는 전부 6개였다. 끝이 뾰족했고 그 모두가 질문자의 몸통을 관통하고 있었다. 심장에도 찔렸는지 HP게이지가 순식간에 소멸되었다. 즉사였다.

"조심해! 저 녀석은 당주가 아냐. 데몬이다!"

"당주인 척 변신해 있었던 건가!"

"다들 무기를 들어! 티에라 님을 지켜라!"

신은 방 왼편의 엘프들에게 알려주기 위해 소리쳤다.

사태를 파악한 엘프들의 행동은 전사장답게 재빨랐다. 반면 오른편의 엘프들은 무슨 영향 탓인지 둔하게 반응했다.

티에라를 우선시한 것은 신과 슈니라면 보호할 필요가 없음을 알고 있기 때문일 것이다.

"지켜라!!"

왼편의 엘프들이 움직였을 때 막 안쪽에서 음정이 일그러진 목소리가 울려 퍼졌다.

그리고 그것을 들은 오른편의 엘프들은 지금까지 굼뜨던

것이 믿기지 않을 만큼 티에라를 향해 기민하게 움직였다.

역시 오른편의 엘프들은 데몬의 영향하에 놓인 듯했다.

"데몬이 하는 말이라는 게 안 믿겨지는군."

신은 순식간에 티에라 옆으로 이동해 달려오는 엘프들을 날려버리면서도 의아함을 느끼지 않을 수 없었다.

방금 전, 음정이 일그러져 알아듣기 힘들었지만 데몬은 확실히 '지켜라'라고 말했다.

실제로 지금 몰려드는 엘프들은 신과 슈니를 공격하면서도 티에라를 붙잡으려 하고 있었다. 무기를 들고 있으면서도 티에라에게 향하지는 않는 것이다.

데몬의 천적이라고 할 수 있는 무녀를 멀쩡한 상태로 붙잡으려 하고 있다. 리나를 납치할 때처럼 압도적으로 유리한 상황이라면 몰라도 지금은 신과 슈니, 전사장들까지 버티고 있었다.

데몬 측의 엘프들은 다치는 것도 상관 않고 돌격해왔다.

"대체 어떻게 된 거냐, 너희들은!"

신 일행과 함께 티에라를 지키기 위해 막아선 엘프들이 외쳤다. 그들은 차마 동족을 죽일 수는 없었는지 갈등으로 공격하고 있었다.

리무리스를 데리러 올 때만 해도 대화가 통하던 엘프들이었다. 그런 그들이 지금은 몇 번을 쓰러뜨려도 바로 일어나서 다시 공격해오고 있었다. 마치 명령이 입력된 인형 같았다.

본인의 의사가 전혀 느껴지지 않는 움직임이었다.

"당주에게 조종당하고 있는 거야. 아니, 가짜 당주에게 말이지!'

신은 실체화한 『무월』에 얼음을 두르고 당주를 향해 휘둘렀다.

검술/물 마법 복합 스킬【빙월인(氷月刃)】이었다.

초승달 모양의 얼음 칼날이 막을 찢어발기며 당주를 향해 날아갔다. 그러나 칼날이 닿기도 전에 본체는 이미 이동해 있었다.

막에서 뛰쳐나온 그림자가 방의 한쪽 구석에 착지했다.

신은 질문자를 관통한 가시를 봤을 때 마치 데몬즈 던전의 벽을 형성하던 안개가 응축된 것 같은 색이라고 생각했다.

이미 그 시점에서 정체가 확인된 것이나 다름없었지만【애널라이즈】로 표시된 이름이 그 추측을 확인시켜주었다.

―【크루시오 루센트 레벨 952】.

전에 봤을 때보다 레벨이 올라가 있었다. 몸은 절반이 안개, 절반이 엘프의 형태였다.

엘프의 몸은 귀기 서린 형상으로 티에라를 노려보았고 안개 쪽은 아메바처럼 늘어났다 줄어들어 형태가 일정하지 않았다.

"아니?!"

"괴물인가."

"이럴 수가. 너는……."

그림자의 정체를 확인한 엘프들이 술렁이고 있었다. 그중에는 엘프의 정체를 알아본 자도 있었는지 경악하는 목소리가 들렸다.

"슈니에게 달려드는 엘프들을 부탁해. 난 저 녀석을 처리할게."

"알겠습니다."

당황과 동요로 움직임이 둔해진 엘프들을 엄호하기 위해 슈니가 움직였다.

신이 크루시오를 공격하면서 주의가 흩어졌지만 몰려드는 엘프들의 움직임에 변화는 없었다. 기절해도 이상할 게 없는 대미지를 입으면서도 움직임은 둔해질지언정 멈추지는 않고 있었다.

그렇다면 팔다리를 부러뜨려 물리적으로 행동 불능을 만들거나 마비 같은 상태 이상으로 움직임을 막을 수밖에 없었다. 슈니라면 충분히 할 수 있는 일이었다.

문제는 이런 상황에서 움직이기 시작한 데몬이었다.

티에라의 아버지라는 크루시오 루센트의 몸을 빌려서인지 신의 눈앞에서 무기를 겨누면서도 시선은 티에라를 향하고 있었다. 얼핏 보면 빈틈이 많아 보였다.

그러나 안개 부분은 그렇지도 않아서 아메바처럼 형태를 바꾸면서도 엘프들을 무시한 채 신만을 노리고 있었다. 이쪽은 신을 명확히 적으로 인식한 것 같았다.

"또냐, 또 내게서 빼앗는 거냐! 세계를 지키고, 세계수를 지키면서 헌신한 댓가가 이거냐!!"

소리치는 크루시오의 눈에서 붉은 물방울이 끊임없이 흘러내렸다. 땅에 뚝뚝 떨어지는 그것을 닦아내지도 않으며 목소리가 점점 선명해지고 있었다.

그러는 동안에도 질문자를 관통했던 것과 똑같은 가시가 신을 덮쳐왔다.

레벨 상승에 따라 능력치도 올라갔는지 던전의 벽을 이루던 안개라는 것이 믿기지 않을 만큼 빠르고 묵직한 공격이었다.

공격의 대상이 엘프들이었다면 일격에 고깃덩이가 되고 말았을 것이다.

"뭐가 평온이냐! 뭐가 사명이냐! 사랑하는 이에게 저주를 내리는 세계 따위, 사라져버리는 게 낫다!"

엘프들이 휘말릴 만한 공격을 신이 튕겨내는 동안에도 크루시오의 독백이 이어졌다.

오른손이 얼굴을 할퀴었다. 손톱이 피부를 가르자 그곳에서 또 피가 흘러나왔다. 눈은 충혈되었고 누가 봐도 제정신은 아니었다. 데몬의 영향이라고 하기에는 상태가 너무 이상해 보였다.

신을 공격하던 안개의 가시가 점점 괴로워하듯 비틀리며

몸부림치기 시작했다. 그 모습은 마치 고통스러워하는 것 같기도 했다.

"데몬의 표시가 사라졌어. 대체 어떻게 된 거야?"

던전에서 확인했던 크루시오의 상태 표시에는 분명 데몬의 이름이 보였다. 그러나 지금의 크루시오에게는 그것이 없었다.

【애널라이즈】의 표시 내용만 보고 말하자면 크루시오는 인간이었다.

다만 몸의 절반이 안개로 이루어진 인간이 존재할 리는 없다. 몸부림치는 가시가 늘어나고 공격 수단이 줄어든 순간을 노려서 신이 공격해 들어갔다.

『무월』을 왼쪽 하단으로 늘어뜨린 채 자세를 낮추었고 그대로 넘어지듯 한 걸음을 내디뎠다. 그것만으로 신은 크루시오를 칼의 공격 범위 안에 포착해냈다.

이동 계열 무예 스킬 【축지】에 의해 두 사람 사이의 거리가 순식간에 줄어들어 있었다.

칼을 휘두를 준비는 끝났다. 섬광 같은 일격이 크루시오를 두 동강 내려는 듯이 덮쳤다.

검술 무예 스킬 【갑옷 꿰뚫기】였다.

앞선 공방을 통해 가시의 단단함을 확인한 신은 방어력이 높은 적일수록 높은 대미지를 입히는 스킬을 선택했다.

설령 사람 부분이 가시와 동일한 방어력을 갖고 있다 해도 절단해낼 수 있는 위력이 담겨 있었다.

"이걸 막아내는 건가."

크루시오 본인은 가만히 있었지만 안개 쪽은 그렇지 않았다.

인간으로서는 불가능한 반응 속도로 아직 멀쩡한 가시들이 한데 뭉쳐 신의 공격에서 크루시오를 지켜냈다.

가시는 정확히 절단해냈지만 검에서 전해지는 느낌으로 볼 때 크루시오까지는 닿지 않은 것을 알 수 있었다. 가시를 베어낼 때 검의 속도가 희미하게 줄어든 것이다. 그 짧은 순간 동안 크루시오의 몸은 방에서 뛰쳐나갔다. 가시를 다리처럼 활용해서 인간에게는 불가능한 움직임을 보여주고 있었다.

지금의 크루시오에게 벽 정도는 종이나 마찬가지였다. 신에게서 거리를 벌림과 동시에 벽을 파괴하여 도망치기 시작했다.

벽과 기둥을 파괴하는 소리는 들리지 않았다. 그러나 미니맵상의 반응은 벽이 있던 장소를 그대로 통과하고 있었다.

마치 건물 구조 자체를 무시하는 듯한 움직임이었다. 어쩌면 안개로 변해 벽과 천장 사이를 이동하고 있는 건지도 몰랐다.

이대로 추적하고 싶었지만 그들이 싸우는 소리를 듣고 루델리아의 전사들이 방 안에 몰려왔다. 그것도 돌변한 전사들이 말이다.

"크윽, 저택의 위병들까지……."

"설마 저쪽 전사단 전체가 이상해진 건가?!"

어디서 나타났는지 모를 엄청난 숫자의 병사들이 방 안으로 밀려들어왔다.

슈니와 멀쩡한 엘프들은 주저 없이, 그러나 죽지 않을 만큼만 공격을 퍼부었다. 반격당하면서도 바로 몸을 일으키는 것을 보면 이미 쓰러진 전사들처럼 데몬에게 조종당하고 있다는 것을 금방 알 수 있었다.

그들이 지금 정확히 어떤 상태인지는 알 수 없었다. 다만 만약 조종당하고 있는 것뿐이라면 구하지 않을 수도 없는 노릇이었다.

"여기는 제가 막을게요. 신은 데몬을 쫓아가 주세요."

"그러고 싶은 마음은 굴뚝같지만 말이지. 도망치고 나서 바로 그 녀석의 반응이 사라졌어."

미니맵 위로 이동하던 마크는 이미 온데간데없이 사라진 뒤였다. 여러 개의 스킬을 병용하여 범위와 정확도를 강화한 감지 능력으로도 데몬의 행방을 잡을 수 없었던 것이다.

"그보다도, 느껴져?"

"네. 여기 말고도 데몬의 영향을 받은 자들이 폭주하고 있는 것 같네요."

데몬의 반응은 사라졌다. 그러나 다른 반응들이 잡히고 있었다.

시가지와 성역 쪽에서 다수의 반응들이 일제히 행동을 개시하고 있었다.

이 방에 밀려들어온 엘프들과 동시에 움직였다는 것을 생각하면 동일한 존재에 조종당하고 있는 것이 분명했다.

"더 이상 시간을 끌 순 없겠군."

신은 방 안으로 밀려드는 엘프들을 향해서 흙 마법 스킬 【대지의 포효】를 발동시켰다.

신 일행 주위로 고중력장이 형성되면서 공격해오던 엘프들이 땅에 쓰러졌다.

이곳의 엘프들은 생각 없이 달려들 뿐이었지만, 시가지에 전개된 반응은 몇 개의 집단으로 나뉘어 여러 곳을 동시에 습격하고 있는 것 같았다.

신이 아는 장소만 해도 루라크의 저택과 티에라에게 배정된 저택 등이 있었다.

"다른 데몬이 또 있거나, 아니면 자발적으로 저쪽에 가담한 자들이 있을지도 모르겠군요."

"그럴 수 있겠지. 어쨌든 여기서 오래 머물 필요는 없어."

신은 슈니와 타이밍을 맞추어 물 마법을 발동시켜 얼음 장벽을 만들어냈다.

엘프들을 얼음 장벽으로 가두어 움직임을 차단했다. 입구도 막아서 다른 엘프들이 들어오지 못하게 했다.

신 일행의 마력으로 만들어진 얼음이라 엘프들의 힘으로는 표면에 흠집 하나 내지 못했다.

신 일행은 제정신인 엘프들에게 지시를 내리며 그 자리에서 탈출하기로 했다. 데몬이 다음에 어떻게 움직일지 알 수 없지만 크루시오의 상태를 보면 또 티에라를 노릴 가능성이 높았다.

또한 데몬이니만큼 세계수나 무녀를 노릴 수도 있었다. 그렇다면 함께 지켜야 한다고 생각하며 우선 슈바이드와 합류하기로 했다.

"슈니 공에 필적하는 위압감……? 귀공은 대체……."

"글쎄요. 그건 이 소란이 끝난 뒤에 이야기하도록 하죠."

신은 제대로 대답하지 않고 엘프들을 인도하듯이 방의 천장을 마법으로 꿰뚫으며 뛰어올랐다. 전사장들이라면 충분히 따라올 수 있을 거라 생각했던 것이다.

모두가 지붕 위로 올라오는 것을 기다렸다가 이동을 개시했다. 신이 판단한 대로 전사장들은 모두가 가볍게 따라 올라왔다.

"여기서부터는 【하이딩】으로 모습을 감춘 채로 이동합니다. 저와 슈니에게서 떨어지지 않도록 하세요."

"아니, 우리는 리무리스 님께 가겠네. 만약의 사태에 대비해서 리무리스 님은 성역에서 대기하고 계시네. 정예 부대가 호위를 맡고 있긴 하지만 상대가 데몬이라면 버티기 힘들지도 모르지. 정말 위험하다면 우리 몸을 던져서라도 막아내야 하네."

성역은 세계수의 힘이 회복되면서 부정한 기운이나 마기를 막아내는 힘이 강해졌다. 현재로서는 이 나라에서 가장 안전한 장소라 할 수 있었다.

전사들 중에는 심화를 사용할 수 있는 이도 있어서 이미 정보를 공유하고 있는 것 같았다. 신과 슈니는 티에라를 지켜야 했으므로 결국 따로 행동하게 되었다.

"괜찮을까……?"

"장비를 보면 상급 선정자도 끼어 있는 것 같아. 상대가 평범한 병사라면 당할 일은 없겠지."

상대편에도 전사장이 있을 테지만 신이 느끼기로는 제정신을 유지한 전사들이 더 강했다. 하등품이긴 해도 신화급 장비를 사용하는 자들도 보였던 것이다.

던전에서 싸웠던 데몬이 나타나지 않는 한 그리 쉽게 패배하진 않을 것이다. 상대를 봐주지 않고 공격한다면 평범한 전사 정도는 상대도 되지 않았다.

데몬을 상대할 경우는 어떻게 될지 몰랐지만 그건 누구든 마찬가지였다. 대공급 데몬을 혼자서 상대하는 신 일행이 오히려 이상하다고 할 수 있었다.

"저택으로는 조금 강한 녀석들이 가고 있어. 어쩌면 리나가 돌아온 걸 감지한 걸지도 몰라. 빨리 합류해서 우리도 성역으로 향하자. 미안하지만 지금은 속도를 중시해야 해."

신은 걱정스러운 표정의 티에라를 안아 들고 높이 뛰어올랐다. 그게 가장 빠른 방법이었다.

"자, 잠깐, 신?! 아니, 이, 이거, 날고 있잖아?!"

갑자기 붙잡혀 깜짝 놀란 티에라는 첫 번째 도약 이후로 한 번도 착지하지 않는다는 사실에 더욱 놀랐다.

"저도 배우고 싶네요. 이번 일이 정리되면 가르쳐주시겠어요?"

"나도 가르쳐주고 싶은데 말이지. 이걸 할 수 있게 된 이유를 아직도 잘 모르겠어."

도약 중간에 신의 옆으로 뛰어오른 슈니가 자연스럽게 신의 한쪽 팔을 끌어안으며 말했다.

지금의 신은 티에라를 왼팔로, 슈니를 오른팔로 지탱하며 날고 있었다. 급박한 상황이 아니었다면 모두가 부러워할 만한 광경이었다.

"더 빠르게 간다!"

신은 강하게 허공을 박찼다. 라나파시아의 시가지가 순식간에 스쳐 지나갔다. 그렇게 몇 분도 되지 않았을 때 슈바이드가 머무는 저택이 보이기 시작했다.

이미 습격을 받고 있었는지 저택을 향해 마법과 화살이 날아들고 있었다. 그러나 저택을 뒤덮은 반투명한 벽이 그것을 전부 막아냈다. 슈바이드의 무기인 『대충각의 큰 방패』에 의해 생성된 방어 장벽이었다.

엘프 병사들의 수는 50명 정도였지만 선정자가 아닌 이상 공격이 통할 리는 없었다. 심화로 연락해보자 리나와 저택에서 일하는 엘프들을 한 곳에 모아 지키고 있다고 한다.

상대가 몬스터였다면 슈바이드가 방어하는 사이 유즈하가 나서서 순식간에 정리했을 테지만, 어떤 상황인지 아직 몰랐기에 막아내기만 하면서 신 일행과 연락을 취하기로 한 것이다.

"이쪽은 상태 이상인가. 아까 녀석들과는 다르군."

"치료할게요."

슈니가 엘프들을 둘러싸는 형태로 【큐어】를 발동시켰다. 상태 이상이 사라지자 엘프들은 의식을 잃고 쓰러졌다.

신은 그들이 특별히 위험한 상태가 아닌 것을 확인한 뒤에 슈바이드와 합류했다. 이렇게 많은 인원을 호송할 시간은 없었기 때문이다.

"이제부터 어떡할 거야?"

"성역에서 리무리스와 합류하려고. 크루시오 씨의 몸을 차지한 데몬이 어떻게 움직일지는 예상할 수 없지만 지난번에 성역과 무녀를 노렸던 것만은 분명해. 내가 쓰러뜨린 것 외에 다른 데몬도 있을 테니까 상대편도 전원이 합류한 뒤에 공격해올 수도 있어."

회복되었다고는 해도 세계수에 요격 능력은 없었다. 크루시오처럼 다른 데몬의 레벨도 올라갔다면 위험할 수도 있었다.

"나도 같이 갈게. 정화라면 나도 도울 수 있어."

"그래, 잘 부탁할게."

이런 상황에서는 전력을 집중하는 것이 유리했다. 슈바이드, 유즈하, 리나가 합류한 신 일행은 성역으로 향했다.

신이 이 정도 인원을 들쳐 업고 날아갈 수는 없었기에 거대화된 카게로우와 유즈하에 반씩 나누어 타고 부스터를 사용해 이동하기 시작했다.

"그 녀석들은 어떻게 움직일 것 같아?"

"신도 생각했을 테지만 그 개체는 역시 티에라를 노릴 거예요. 확실한 근거는 없지만 그는 데몬에게 조종당하지 않는 것처럼 보였어요. 게다가 그때 했던 말을 생각해 보면 분노와 증오에 지배당한 것 같지만, 티에라에게만큼은 부모로서의 감정이 남아 있을 거예요."

슈니의 말에 신도 고개를 끄덕였다. 게임에서라면 데몬은 어디까지나 데몬이며 몬스터일 뿐이다.

그러나 이 세계에서는 좋든 나쁘든 무슨 일이 벌어질지 알수 없었다. 몸을 잠식해 빼앗으려던 존재가 오히려 잠식당하는 것도 충분히 가능했다.

크루시오의 말에서는 그런 생각이 들 만큼 강한 의지가 느껴졌다.

죽고 조종당하면서도 차마 소멸되지 못한 의지 말이다.

"뭐지?"

신 일행이 성역에 도착하기도 전에 사태가 발생했다.

유즈하가 달리면서 흔들리는 것 이상으로 강한 진동이 느껴졌다. 유즈하와 카게로우도 무슨 일이 벌어진 것을 감지하고 일단 멈춰섰다.

"신, 저걸 보세요!"

이변의 원인은 금방 알 수 있었다. 슈니가 가리킨 성역 근처에서 무지개 색의 빛이 분출되고 있었다.

"저건…… 위험하군."

"신?"

신의 표정이 흐려지는 것을 보고 티에라가 불렀다.

뿜어져 나오는 빛. 신의 기억이 맞는다면 최악의 사태였다.

"저건 세계수가 한계에 달했을 때 뿜어내는 빛이야. 저 빛이 세계를 멸망시킬 신수를 만들어내지."

신도 그 광경을 직접 목격한 것은 아니었다. 게임 시절에 그 장면을 녹화한 동영상을 인터넷에서 우연히 봤던 것뿐이다.

세계수를 베어 넘기는 순간에 뿜어져 나오는 빛은 이윽고 하나의 덩어리로 굳어지더니 모습을 바꾸었다. 그리고 나타난 것이 세계를 멸망시킬 신수였다.

정식 명칭은 수호 신수 리포르지라.

겉모습은 날개 없이 두 다리로 걷는 드래곤과 비슷했다. 머리는 입을 제외하면 미끈한 껍질에 덮여 있고 눈이나 코 같은 기관은 없었다.

굵은 팔 끝에는 갈고리가 달린 네 개의 손가락이 달려 있고 다리는 튼실하고 단단했다. 울퉁불퉁한 겉가죽은 부드러워 보이지만 아다만티움을 능가하는 강도를 갖고 있었다.

꼬리는 길었고 동영상에서는 크게 휘두르는 것만으로 도시의 성벽이 산산조각 났다.

공격 수단은 물리적인 충격을 동반하는 포효, 발과 다리, 꼬리에 의한 직접 공격과 입과 등 뒤에서 방출되는 강력한 열선 등이었다.

그런 외모와 공격 수단으로 인해 일본에서 만들어진 유명한 괴수를 떠올리는 플레이어도 많았다.

"데몬이 뭔가를 한 게 분명해."

"아마 크루시오 씨겠죠."

크루시오가 도망친 방향은 성역과 일치했다. 그가 세계수를 베어 넘어뜨렸고 생각하는 게 자연스러웠다.

당면한 문제는 리포르지라에 대한 대항 수단이 거의 없다는 점이었다.

리포르지라는 부정한 기운을 에너지로 움직인다. 세계수가 사라지면 그것을 정화하는 존재가 없으므로 거의 무한한 부정한 기운이 리포르지라에게 공급되는 것이다.

최소 신화급 상등품의 무기가 아니면 대미지를 줄 수 없는

데다 대미지 자체를 순식간에 회복해버린다. 싸우는 입장에서는 악몽이나 다름없는 능력이었다.

참고로 열선을 통한 공격도 위력이 엄청났으며 고대급 장비를 착용하지 못한 플레이어는 한순간에 녹아내렸다.

실제로 열선에 맞아본 플레이어가 바로 '운영자 장난하냐!'라고 외쳤던 것은 유명한 이야기였다.

"그런 걸 어떻게 이겨⋯⋯."

리포르지라에 대해 전해 들은 리나는 멍하니 빛을 바라보았다.

당시에는 『육천』의 모든 멤버들이 참전했지만 그것으로도 시간 벌기밖에 되지 않았다. 게다가 사태가 수습될 무렵에는 전투에 참가했던 여섯 명 중에서 남은 사람은 두 명뿐이었다.

당시에 사용한 방법은 리포르지라가 부정한 기운을 대량으로 소비하여 움직임이 멈추었을 때 『육천』의 쿳쿠를 따라온 농부 플레이어가 새로운 세계수를 심고 육성하는 것이었다.

세계수가 부활하면서 부정한 기운이 정화되자 리포르지라는 빛으로 변해 사라졌다.

아무것도 얻지 못한 채 피해만을 남겼던 【THE NEW GATE】 사상 최악의 사건이었다.

"저기, 신. 방금 한 이야기대로라면 세계수를 심어서 정화의 힘이 회복되면 그 신수는 사라지는 거지? 그렇다면 신이 말한 신수가 나타나도 세계수의 힘을 사용하면 쓰러뜨릴 수 있다는 거야?"

"그래. 문제는 세계수를 단숨에 성장시킬 만한 농업 스킬을 가진 사람이 없다는 거야. 나도 스킬 자체는 갖고 있지만 레벨이 턱없이 부족해. 그때는 쿳쿠를 포함해서 스킬 레벨 X인 사람이 10명이나 달라붙었거든."

이 세계에서는 스킬 레벨이 X인 사람을 찾는 것만 해도 쉽지 않았다. 따라서 여러 명을 동원한다는 것은 비현실적인 이야기에 불과했다.

"아니, 그건 아직 괜찮아. 알 수 있어. 세계수는 아직 살아 있는걸."

"나도…… 그렇게 생각해."

게임에서는 모든 세계수가 사라졌을 때 리포르지라가 출현했다. 그러나 티에라와 리나는 세계수가 아직 건재하다고 말하고 있었다. 무녀이기 때문에 그 존재를 느끼는 것 같았다.

"세계수가 살아 있다면 리포르지라는 아닌 건가? 하지만 달리 짐작 가는 건 없는데 말이지."

"글쎄요. 어쩌면 억지로 불러내려는 건지도 모르겠네요. 『육천』분들도 이기지 못하셨을 정도니까 완전한 상태가 아니더라도 충분한 전력이 될 수 있을 거예요."

"음, 맞는 얘기군. 출현의 전조만으로도 위압감이 여기까지 전해지고 있어."

신도 피부가 따끔따끔한 것을 느꼈다.

단순한 이벤트로 생각할 수도 있겠지만 게임 시절에는 길드의 경계를 넘어 모든 플레이어가 협력했음에도 쓰러뜨리지 못한 상대였다.

웬만한 보스와는 비교도 안 될 만큼 강하므로 처음 상대할 때는 당연히 쓰러뜨릴 수 없는 건지도 몰랐다. 그러나 그런 요소를 제외하더라도 리포르지라는 충분히 강력했다. 너무나도 강력했다.

신은 무심결에 허리에 찬 『무월』에 손을 올리고 있었음을 깨닫고 빛의 기둥에서 눈을 돌렸다.

"어쨌든 서둘러서 성역으로 가자. 만약 리포르지라가 나타난다면 내가 상대할게."

"그렇다면 나도 동행하겠소. 주의를 끄는 건 내 특기외다."

"……아니, 슈바이드는 방어의 핵심이야. 카게로우도 있긴 하지만 혹시 모를 사태에 대비해서 티에라 곁에 있어줘. 정화를 시작하면 싸울 수 없게 될 테니까 말이야. 게다가 리포르지라 외의 다른 적이 나타날 수도 있어."

신은 진심과 핑계를 섞어 슈바이드를 설득했다.

"음, 그렇군. 알겠소이다."

슈바이드는 떨떠름한 표정을 지으면서도 자신의 적성을 고려하면 그게 더 적합하다고 판단했는지 고개를 끄덕였다.

곳곳에서 피어오르는 연기를 보며 신 일행은 성역에 도착했다. 빛은 성역 안쪽, 세계수 근처에서 분출되는 것 같았다.

"가자. 티에라와 리나는 슈바이드 곁에서 떨어지지 마. 카게로우는 슈바이드를 지원해줘."

방어는 슈바이드에게 맡기고 신과 슈니, 유즈하가 요격을 담당한다.

"유즈하는 슈니와 같이 있어줘."

"칫~."

"부탁해."

"……쿠우."

유즈하도 내키지 않는 눈치였지만 신의 표정을 보더니 작게 울며 슈니의 어깨에 올라탔다.

리포르지라의 강력함을 제대로 알고 있는 사람은 신밖에 없었다.

그 능력은【THE NEW GATE】내에서 이의를 제기할 수 없을 만큼 최강이었다. 엘레멘트 테일이나 이슈카조차 비교가 되지 않았다.

예전에 리포르지라와 싸워서 살아남은 『육천』의 멤버는 두 명이었다. 신은 그 안에 끼어 있지 않았다.

세계를 멸망시킬 짐승　　Chapter 4

THE NEW GATE

"형태가 만들어지기 시작했군."

분출되던 빛이 한 곳에 집중되는 것을 보며 신이 말했다.

그것이 완전히 몬스터의 형태를 이루었을 때 리포르지라가 출현하는 것이다.

"저기, 저게 신수로 바뀌기 전에 데몬을 쓰러뜨리면 신수와의 싸움을 피할 수 있지 않을까?"

"⋯⋯가능성은 있을 거야. 원래대로라면 지금쯤 이미 출현해서 날뛰고 있어야 하거든."

신 일행이 빛의 기둥을 발견한 뒤로도 약간의 시간이 지나 있었다.

게임 시절에 본 동영상에서는 출현까지 1분도 채 걸리지 않았기에 티에라가 말한 가능성을 부정할 수는 없었다. 다만 데몬을 찾아내서 해치우는 것이 쉬운 일도 아니었다.

"멈춰 있는 반응이 있어. 일단 거기로 가보자."

신 일행은 성역을 직선으로 가로질러 반응이 나타난 장소로 향했다.

그곳에는 신이 예상한 대로 리무리스와 호위 엘프들이 있었다.

그들은 신 일행이 다가오는 것을 발견하고 무기를 들며 경계하고 있었다.

유즈하와 카게로우 모두 원래의 모습 — 다만 유즈하는 아직 완전체가 아니었다 — 이었고, 높은 레벨과 거대한 덩치로 상당한 위압감을 주고 있었다.

덕분에 엘프들은 신 일행이 올라탄 것을 보고도 경계를 풀지 않았다.

"우리는 적이 아니에요!"

티에라가 대표로 소리쳤다. 무녀인 티에라의 말을 듣고 모두가 안도하며 무기를 내렸다.

"티에라 님. 세계수 쪽에서 빛이, 그것도 좋지 않은 기척이 느껴져요."

"아마 그 기척이 이번 일의 원인일 거야. 우리는 세계수를 지키기 위해 왔어……. 정화의 힘이 필요해. 위험하겠지만 힘을 빌려줘."

자세한 사정을 설명할 시간은 없었다. 하지만 리무리스는 심상치 않은 상황임을 짐작했는지 긴장된 표정을 지으면서도 고개를 끄덕였다.

이변이 일어났음에도 세계수가 아직 살아 있다는 것을 그녀 역시 알고 있는 듯했다.

위험하다고 제지하는 엘프도 있었지만 여기서 가만히 있으면 무녀의 존재 의미가 없다고 리무리스가 설득하자 억지로 막으려 하지는 않았다.

정예병들에게 무녀의 소질은 없지만, 오랫동안 전사로서 싸워왔기에 분출되는 빛의 위압감을 불안하게 생각하는 듯했다.

"어떻게 움직이실 겁니까?"

"나와 슈니, 유즈하가 나타나는 몬스터를 상대할 거야. 그 사이에 세계수에 정화를 사용해서 부정한 기운을 조금이라도 없애줘. 데몬도 있을 테니까 슈바이드가 함께 호위할 거야."

"알겠소. 우리의 목숨과 바꿔서라도 반드시 지켜드리겠소."

슈니가 아니라 신이 지시를 내렸지만 그것을 지적하는 이는 없었다.

신은 언제 리포르지라가 나타나도 대응할 수 있도록 이미 【리미트】를 해제해둔 상태였다.

엘프 정예병들은 이곳에서 누가 가장 강한지를 머리가 아닌 직감으로 이해하고 있었던 것이다.

"그리고 가능하다면 근처의 주민들을 피난시키고 싶지만, 이런 상황에선 힘들겠지."

엘프 전사들끼리의 싸움이 나라 곳곳에서 벌어지고 있었으므로 피난이 여의치 않은 상황이었다. 애초에 리포르지라가 출현한다면 조금 떨어진 곳으로 도망친들 큰 의미는 없었다.

"원인을 해결하면 조종당하는 사람들이 제정신으로 돌아올 거야."

"제발 그랬으면 좋겠군."

신 일행은 리무리스와 엘프 정예병들을 데리고 세계수로 향했다.

형태를 갖추어가는 빛은 세계수에서 상당히 떨어져 있었다. 이유는 알 수 없지만 신 일행에게는 더할 나위 없는 상황이었다. 티에라와 리무리스를 슈바이드에게 맡긴 채 즉시 빛을 향해 달려가려 했다.

"늦은 건가."

신 일행의 눈앞에서 한 덩어리로 뭉쳤던 빛이 한층 강하게 빛났다. 그리고 빛이 사라진 뒤에는 신이 기억하는 거대한 몸체가 모습을 드러냈다.

―【수호 신수 리포르지라】.

【애널라이즈】가 리포르지라의 데이터를 표시했다. 레벨이 존재하지 않는 것도, 이름 앞에 칭호가 표시되는 것도 예전 그대로였다.

그리고 리포르지라와 같은 장소에서 크루시오의 반응도 나타났다. 역시 그가 리포르지라 출현에 관여한 것 같았다.

동화된 것인지 흡수된 것인지는 알 수 없지만 일이 성가시게 됐다는 건 마찬가지였다.

다만 이제 막 출현한 리포르지라는 바로 움직이려 하지 않았다. 덕분에 그 모습을 관찰할 여유가 있었다.

머리에는 얼굴 부분을 뒤덮은 미끈한 은색 껍질과 음식을 씹기에는 적당하지 않은 불규칙한 치열이 엿보이는 커다란 입밖에 없었다.

몸통은 울퉁불퉁하고 거무죽죽한 녹색 외피에 뒤덮여 있고, 굵고 다부진 양팔과 그보다 훨씬 강인한 두 다리가 그것을 지탱하고 있었다.

키만큼 긴 꼬리는 몸통과 동일한 외피로 뒤덮여 있고 유연했다. 그러나 그 끝의 10메르 부분은 갑각처럼 단단해 보였다.

등 뒤로는 수정 같은 광물이 돋아나 있어서 그곳에서 열선을 발사할 수도 있었다.

또한 등 뒤의 수정은 대미지가 일정량을 넘으면 일곱 색깔의 빛을 날개처럼 전개시켜 HP를 회복하는 효과까지 낼 수 있었다.

그리고 수정 자체가 매우 단단했다. 회복을 막기 위해 커다란 망치로 공격한 플레이어가 작은 금도 내지 못한 채 튕겨 나왔던 것을 신은 기억하고 있었다.

"조금 작은 것 같은데?"

"완전한 상태가 아닐 가능성이 높을 거예요. 신이 해준 이야기를 통해 추측해보면 정상적인 과정을 통해 출현한 것 같지는 않으니까요."

"쿠우! 마기의 기운이 섞여 있어!"

그렇다. 신이 기억하는 리포르지라에 비해 눈앞의 개체는 다소 작았다.

옆에서 직접 보며 알게 된 사실이지만 등에 돋아난 수정도 등을 빼곡히 채우지 못하고 군데군데 빈 곳이 있었다.

슈니의 예상을 뒷받침하듯이 유즈하도 자신이 느낀 바를 이야기했다. 처음 보는 거무스름한 아우라 같은 것이 온몸을 희미하게 뒤덮고 있었다. 아마 그것이 마기일 것이다. 바로 움직이지 못하는 것도 그것의 영향인 것 같았다.

"응? 저건……."

움직이지 않는 리포르지라의 양손에는 거대한 거미에 갑각으로 뒤덮인 사람의 상반신이 달려 있는 몬스터와 호랑이 머리가 두 개 달린 말 같은 몬스터가 붙잡혀 있었다.

【애널라이즈】로 확인하지 않더라도 둘 다 데몬인 게 확실했다.

의아해하는 신 일행 앞에서 리포르지라가 움직이기 시작했다. 데몬을 움켜쥔 손을 오므리기 시작한 것이다.

두 데몬은 브레스를 토해내거나 실 같은 것을 내뿜으며 필사적으로 저항했다. 그러나 리포르지라의 비늘에 튕겨나가고 말았다.

"부모로서의 감정이 남아 있다면 무녀를 공격하는 데몬을 살려둘 리가 없겠지."

신 일행의 눈앞에서 데몬이 짓눌려 터져버렸다. 푸슝 하는 소리가 들리는 것만 같았다. 아마 원래는 협력 관계였던 데몬일 것이다.

정상적인 과정을 무시한 채 소환되어 약체화되었을지도 모른다고 생각했지만 지금의 광경을 보면 가능성은 희박할 것 같았다.

선제공격을 걸어야 할 것인가— 그렇게 생각한 순간, 신의 등줄기가 오싹해졌다. 리포르지라의 머리가 신 일행을 돌아보고 있었다.

신은 알 수 있었다. 눈이 없는 리포르지라가 {이쪽을 보고 있다는 것을.

"모두들 내 뒤로 숨어!!"

신은 아직 열리지 않은 리포르지라의 입에서 희푸른 화염이 희미하게 새어 나오는 것을 보고, 거의 본능적으로 슈니와 유즈하의 앞을 막아섰다.

그것은 슈바이드 역시 마찬가지였고 크게 소리치며 모두의 앞으로 뛰쳐나갔다.

두 사람은 미리 준비해둔 『대충각의 큰 방패』를 내밀며 방어 장벽을 전개시킨 동시에 다른 방어용 스킬도 발동시켰다.

리포르지라가 열선을 발사하는 것과 두 사람이 다중 방어를 전개시킨 것은 거의 동시였다. 흰색에 가까운 투명한 광선이 서로의 거리를 순식간에 좁혔다.

신과 슈바이드가 다중 전개시킨 장벽은 열선의 위력 앞에서 잠시 버텨내다가 이내 깨어지고 말았다.

"작아진 상태에서도 위력은 그대로잖아!"

"이 정도의 위력이 있소이까?!"

신과 슈바이드는 리포르지라가 토해낸 열선을 『대충각의 큰 방패』로 막아내며 큰 소리로 외쳤다.

열선의 두께는 방패의 크기를 능가했지만 고대급 장비답게 열선을 확산시켜 뒤쪽으로는 아무것도 통과시키지 않았다.

그러나 대장장이인 신은 열선을 받아내는 방패의 내구도가 서서히 줄어드는 것을 알 수 있었다.

게임 시절보다 더욱 강화된 방패로도 이 정도였다. 엘프 병사들이라면 한순간도 버티지 못할 것이다.

"뭐야 저건……."

"저런 괴물하고 싸우는 건가……?"

신의 방어 덕분에 그들 중 누구도 대미지를 입지 않았다.

그러나 열선에 담긴 위력과 열량이 워낙 엄청나다 보니, 확산되어 위력이 반감되면서도 사방을 초토화하고 있었다. 절대 안심할 수 있는 상황은 아닌 것이다.

특히 엘프 전사들은 위력이 약해진 열선조차 집 몇 채를 통째로 날려버리는 것에 경악하고 있었다.

본체의 거대함과 열선의 위력을 목격하자 일부 엘프들은 전의를 상실하기 직전이었다.

"쿠우, 공격에도 마기가 섞여 있어!"

신과 슈바이드는 열선을 막는 것에 열중하느라 알아채지

못했지만 뒤쪽에서 지켜보던 유즈하는 달랐다. 하얀 열선 주위를 뒤덮듯이 마기가 방출되고 있다고 한다.

리포르지라는 레벨 1000의 괴물들보다도 상위의 존재였다.

마기에 의해 강화되었을 가능성을 고려하면 오히려 정상적으로 소환된 개체보다 강하다고 봐야 했다.

"여기는 위치가 안 좋아. 이 공격이 오래 어어지진 않을 테니까 멈추면 바로 저 녀석의 주의를 끌면서 반대쪽으로 이동하자. 티에라는 세계수 쪽으로 가줘!"

신은 등 뒤의 일행들이 들을 수 있게 큰 소리로 외쳤다.

라나파시아를 등진 상태로는 섣불리 공격을 피할 수 없었다.

열선을 그대로 통과시키면 나라 전체가 불바다가 될 것이다. 최악의 경우는 세계수에 맞을 가능성도 있었다. 그런 상태로 제대로 싸울 수 있을 리는 만무했다.

자신들이 미끼가 되어 싸우는 사이 티에라를 비롯한 무녀들이 세계수를 회복시키는 것이 현재로서는 가장 효과적인 방법이라고 신은 생각했다.

열선은 약 1분이 지나자 기세가 약해지더니 사라졌다. 신 일행의 눈앞에 보이는 광경은 방패를 경계로 해서 크게 바뀌어 있었다.

신 일행이 있는 곳은 정비된 지면이 그대로 남아 있었다. 방패 앞쪽으로는 열로 녹아내린 땅이 부글부글 끓고 있었다.

"먼저 갈게! 슈바이드, 티에라를 부탁해!"

"알겠소이다!"

신은 슈바이드의 대답을 뒤로 한 채 있는 힘껏 땅을 박차며 위로 솟구쳤다. 그 반동으로 땅이 깨지며 녹아내린 지면이 튀어 올랐다.

신은 공중을 뛰어다닐 수 있게 되었기에 단숨에 고도를 높여 리포르지라의 눈앞까지 달려갔다. 그런 신을 좇듯이 리포르지라의 얼굴이 움직였다.

"역시 보이나 보군."

게임 시절에는 그런 것을 확인할 여유도 없었다. 플레이어들이 열선에 맞지 않도록 산개해 있었던 탓도 있지만 지금처럼 명확한 시선을 느끼지도 못했던 것이다.

"크루시오의 의지만으로 움직이는 건 아닌가 본데."

방금 전의 열선을 신과 슈바이드가 방어하지 않았다면 티에라도 분명히 휘말렸을 것이다.

티에라를 지켜내려는 의지 외에도 사람을 죽이려는 데몬의 의지와 리포르지라가 가진 공격 본능이 뒤섞인 것인지도 몰랐다.

"이런?!"

리포르지라를 살피던 신의 시야 *끄트머리*를 검은 그림자가 가로질렀다. 신이 즉시 뒤로 피하자 그곳을 거대한 질량의 물체가 스쳐 지나갔다.

채찍처럼 빠르고 철퇴보다 강력한 꼬리의 공격이었다.

게임 시절에는 방어력이 뛰어난 탱커들도 이 공격 한 번에 아무것도 하지 못한 채 사망하기도 했다. 방어력이 낮은 후방 지원이나 척후 담당은 스치기만 해도 즉사일 것이다.

슈니와 유즈하가 걱정되었지만 그들이 가진 장비는 현 시점에서 최대한으로 강화해둔 상태였다. 적어도 한 번에 즉사하진 않으리라.

"전에 싸웠을 때와 똑같이 생각하지 말라고!"

신은 『무월』을 쥔 손에 힘을 담으며 순식간에 거리를 좁혔다.

전에 싸울 때는 접근하는 것조차 쉽지 않았다. 리포르지라는 덩치가 크면서도 움직임이 재빨랐다.

이동력 자체는 낮은 편이지만 팔과 꼬리가 마치 별도의 생물처럼 움직이기 때문이다.

그러나 제약이 사라진 신의 기동력이라면 삼차원적인 움직임으로 손톱과 꼬리를 피해 가며 코앞까지 파고드는 것도 어려운 일은 아니었다.

공격 목표는 마치 빌딩처럼 두꺼운 괴물의 목이었다.

리포르지라의 높은 회복 능력은 신도 잘 알고 있었다. 그러나 생물인 이상 목이 날아가면 당장 회복하기는 힘들 것이다.

손에 쥔 『무월』에서 끼긱 하고 삐걱거리는 소리가 났다. 【리미트】를 해제한 신의 힘에 무기가 비명을 질렀던 것이다.

그럼에도 신은 팔에서 힘을 빼지 않았다. 적당히 공격해도 될 상대가 아니었으며 최악의 경우는 무기를 희생시키는 것조차 염두에 두고 있었다.

칼날 위를 뒤덮은 빛은 방금 전의 열선에도 뒤지지 않는 고온이었다. 무기물이든 생물이든 함께 베어낸다. 신은 그런 강한 의지를 담아 스킬을 발동시켰다.

검술/화염 마법 복합 스킬【지전·염단(焰斷)】.

공간까지 태워버릴 기세로 하얀 검기가 허공을 갈랐다. 검기는 비늘을 가르고 안에 있는 살을 베었다.

그러나 목을 완전히 잘라내지는 못했다.

기술의 위력은 충분했고 『무월』을 휘두른 궤적보다 몇 배의 범위를 베어냈지만 리포르지라의 목이 너무 두꺼웠다. 베어낸 부위는 기껏해야 3분의 1 정도였다.

리포르지라의 비늘이 단단하기도 했지만 안쪽의 살까지 경이적인 내구도를 가졌기에 신이 예상한 것 이상으로 검기가 파고들지 못했다.

신은 칼이 닿지 않는 부분까지 두 동강 내려는 생각으로 스킬을 사용했고 상대가 리포르지라만 아니었다면 반대편 숲까지 닿았을 게 분명했다.

"단단하네."

『무월』을 통해 전해진 손의 느낌은 유례가 없을 만큼 묵직했다. 검을 다시 거두기는 했지만 조금이라도 힘을 뺐으면 살에 박힌 칼날이 빠지지도 않았을 것이다.

실제로 그런 식으로 무기를 잃는 플레이어도 있었다.

"하지만 벨 수는 있어."

전에 싸웠을 때보다도 많은 대미지가 들어간 것은 분명했다. 비늘을 파괴하는 것만으로도 여러 번의 공격이 필요했던 시절에 비한다면 충분히 해볼 만하다는 확신이 들었다.

그러나 그런 확신이 희미한 빈틈을 낳았다.

"신! 위쪽이에요!!"

비명 같은 슈니의 목소리에 신은 반사적으로 위를 올려보았다.

신은 지금 리포르지라의 목 언저리에 떠 있었다. 그렇다면 지금 신의 머리 위에 있는 것은 뭐란 말인가.

물론 리포르지라의 머리이며 그곳에는 열선을 발사하는 입이 있었다.

신에게 시선을 향하는 리포르지라의 입 안에서 희푸른 빛이 새어 나왔다.

신은 지금 목의 바로 옆에 있었다. 지금 상태로는 열선을 맞을 리 없다. 그러나 그것은 슈니 역시 알고 있으리라.

신이 떠 있는 위치로 오른쪽에서 손톱이, 왼쪽에서 꼬리가 날아들었다.

사이에 낀 채 정통으로 맞는다면 지금의 신도 무사할 수 없었다. 그렇다고 그 자리에서 섣불리 몸을 날리다간 열선의 표적이 되고 말 것이다.

신은 우측 전방으로 몸을 날렸다. 목의 표면을 따라 이동하면 공격 범위에 들어갈 일은 없었다.

"제길……!"

신은 리포르지라의 목을 타고 달려가려 했다.

등 뒤로 돌아가면 이번에는 수정에서 발사되는 열선이 쏟아질 것이다.

그러나 그것을 알고 있던 탓에 반응이 늦고 말았다.

입과 등에서 발사되는 열선과 손톱 및 꼬리의 물리 공격. 그것들을 지나치게 의식한 나머지 다른 공격에 대한 경계가 허술해져 있었던 것이다.

리포르지라의 온몸을 뒤덮은 비늘이 갑자기 빛을 발하기 시작했다.

위력과 열량이 낮았지만 그것도 틀림없는 열선이었다. 다만 높은 능력치와 방어구의 성능 덕분에 신이 대미지를 입지는 않았다.

그러나 문제는 그게 아니었다.

아무리 신이 공중에서 뛰어다닌다 해도 그것은 도약이며 부유나 비행은 아니었다.

머리 위에서의 공격이라면 역장(力場)을 단단히 해서 받아낼 수도 있지만 공격이 다른 방향에서 날아드는 경우에는 몸을 고정시키기 힘들었다.

신은 몸이 날아가는 방향으로 화염 구슬을 폭발시켜 그 반동으로 거리가 더 벌어지는 것을 막았다. 그의 위치는 열선의 공격 범위가 아슬아슬하게 닿는 곳까지 벗어나 있었다.

이 정도는 피할 수 있다.

그렇게 생각한 신의 눈앞이 새하얀 빛에 휩싸였다.

✝

신 일행이 리포르지라와 전투를 시작한 가운데 슈바이드를 선두로 한 집단은 세계수로 향하고 있었다.

신을 돕자는 의견은 나오지 않았다. 먼 곳에서 펼쳐지는 싸움을 보며 어설프게 도우려 해봐야 방해만 된다는 것을 알았기 때문이다.

게다가 그들은 아직 꼬리의 공격 범위 안에 있었다. 이쪽으로 주의를 끈다면 철퇴 같은 꼬리가 날아들 것이다.

"괜찮은…… 거겠죠?"

"물론이오. 상대의 최강 공격도 방패로 막아내지 않았소이까. 걱정할 필요는 없소."

참지 못하고 묻는 티에라에게 슈바이드가 냉정한 어조로 대답했다. 눈앞에서 열선을 막아내는 것을 실제로 보았으므로 슈바이드의 말이 틀리진 않을 것이다.

'하지만…….'

리포르지라의 거대한 몸체와 열선의 위력, 그것을 막아낸 신과 슈바이드를 모두가 지켜보았다. 그러나 티에라의 경우는 조금 달랐다.

지금까지도 대공급 데몬과 최고봉 몬스터 이슈카 등 자신보다 훨씬 강력한 적들을 마주했던 것이다.

덕분에 티에라는 열선을 막아낸 방패를 신경 쓸 만한 여유가 있었다.

'조금 녹아내렸어. 저런 공격을 정통으로 맞게 되면…….'

리포르지라와 맞서던 신 일행이 빛 속으로 사라지는 광경이 뇌리를 스치자 티에라는 그런 상상을 필사적으로 부정했다.

방패 표면은 약간 녹아 변형되어 있었다.

슈바이드도 알고 있을지 모르지만 수리할 만한 시간도 사람도 없었다.

신이 직접 강화하여 수많은 공격을 튕겨냈던 고대급 방패라 해도 결코 부서지지 않는 것은 아니었다.

방패는 사용자를 보호하기 위한 장비이며 공격용 무기보다 강도에 중점을 두기 때문에 더욱 튼튼하게 만들어진다.

신이 만들어낸 장비가 부서진 경우는 거의 없었다.

유일하게 기억나는 것은 신과 지라트가 대결할 때였지만 그때 망가진 것은 무기였으므로 방패보다는 강도가 약했다.

'빨리 어떻게든 해야 해. 싸움을 조금이라도 빨리 끝낼 수

있도록!'

티에라는 마음속으로 새로이 다짐하며 길을 서둘렀다.

"속도를 늦출 수는 없소. 따라올 수 있는 사람만 따라오시오."

"어쩔 수 없군. 다들 들었겠지. 전력으로 달린다!"

앞을 노려보던 티에라 옆에서 슈바이드와 오르도스가 입을 열었다. 티에라가 뒤를 돌아보자 따라오던 전사들의 숫자가 눈에 띄게 줄어들어 있었다.

"저기, 무슨 일이 있었나요?"

"우리가 너무 빠른 것이오. 티에라 공도 능력치가 상승해서 알아채지 못한 것 같군."

"그럴 수가……."

티에라는 놀라서 말을 잇지 못했다.

티에라가 알던 전사장들은 라나파시아 내에서도 정예 중의 정예였다. 그녀가 여행을 통해 강해진 건 사실이지만 지금도 그들이 자신보다 강하다고만 생각하고 있었다.

"티에라 님은 꽤나 많이 강해지신 것 같군요."

옆에서 달려가던 오르도스가 숨을 조금 헐떡이며 말했다.

반면 티에라의 호흡은 여유로웠다.

"장비의 효과도 있을 것이오. 다들 세계수까지 이제 얼마 남지 않았소. 기합을 넣으시오!"

현재 티에라 일행은 신 일행과 리포르지라의 전투에 휘말리지 않도록 길을 크게 우회해서 세계수로 향하고 있었다.

뒤로 처지더라도 거리가 심하게 벌어지진 않을 것이다.

잠시 뒤에 그들은 세계수에 도착했다. 그곳에서 기다리던 것은 거무스름하게 변색된 세계수의 모습이었다.

변색된 부분이 전체의 7, 8할 정도였다. 세계수는 아직 간신히 살아 있었다. 그렇게 느낀 티에라는 카게로우에 타고 있던 리무리스와 리나에게 말했다.

"너무해…… 하지만 아직 말라 죽진 않았어. 두 사람 모두, 힘을 빌려줘!"

"네!"

"물론!"

두 사람의 표정은 굳어 있었다. 그러나 체념하는 기색은 없었다.

카게로우에서 뛰어내린 두 사람이 티에라와 나란히 섰다. 그녀들은 양팔을 앞으로 펼치고 집중하기 위해 눈을 감았다.

"이건……!"

슈바이드의 놀란 목소리가 티에라의 귀에 들렸다. 그러나 그 이유를 궁금해할 여유는 없었다.

티에라는 마음을 가라앉히고 자신의 내면에 있는 작은 빛에 의식을 집중했다.

그게 정말 빛인지는 티에라도 알 수 없었다.

어렸을 때부터 그곳에 존재하던 작고 덧없지만 힘찬 그것을 자신의 내면에서 크게 확장시켰다.

그녀를 가득 채운 빛이 이윽고 밖으로 넘쳐흘렀다. 티에라는 온몸에서 흘러나오는 그것을 전방으로 집중시켰다.

세계수와 그것을 침식하는 부정한 기운은 눈을 감고 있음에도 티에라에게 선명히 보였다.

티에라는 세계수를 뒤덮은 탁한 색을 향해 빛을 내뿜었다. 마기의 정화와는 다른, 세계수만을 위한 특별한 정화였다.

양옆에서도 똑같은 정화의 빛이 뿜어져 나오는 것이 티에라의 눈에 보였다.

자신의 빛은 옅은 에메랄드 색이었고 리나는 노란색이 섞인 주황색, 리무리스는 옅은 파란색이었다.

그것들이 부정한 기운에 닿자 녹아들듯 사라지기 시작했다. 다만 리포르지라가 출현한 탓인지 정화의 양상도 평소와는 달랐다.

"으으……."

1분도 지나지 않아 리무리스의 입에서 신음 소리가 흘러나왔다. 덥지 않은 날씨였음에도 비지땀을 흘리고 있었다.

리나는 신음 소리는 내지 않았지만 발산되는 빛이 흔들리고 있었다. 이것은 무녀의 상태가 좋지 않다는 신호였다.

두 사람에게 무슨 일이 벌어진 건지 생각하던 티에라의 눈앞이 갑자기 음산한 광경으로 바뀌었다.

어딘가의 전쟁터 같았다.

검에 베여 죽는 사람, 창에 찔린 사람, 마법에 불타버린 사람, 몬스터에게 잡아먹히는 사람.

다양한 죽음이 차례차례로 비춰지며 그들의 고통이 전해져 왔다.

고통 자체는 실제로 체험하는 것보다 약할 것이다.

그러나 하나도 겹쳐지지 않는 방식의 죽음이 수십, 수백 개 씩 반복된다면 설령 진짜 고통이 아니더라도 괴로웠다.

'그래, 이렇게 된 거구나.'

두 사람은 이 광경에서 전해지는 고통에 힘들어하고 있었던 것이다.

티에라에게도 같은 괴로움이 전해져왔다. 그러나 지금의 티에라는 이상하게도 냉정했다.

고향에서 보호받기만 하던 무녀 시절과 달리, 그 뒤의 티에라는 몬스터에게 쫓기고 소중한 사람을 잃어 모든 것에 절망하며 죽을 뻔하는 경험을 했다.

신과 함께 여행에 나선 뒤로는 강력한 적을 수없이 상대하며 사람과 몬스터가 서로를 죽이는 전쟁터를 누비기도 했다.

그러한 경험이 티에라가 지금 느끼는 고통과 괴로움이 환상이라는 사실을 가르쳐주었다.

"이건 부정한 기운이 보여주는 환영이야! 의식을 집중해!!"

티에라의 목소리가 강하게 울려 퍼졌다. 그에 호응하듯이 그녀들 주위로 몇 개의 빛의 구슬이 출현했다. 빛은 형태를 바꾸어 엘프의 모습을 이루었다.

낯익은 엘프가 있었다. 처음 보는 엘프도 있었다.

다만 한 가지 분명한 점은 그녀들 모두가 세계수의 무녀라는 사실이었다. 그녀들은 허공을 미끄러지며 세 사람 옆으로 이동해서 한 사람 한 사람을 둘러쌌다.

무녀들의 몸에서 빛이 뿜어져 나왔고 그것을 받은 세 사람의 몸도 밝은 빛을 냈다.

"이제 괜찮아요. 할 수 있어요!"

"여기서 도움이 안 되면 언제 도움이 되겠어!"

리무리스는 한 차례 크게 심호흡을 했고 리나는 스스로에게 기합을 불어넣듯이 큰 소리로 외쳤다.

무녀들의 빛이 두 사람을 괴롭히던 환영을 없애준 듯했다. 정화의 빛이 힘을 되찾았다.

그런 가운데 티에라의 어깨에 문득 따뜻한 무언가가 닿았다. 실체는 없지만 분명히 존재하는 따뜻한 손의 감촉.

티에라는 왠지 그 감촉을 알 것 같았다.

"힘을 빌릴게요!"

티에라는 지금은 그런 것을 신경 쓸 때가 아니라고 생각하며 정화에 의식을 집중했다.

어깨를 통해 티에라의 몸속으로 따뜻한 무언가가 흘러 들어왔다.

그것은 세 사람의 것과는 다른 정화의 힘이었다. 혼이 되어 직접 세계수를 정화할 수 없는 역대 무녀들이 세 사람의 몸을 통해 세계수를 정화하고 있는 것이다.

세계수를 지키고, 세계를 지키고, 사람들의 평온을 지켜온 무녀들의 힘이 지금 하나로 모아지려 하고 있었다.

†

『신?!』

"괜찮아!"

신은 갑자기 눈앞을 뒤덮은 빛을 향해 『대충각의 큰 방패』를 내밀고 있었다. 게임 시스템부터 이어진 무기 교체였다.

충격은 신이 예상했던 것보다 약했고 몸이 튕겨져나가긴 했어도 대미지는 없었다.

신은 슈니와 유즈하의 걱정하는 목소리에 대답하며 몸을 일으켰다.

공중에서 받아냈기 때문에 그대로 지면에 떨어지고 말았던 것이다.

신은 주변을 대충 둘러보고 나서야 리포르지라가 무엇을 했는지 깨달았다.

신이 있던 위치를 중심으로 지면이 방사형으로 불타 있었다.

범위는 일반적인 열선보다 넓었지만 이런 근거리에서 지면에 닿았다면 폭심지는 고온으로 인해 더욱 깊이 파였을 것이다. 게다가 신이 있던 위치는 열선의 사각에 들어 있지 않았다.

"위력을 약화시킨 대신 범위를 넓힌 거로군."

게임 시절에는 존재하지 않았던 공격 방식이었다. 확산 열선의 범위가 너무 넓어서 회피가 어려웠다. 위력이 낮아진 것이 그나마 다행이었다.

방패의 내구력도 거의 줄어들지 않은 상태였다. 이 정도면 몸에 장비한 방어구만으로도 견뎌낼 수 있을 것이다.

"접근하면 손톱과 꼬리, 멀어지면 열선. 그것도 거의 전방위를 공격하는 건가."

마음만이라도 무거워지지 않도록 말투를 가볍게 해보았지만 효과는 크지 않았다.

미지의 공격 수단이 있을 수 있다는 사실만으로도 공격은 힘들어진다. 리포르지라의 공격은 원래 닿기만 해도 즉사였다.

"뭐, 왜인지는 모르겠지만 나만 노려주는 건 감사해야겠군."

슈니와 유즈하도 주의를 끌기 위해 공격하고 있었지만 왜인지 리포르지라는 신에게서 눈을 떼지 않았다.

처음에는 가장 앞으로 나와 있어서 공격을 받는다고 생각했지만, 그렇다면 다른 동료의 공격을 받으면서도 신만 노려는 것을 설명할 수 없었다.

그렇다면 이 주변에서 가장 강하기 때문일까? 유즈하가 말했던 힘의 영향일까? 아니면 전혀 다른 이유가 있는 것일까?

그러나 지금은 이유를 생각하기 전에 해야 할 일이 있었다.

지면에서 몸을 일으킨 신을 리포르지라의 꼬리가 추격해왔다. 꼬리의 굵기는 빌딩이 옆으로 누워 밀려오는 것이나 다름없었다.

그러나 열선에 비한다면 대처 방법은 간단했다. 플레이어에게 자신보다 덩치가 큰 상대와의 싸움은 드문 일이 아니다. 보스 중에는 대형 몬스터가 많기 때문이다.

신은 방패의 앞면을 위로 향하면서 비스듬하게 자세를 잡았다. 밀려오는 꼬리가 방패에 닿은 순간, 팔을 있는 힘껏 휘둘러 올리며 스킬을 발동시켰다.

방패술 무예 스킬【쇼크 그라이드】였다.

상대의 공격을 받아넘기는 패리라는 기술의 강화판으로 대형 몬스터를 상대하기 위한 것이었다.

신의 온몸을 후려칠 기세로 날아든 꼬리는 마치 일부러 움직인 것처럼 방패 표면을 미끄러지며 신의 머리 위로 벗어났다.

"목은 안 됐지만 꼬리라면 어떨까?"

꼬리는 끝으로 갈수록 가늘어진다. 리포르지라의 목은 비늘뿐만 아니라 강인한 근섬유 덩어리 때문에 베어내기 힘들었지만 꼬리는 달랐다.

이쪽도 근육 덩어리이긴 하지만 목에 비하면 가늘었고, 유연성을 살리기 위해서인지 강도도 다소 약했다.

신은 목표물을 놓치고 빈틈투성이가 된 꼬리를 향해 칼을 겨냥했다. 그리고 제한을 풀어낸 능력치를 활용해 도약과 동시에 『무월』을 휘둘렀다.

검술/물 마법 복합 스킬【지수(止水)】였다.

칼의 궤도를 따라 꼬리가 푸른빛을 띠었다.

다음 순간, 챙 하는 맑은 소리를 내며 꼬리 끝에서 10메르 정도까지가 잘려나가며 허공에 떠올랐다.

"좋아, 벤다―."

리포르지라는 꼬리를 잘린 것에 분노하듯 울부짖었다.

추가 공격을 가하기 위해 달려 나가려던 신의 귀에 파직 하는 불쾌한 소리가 울렸다. 그와 동시에 오른 손바닥에도 희미한 진동이 전해졌다.

신은 오른손을 내려다보았다.

그곳에는 검신의 중앙 부분에 금이 간 『무월』이 있었다. 칼날의 일부가 빠지고 금을 침식해나가듯 스킬의 얼음이 확산되고 있었다.

"말도 안 돼. 고작 두 번 벤 것뿐인데?"

남은 내구도는 20퍼센트였다.

신이 보기에는 칼날이 비늘이나 살의 단단함에 견디지 못했다기보다 신의 힘을 견디지 못한 것 같았다.

지금도 들고 있는 것만으로 얼음이 확산되면서 금이 넓어지고 있었다.

그의 대장장이 스킬이 알려주고 있었다. 스킬을 사용할 때 담아낸 마력이 무기의 허용량을 넘었다는 것을 말이다.

"……무기가 먼저 없어지려나? 아니면 티에라의 정화가 먼저 끝나려나?"

고대급 무기가 이 정도라면 신화급은 한 번의 공격조차 버티지 못할 것이다. 무기를 희생할 각오는 해두었지만 이 정도로 소모가 격심할 줄은 모르고 있었다.

신은 현재 가진 무기를 머릿속으로 확인해보면서 리포르지라를 바라보았다. 그를 공격해오지 않는 것은 슈니와 유즈하가 전력으로 싸워준 덕분이었다.

"저 둘의 공격도 치명상과는 거리가 멀군."

슈니의 『창월』이 비늘과 표면의 살을 찢어발기면 유즈하의 발톱과 마법이 상처를 헤집었다.

함께 싸워본 적이 거의 없는 그들이었지만 마치 처음부터 손을 맞춰본 이들처럼 공격과 방어를 해내고 있었다. 그러나 그것으로도 리포르지라에게 주는 대미지는 미미했다.

리포르지라의 HP는 압도적으로 높아서 얼마나 대미지를 줘야 쓰러지는지 전혀 알 수 없었다.

쓰러뜨릴 수 있느냐고 자문해보았다.

이제 와서 그게 무슨 의미냐고 자답했다.

일단은 목을 날려야 한다. 안 되면 심장을 노린다.

그래도 죽지 않으면 죽을 때까지 계속 죽이거나 봉인한다.

아직 시도해보지 않은 공격이 얼마든지 있었다. 전부 시험해볼 때까지는 죽을 수 없었고, 아무도 죽게 할 수 없었다.

"이런 식으로 싸우는 건 오랜만이군."

신은 결의를 새로 다지며 아이템 박스를 조작해 새로운 무기를 실체화했다.

왼손에 거대한 전투 도끼가, 오른손에는 장검이 나타났다.

전투 도끼는 자루 끝에 외날과 양날이 달려 있는 형태였고 외날에서 자루를 따라 날이 이어져 사용자를 보호하게 되어 있었다.

신의 키만 한 그 도끼는 도끼와 대검이 합체한 것처럼 보이기도 했다. 도끼날에서는 황금에 가까운 황색 아우라가 피어오르고 있었다.

오른손에 든 장검은 장식이 없는 단순한 형태의 양날검이었다. 장검 전체가 검푸른 색으로 물들고 칼날의 중심에는 검붉은 선이 뻗어 있었다.

이쪽은 붉은색과 푸른색이 뒤섞인 어두운 아우라가 검 전체를 뒤덮고 있었다.

왼손에 든 무기는 뇌강부(雷剛斧)로도 불리는 큰 도끼『케라브노스』, 오른손에 든 무기는 주람검(呪嵐劍)으로도 불리는 대검 『스톰 브링거』였다.

양쪽 모두 등급은 고대급 상등품이었다.

다른 형태의 무기를 동시에 사용하는 것은 신이 【THE NEW GATE】에서 살아남기 위해 고안해낸 전투 방식 중 하나였다.

"다양한 무기를 하나씩 꺼내 쓰는 게 대장장이의 전투 방식이다!"

신은 이 세계의 모든 대장장이들이 부정할 만한 외침과 함께 달리기 시작했다. 『케라브노스』와 『스톰 브링거』를 날개처럼 펼치며 리포르지라에게 달려들었다.

리포르지라는 슈니와 유즈하의 공격으로 신을 의식하지 못하고 있었다.

신은 거기에 【하이딩】으로 모습까지 감추어 리포르지라의 발밑까지 접근했다.

"큰 걸로 한 방!"

신은 달려가던 기세를 실어 『케라브노스』를 휘둘렀다.

빛이 명멸하더니 한 박자 늦게 굉음이 울려 퍼졌다.

도끼술 무예 스킬 【코어 브레이크】였다.

동작에 빈틈이 많아 자주 사용할 수는 없지만, 높은 물리 공격력의 도끼로 방어력을 무시하는 일점집중(一點集中) 공격은 자신보다 몇 배나 큰 대형 보스까지 날려버릴 만한 위력을 갖고 있었다.

그것을 지금의 신이 사용하면 어떻게 될까? 그 대답은 리포르지라의 굵고 강인한 오른쪽 다리가 절반 넘게 소멸한 것만 봐도 알 수 있을 것이다.

그 대가로 『케라브노스』의 도끼날 부분이 산산조각 났다.

신은 그것을 즉시 카드화해서 회수하고는 땅을 박찼다. 오른쪽 발목 밑이 거의 소멸해버린 리포르지라는 자세가 크게 무너지고 있었다.

지면을 향해 넘어지는 머리를 향해, 신은 몸을 비틀며 『스톰 브링거』 끝을 향했다.

힘을 담아 움켜쥔 『스톰 브링거』가 비명을 질렀다.

리포르지라만을 주시하던 신은 『스톰 브링거』의 검신이 반짝이는 보라색 빛에 휩싸인 것을 알아채지 못했다.

"이건 어떠냐아아아!!"

신은 『스톰 브링거』를 있는 힘껏 내찔렀다.

아직은 명백하게 거리가 있었다. 그러나 『스톰 브링거』에서 반투명하고 거대한 검기가 뻗어나오며 그 거리를 단숨에 좁혀버렸다.

검술 무예 스킬 【지전·디멘지온】이었다.

이것 역시 방어력 무시 기능이 있었다. 찌르기 동작만으로 발동되며 대상과 검신 사이에 마력으로 구성된 검기를 형성해 공격하는 스킬이었다.

최대 특징은 검기가 뻗어나가는 거리가 말도 안 되게 길다는 점이었다.

거리가 멀수록 검기는 가늘어지며 사정거리에 아슬아슬하게 닿는 정도라면 몇 세메르까지 줄어들지만, 그것으로도 머리나 심장을 노리기엔 충분했다.

마력의 검기에 의한 물리 공격이기 때문에 전사들도 후방에서 큰 대미지를 낼 수 있었다. 그래서 한때는 검에 의한 저격이라는 요상한 전법이 유행하기도 했다.

운영진도 문제점을 인지했는지 대상 이외에는 공격이 적중하지 않고 거리가 멀어질수록 대미지가 줄어드는 등의 너프가 이루어졌다. 그러나 상대가 알아서 접근해오는 지금과 같은 상황이라면 아무 문제도 없었다.

신이 노린 것은 리포르지라의 목이었다. 방금 전【염단】스킬로 대미지를 준 부위다. 지전 스킬로 입은 상처는 회복이 느린 건지 아직 아물지 않고 있었다.

보라색 빛을 두른 검기는 정확히 리포르지라의 상처 부위를 꿰뚫었고 기술의 위력, 땅을 딛고 선 신의 완력, 그리고 스스로의 체중으로 인해 몸속을 헤집어 놓았다.

검기의 폭은 사용자의 능력치에 좌우된다.

신이 사용한【디멘지온】의 검기는 강화된 능력치의 영향으로 게임 때보다 훨씬 넓어져 있었다.

기껏해야 원래 검의 세 배 정도면 높은 편이었지만 10배를 가볍게 넘긴 것이다.

"그 목, 내려놓고 가라아앗!"

【디멘지온】의 검기가 리포르지라의 목을 관통한 것을 손으로 느낀 신은 『스톰 브링거』를 옆으로 휘둘렀다.

원래 옆으로 무리하게 휘두르다간 검기가 부서지는 게 보통이었다. 그러나 빛에 감싸인 검기는 원래의 【디멘지온】을 능가하는 강도를 갖고 있었다.

검기는 중간에 여러 번 걸리면서도 리포르지라의 목을 정확하게 베어내고 있었다.

그러나 리포르지라도 가만히 당하고만 있지는 않았다.

【디멘지온】에 의해 절반 이상 잘려나간 목 위의 머리가 입을 벌렸다. 그리고 섬광이 용솟음쳤다. 리포르지라의 열선이었다. 목을 찢기면서도 열선을 뿜어낼 수 있는 듯했다.

『신?!』

그 모습을 본 슈니와 유즈하가 동시에 소리쳤다.

『스톰 브링거』를 든 신에게 피할 방법은 없었다.

열선이 신이 있는 곳까지 도달했다. 그러나 그것은 신에게 닿기 직전에 방사형으로 흩어지며 지면을 태울 뿐이었다.

『스톰 브링거』를 한 손에 든 신이 빠르게 실체화한 『대충각의 큰 방패』로 막아낸 결과였다.

"제길!"

열선은 방패로 막아냈지만 동시에 【디멘지온】의 검기 역시 산산조각 났다. 신의 손에서 리포르지라의 목까지 이어지는 검기까지는 방패로 막아낼 수 없었던 탓이다.

리포르지라의 열선이 멈추자 이번에는 손톱에 의한 추가 공격이 날아들었다.

몬스터답게 목의 80퍼센트가 절단된 상태에서도 아직 움직이고 있었다.

"칫!"

신은 혀를 차며 그 자리를 벗어났다.

신은 검신이 산산조각 나며 자루만 남은 『스톰 브링거』를 카드화하며 황금색으로 빛나는 창과 비취빛의 대태도(大太刀)를 실체화했다.

신의 창이라는 별명을 가진 장창 『궁그닐』을 왼손에, 단도(斷刀)라는 별칭을 가진 대태도 『무라쿠모(叢雲)』를 오른손에 들었다. 고대급 무기의 향연이 펼쳐지고 있었다.

『슈니! 유즈하! 내가 주의를 끄는 사이에 공격해줘!』

신은 심화로 지시하며 무기가 망가지지 않을 만큼만 힘을 담아 리포르지라의 머리를 향해 『무라쿠모』를 투척했다.

상대는 아직도 신을 보고 있었다. 그것을 확신했기 때문에 취한 방법이었다.

스킬을 담아 투척한 『무라쿠모』는 리포르지라의 머리를 덮은 겉껍질을 뚫지 못하고 튕겨져 나갔다. 그러나 그 충격으로 머리가 휘청거리며 상처가 벌어졌다.

그제야 리포르지라의 거대한 몸체가 지면과 접촉했다.

쿵 하는 소리와 함께 땅이 크게 흔들렸다. 리포르지라는 공격에만 정신이 팔려 몸을 지탱하는 것조차 신경 쓰지 않고 있었다.

"진짜는 이쪽이야!"

땅이 울리기 직전에 도약한 신은 진동의 영향을 받지 않았다. 냉정하게 상처를 조준하며 『궁그닐』을 들고 있었다. 자루가 삐걱거리는 소리를 내고 있음에도 스킬이 발동되었다.

창술 무예 스킬【비륜천(飛輪穿)】이었다.

투척하면 반드시 표적에 명중하는 『궁그닐』이 스킬로 인해 더욱 반짝였다.

땅에 쓰러진 리포르지라에게 방어 수단은 없었다.

『궁그닐』은 일직선으로 정확히 날아가고 있었다.

그러나 이런 상황에서도 리포르지라는 움직였다. 신이 몰랐던 공격 수단, 확산형 열선을 발사한 것이다.

위력이 떨어졌기에 『궁그닐』을 소멸시키진 못했다.

그러나 조준이 빗나가기엔 충분했다.

목이 이어진 부분을 관통해야 했던 『궁그닐』은 잘려진 부분을 중심으로 통과하고 말았다.

창은 반대쪽 땅을 향해 날아가서 요란하게 처박혔다. 그나마 멀쩡한 부위를 조금이나마 스쳐준 덕분에 목이 연결된 부분은 이제 10퍼센트까지 줄어들어 있었다.

그리고 그 10퍼센트를 없애기 위한 포석은 이미 마련되어 있었다.

쓰러진 리포르지라에게 그림자가 드리웠다. 유즈하의 지원을 받아 온몸에서 빛을 발산하는 슈니가 엷은 보라색 빛을 내뿜으며 『무라쿠모』를 들고 있었다.

신의 힘이 아직 남아 있는 『무라쿠모』에 슈니가 한 번 더 스킬을 발동시켜 힘을 덧씌웠다.

검술 무예 스킬【지전·천참(天斬)】.

최후의 일격이었다. 명중된다면 틀림없이 목이 떨어진다. 그러나 리포르지라는 이런 상황에서도 아직 발버둥쳤다. 슈니를 향해 거대한 꼬리가 날아들고 있었다.

"어딜!"

거대화된 유즈하가 자신의 꼬리에서 발생시킨 마법 스킬을 한꺼번에 부딪쳐서 그것을 튕겨냈다. 원래의 힘을 되찾아가는 위력이었다.

열선의 사정거리에서는 완전히 벗어나 있다. 팔다리는 닿지 않고 꼬리는 튕겨냈다. 이렇게 되자 리포르지라도 더 이상 대항할 수단이 없었다.

"이걸로!!"

슈니의 목소리에도 기합이 담겨 있었다.

힘껏 내리친 칼날은 이번에야말로 리포르지라의 목을 완전히 베어냈다.

공격의 여파가 땅을 깊이 도려내어 그 위력을 실감케 했다.

목이 땅을 뒹굴었고 몸통에서 힘이 빠져나가는 것이 보였다.

그러나 아직 방심할 수는 없다. HP가 0으로 떨어지진 않았기 때문이다.

"뭐지?"

몸체는 그대로 멈춘 채로 머리만이 변화하기 시작했다. 그것은 안개처럼 변했다가 차츰 사람의 형태를 이루었다. 【애널라이즈】는 리포르지라가 아닌 크루시오라는 이름을 표시하고 있었다.

"……아아…… 티, 에라…… 티에, 라……."

방심하지 않고 무기를 든 신 일행 앞에서 완전한 인간의 형상을 이룬 크루시오는 그렇게 중얼거리며 사라졌다.

그렇다. 아무 전조도 없이 모습과 반응이 그 자리에서 전부 사라진 것이다.

"전송된 건가? ……설마 티에라가 있는 곳에?!"

무엇을 어떻게 했는지는 알 수 없었다. 그러나 지금 크루시오가 향할 만한 곳은 그곳뿐이었다.

그리고 신 일행의 예상을 뒷받침하듯이 크루시오가 사라지고 몇 초 뒤에 슈바이드의 심화가 날아들었다. 갑자기 크루시오가 나타났다는 내용이었다.

✝

"아빠⋯⋯."

그것은 갑작스럽게 벌어진 일이었다.

세계수를 정화하던 티에라 일행의 앞에 크루시오가 나타나 티에라를 향해 가느다란 로프 형태의 안개를 내뿜기 시작한 것이다.

슈바이드가 아슬아슬하게 두 사람 사이에 끼어들었지만 안개가 가진 힘은 겉보기와 달랐다. 자세가 불안정했다지만 슈바이드는 뒤로 밀려나며 후퇴하고 말았다.

"신 쪽은 잘 끝냈나 보군."

슈바이드가 방패를 내밀며 말했다. 티에라도 그제야 알아챘다.

성역 안에서도 보이던 리포르지라의 거대한 몸이 사라져 있었다.

처음에는 쓰러뜨렸나 보다고 생각했지만, 세계수의 무녀인 티에라는 아직 리포르지라가 사라지지 않았다는 것을 알 수 있었다.

리포르지라가 발산하던 강한 기운이 눈앞의 인물에게서도 느껴졌기 때문이다.

"리나 씨, 리무리스. 두 사람은 그대로 정화를 계속해줘."

"티에라 님, 저 모습은⋯⋯."

한참 집중하던 리나는 말을 꺼낸 줄도 모르고 있었다. 한편 리무리스는 티에라의 말이 들렸는지 그녀를 바라보며 눈을 동그랗게 떴다.

"이건 내가 마무리를 지어야 하는 일이야."

무모한 일을 하려 하고 있었다. 그것은 티에라 본인도 알고 있다.

신 일행의 노력을 헛되게 할지도 모른다. 더욱 안전한 방법이 있을지도 몰랐다.

그러나 이미 알아버린 것이다. 크루시오의, 아버지의 혼이 아직 그곳에 있다는 것을.

리포르지라가 건재할 때는 몰랐던 사실을 지금은 분명히 알 수 있었다. 이곳에 나타난 이유도, 방금 전의 행위가 공격이 아니었다는 사실도.

"티에라 공, 무슨 짓을……."

크루시오에게 의식을 집중하면서 옆에 선 티에라를 바라본 슈바이드 역시 당혹스러움을 감추지 못했다.

이유는 알 수 있었다. 분명 지금의 그녀는 평소와 다른 모습을 하고 있으리라.

크루시오가 눈앞에 나타났을 때 티에라는 무언가가 자신에게 내려오는 감각을 느꼈다. 고향에 있을 때 몇 번이고 체험했던, 그립다고도 할 수 있는 감각이었다.

"괜찮아요. 제게 맡겨주세요."

슈바이드가 내민 방패 뒤에서 티에라가 살며시 걸어나왔다. 그러는 동안에 크루시오는 공격하지 않았다.

"아, 아…… 아아……."

티에라의 모습을 본 크루시오가 힘들어 하는지 감격하는지 모를 목소리를 냈다.

피눈물을 흘리던 눈에서는 지금 투명한 물방울이 흘러내리고 있었다.

"이것이 강령술인가."

슈바이드의 중얼거림이 들렸다. 양손을 앞에 내밀자 그녀의 것이 아닌 누군가의 손이 겹쳐져 보였다. 리무리스와 슈바이드는 이것을 보고 놀란 것이다.

"으응, 그렇지 않아."

누군가의 손, 아니, 이름도 모를 누군가는 아니었다. 사실은 알고 있었을 것이다. 예감이 있었을 것이다.

신과 리나가 본 엘프의 특징은 티에라가 잘 아는 인물과 일치했다.

그리운 기운이 온몸을 휘감았다. 티에라는 그 따뜻함을 알고 있었다.

그녀는 천천히 크루시오에게 다가갔다.

그러자 크루시오의 몸에서 희미하게 안개가 새어나오며 증기처럼 사라지기 시작했다. 티에라는 알 수 있었다. 마기였다.

그러나 마기가 빠져나가는 것과 동시에 크루시오의 몸에도 변화가 일어났다. 생전과 다를 바 없었던 육체가 생기를 잃고 말라가고 있었다.

크루시오를 움직이던 힘이 빠져나갔으니 당연한 일이었다. 티에라가 눈앞에 도달했을 때는 크루시오는 반쯤 미라처럼 변해 있었다.

"아빠."

티에라는 비참하게 변한 모습의 아버지를 슬며시 끌어안았다. 그에게서는 더 이상 데몬의 기척이 느껴지지 않았다.

"난 여기 있어요. 살아 있어요. 아빠 딸은 건강하게 지내고 있어요."

자신과 자신을 감싸는 그녀의 마음이 뒤섞이며 말로 흘러나왔다.

무슨 말을 해야 좋을지, 사실 티에라는 알 수 없었다.

티에라는 크루시오의 괴로움을 이해할 수는 있어도 실감할 수는 없었다.

당시의 티에라는 자기 문제를 해결하기에도 벅차서 아버지의 심정을 생각할 만한 여유가 없었다.

달의 사당에서 보호받게 된 뒤로는 조금이나마 여유를 되찾았지만 괴로운 기억인 탓에 무의식중에 생각하지 않으려 했다.

그래서 티에라는 지금 크루시오에게서 느껴지는 마음에 대한 답을 이야기했다.

슈니의 도움을 받아 달의 사당에서 지냈던 것을.

신과 만나 저주가 풀렸던 것을.

다양한 사람들과 만나 다양한 장소에 가봤던 것을.

정원에 남아 있었다면 절대 체험하지 못했을 모험을 티에라는 이야기했다.

"그러니까 이제 괜찮아. 괜찮아요."

그 말을 들은 크루시오의 팔이 움직였다. 당장이라도 부러질 듯한 가느다란 팔이 티에라의 등을 안았다.

『아아…… 다행이구나…….』

그리고 그 말을 마지막으로 크루시오는 형체를 잃었다.

티에라의 머리카락을 나부끼는 바람이 모래처럼 무너져 내린 크루시오를 하늘 높이 날려보냈다.

바람은 세계수 주위를 한 바퀴 돈 뒤에 허공을 향해 사라졌다. 크루시오의 모습은 이제 없었다. 정말 짧은 순간에 벌어진 일이었다.

크루시오의 마음은 티에라를 걱정할 뿐, 자신에 대해서는 아무것도 생각하지 않고 있었다.

신과 싸울 때 소리쳤던 세계에 대한 증오 따위는 처음부터 없었던 것처럼 느껴질 정도였다.

"이걸로…… 된 걸까?"

그 질문은 신의 파티 멤버도 아닌, 리무리스를 비롯한 무녀도 아닌, 크루시오가 사라진 뒤에 나타난 은발 여성을 향한 것이었다.

『…….』

크루시오의 아내이자 티에라의 어머니인 에이렌은 아무 말 없이 티에라를 살짝 안아주었다.

에리엔에게 육체는 없었다. 하지만 티에라는 안아주는 감촉을 느꼈다.

말을 꺼내지 않아도 마음은 분명히 전해져왔다.

지키지 못한 것에 대한 슬픔. 구하지 못한 것에 대한 괴로움. 부당한 일에 대한 분노.

그것들은 죽은 뒤에도 사라지지 않고 그녀의 마음속에 남아 있었다.

그러나 그것이 전부는 아니었다.

무사히 성장해준 것이, 웃는 얼굴을 보여준 것이, 그리고 크루시오를 구해준 것이 그저 기쁘고 사랑스럽다.

무녀로서가 아닌 어머니로서의 감정이 티에라의 마음에 깊이 배어들었다.

"엄마……."

목소리가 떨렸다. 울면 안 된다고 생각하며 필사적으로 참아냈다. 이 시간은, 이 대화는 오직 지금만 허락된 기적이기 때문이다.

무녀란 세계수를 지키고 사람과 사람을 이어주는 자. 평화의 초석이 되는 자.

그러나 신 일행이 모르는 사실이 한 가지 있었다. 그것은 무녀는 자신의 능력을 자신만을 위해 사용할 수 없다는 것이었다.

티에라는 죽은 사람과 대화하는 능력을 가진 무녀였지만, 개인적인 목적을 위해 자신의 부모나 형제를 의도적으로 불러내서 대화하는 것은 금지되어 있었다.

따라서 이렇게 마음을 나눌 수 있는 것은 지금 이 순간뿐이었다.

이번 기회가 지나가면 다음은 없을 것이다.

그래서 티에라는 웃었다. 마지막으로 보이는 얼굴이 눈물로 젖으면 안 되기 때문이다. 미소를 기억해주길 바랐기 때문이다.

『부디 건강하렴. 사랑하고 사랑하는 우리 딸…….』

그 말을 마지막으로 에이렌의 모습이 사라지기 시작했다. 작은 빛으로 변한 에이렌은 세계수 옆에 나타난 또 하나의 빛과 함께 세계수 안으로 흡수되어 갔다.

"이걸로 끝난 걸까?"

사라져가는 빛을 배웅하며 신이 불쑥 말했다.

리포르지라의 몸은 슈니와 유즈하에게 맡겨두고 한 발 먼저 이동했던 것이다.

신이 도착했을 때는 티에라와 크루시오가 이미 서로를 끌어안고 있었다. 슈바이드가 개입하지 않은 것을 보고 신도 상황을 지켜보고 있었다.

만약에 대비해서 미니맵으로 도시 사람들의 반응을 확인해봤지만 적어도 싸우는 것처럼 격렬한 움직임은 보이지 않았다.

"리포르지라도 사라졌으니까 그렇게 생각해도 될 거예요."

뒤에서 들려온 슈니의 말에 신은 【스루 사이트】를 사용해 리포르지라가 있던 방향을 바라보았다.

미니맵상의 반응이 사라진 것은 이미 알고 있었다.

거대한 몬스터가 쓰러져 있던 장소는 움푹 파여 있을 뿐, 그 외에는 비늘 한 조각도 남아 있지 않았다. 완전히 소멸했다고 봐도 될 것이다.

그리고 다시 한번 티에라를 보자 그 자리에 서서 미동도 하지 않고 있었다.

"괜찮아?"

신은 슈니와 슈바이드의 무언의 압박을 이기지 못하고 티에라에게 말을 건넸다.

리무리스와 리나도 의식을 되찾았지만 그녀들은 말을 꺼내기 어려워하고 있었다.

"신……."

티에라가 신을 돌아보았다. 계속 참고 있었던 것이리라. 그녀의 눈에는 당장이라도 흘러넘칠 듯한 눈물이 고여 있었다.

티에라는 쓰러지듯이 신에게 몸을 기댔다.

"나, 잘한 걸까……?"

"……두 분 모두 웃고 계셨어. 괜찮아."

목소리가 떨리고 있었다. 그녀의 질문에 신은 확신을 갖고 대답했다.

아버지와 어머니 모두 마지막에는 평온한 미소를 짓고 있었다.

그 표정을 보고 티에라가 실패했다고 생각하는 사람은 없을 것이다.

"그래……. 그렇구나……."

목소리가 더욱 심하게 떨렸다.

이제 참을 필요는 없었다. 신은 그런 마음을 담아 티에라를 가볍게 안아주며 머리를 쓰다듬었다.

티에라의 몸이 순간적으로 경직되더니 잠시 뒤에 큰 소리로 울음을 터뜨렸다.

그런 두 사람의 모습을 세계수가 조용히 지켜보고 있었다.

운명의 만남 | Side Story

—이것은 그녀가 아직 세상의 부조리를 알지 못한 채 행복에 둘러싸여 있던 시절의 이야기이다.

　그리고 나중에 재회하게 될 파트너와의 첫 만남의 이야기이기도 하다.

"누구야아?"

누군가가 부르는 것 같은 느낌이 들었다.

보통은 신경조차 쓰지 않을 그것에 반응한 것은 한 명의 어린 소녀였다. 머리 양쪽으로 묶은 은발을 흔들며 금색 눈동자로 주변을 두리번거렸다.

소녀는 지금 나무들이 우거진 숲속에 있었다.

어린아이 혼자서 놀기에는 적합하지 않은 장소였지만 엘프인 소녀에게는 자기 집 안마당이나 마찬가지였다.

처음 오는 사람이라면 길을 잃을 만한 광경도 소녀에게는 익숙하기만 했다.

"으응? 응~?"

소녀는 자신의 귀에 길고 가느다란 손을 대고 눈을 감았다.

들려오는 것은 나무들의 술렁거림과 친구인 요정들의 작은 속삭임이었다.

그 가운데 좀 더 약하고 걱정되는 목소리가 섞여 있었다.

소리에 집중하던 소녀의 귀가 움찔거렸다.

"저쪽이다!"

소녀는 틀림없다는 듯이 달려가기 시작했다.

풀이 자라나 보이지 않는 발밑도 아랑곳하지 않고, 마치 공터를 달려가듯이 경쾌하게 속도를 내고 있었다.

숨을 헐떡이며 도착한 곳은 어른들이 『결계』라 부르는 경계선의 바로 옆이었다.

이곳에서 한 걸음이라도 벗어날라치면 무기를 든 어른들이 무서운 얼굴로 달려오곤 했다.

원래는 쉽게 나갈 수 없는 곳이지만 소녀가 가진 무녀로서의 능력이 결계에도 작용하는지 아무렇지 않게 들락날락할 수 있었다.

예전에 몰래 빠져나가다가 들켜서 호되게 혼난 적이 있었다. 그것을 떠올리자 발걸음이 조금 무거워졌다.

소녀는 경계선을 넘어가지 않도록 주의하면서 풀을 헤치며 천천히 다가갔다. 그러자 나무뿌리 밑에 털 뭉치 같은 무언가가 있었다.

"……?"

겁먹은 듯이 떨고 있는 그것을 보며 소녀는 고개를 갸웃거렸다. 생물처럼은 보이지 않았기 때문이다. 게다가 이상한 냄

새도 났다.

모르겠으면 가까이 가서 확인하면 된다. 소녀는 어린아이다운 부주의함을 발휘하며 종종걸음으로 그것에 다가갔다.

"멍멍이다!"

그곳에는 강아지와 비슷한 생물이 몸을 둥글게 말고 있었다. 소녀도 충분히 품에 안을 수 있을 만큼 작은 체구였다.

결계 안에 악한 존재는 들어올 수 없다. 따라서 소녀는 그것이 위험하지 않다고 판단했다.

"큰일이야! 다쳤어!"

이상한 냄새의 정체는 피 냄새와 체취가 뒤섞인 것이었다.

말괄량이인 소녀는 여기저기서 뛰어놀다 다쳐서 어른들을 걱정시키곤 했다. 붉은 피가 나면 상태가 좋지 않다는 것 정도는 이해하고 있었다.

소녀는 옷이 더러워지는 것도 상관하지 않고 강아지를 품에 안았다.

야생 짐승이라면 갑자기 모르는 상대가 자신을 안아들 경우 격렬하게 저항할 것이다.

그러나 강아지에게는 그럴 만한 체력도 남아 있지 않았고 소녀는 그런 반응을 보일지도 모른다는 사실을 알지 못했다.

결국 소녀는 강아지를 품에 끌어안은 채 열심히 달려가기 시작했다.

소녀가 집에 돌아오자 큰 소란이 벌어졌다.

먼저 강아지의 피로 더럽혀진 소녀를 보고 문지기가 비명을 질렀고, 소식을 듣고 찾아온 소녀의 부모도 비명을 질렀다.

급하게 달려온 탓에 옷의 여기저기로 피가 튀어서 소녀가 다친 것처럼 보였던 것이다.

그리고 어른들이 처음 보는 몬스터를 품에 안고 있다는 사실이 문지기와 부모를 더욱 큰 혼란으로 몰아넣었다.

그렇다. 소녀가 발견한 것은 야생 강아지가 아니라 몬스터였다. 작다고는 하지만 미지의 몬스터였던 것이다.

아무리 소녀의 부탁이라지만 문지기의 입장에서는 저택 부지 내로 그것을 쉽게 들여보낼 수 없었다.

그러나 울먹거리며 '들여보내줘'라고 말하는 소녀를 모른 체 할 수도 없었던 문지기는 고민에 고민을 거듭했다.

피를 나눈 사이는 아니었지만 소녀는 문지기들에게 딸이나 다름없었다. 건강하게 성장하길 바라는 존재이자 순수한 미소로 마음을 치유해주는 존재기도 했다.

만약 미움을 받아 만날 때마다 외면당하기라도 한다면 정신적인 대미지가 클 것이 분명했다.

"얘, 오빠들을 곤란하게 하면 안 되잖니. 어쩔 수 없네. 자, 내가 봐줄 테니까 옷부터 갈아입고 오렴."

따라서 소녀의 어머니가 꺼낸 말은 문지기들에게 구원이나 마찬가지였다. 소녀를 달래는 모습을 보면 모녀가 아니라 터울이 큰 자매라고 해도 믿을 것이다.

"에이렌 님은 그렇게 말씀하셨지만 정말로 치료하실 겁니까?"

문지기 중 하나가 물었다. 에이렌은 소녀의 어머니의 이름이었다.

질문을 받은 사람은 소녀의 아버지이자 루센트 가문의 당주인 크루시오였다. 소녀는 루센트 가문의 외동딸로 이름은 티에라였다.

"결계를 뚫고 왔다면 악의를 가진 몬스터는 아닐 테지. 하지만 정체를 알 수 없는 것도 사실이네. 티에라에게는 미안하지만 위험하다고 판단되면 제거할 수밖에 없겠지."

크루시오의 표정은 준엄했다.

다쳐서 죽을 뻔한 생물을 치료해주려는 착한 마음은 존중해야 한다. 티에라의 상냥함을 잘 아는 아버지와 문지기들도 그것은 공감하는 바였다.

그러나 아무리 다쳤다고 해도 상대는 몬스터였다. 날카로운 이빨로 어린아이의 목을 물어뜯는 정도는 쉽게 할 수 있었다.

크루시오는 문지기 중 한 명에게 몬스터의 치료 경과를 관찰한다는 명목으로 티에라에게 붙어 있으라고 지시했다.

"나아서 다행이야~."

어른들의 걱정은 아는지 모르는지. 티에라로 불리는 소녀는 치료가 끝나 간신히 생명을 건진 몬스터 옆에서 방긋방긋 웃고 있었다.

에이렌의 치료 기술은 티에라가 나고 자란 라나파시아 정원에서도 유명할 만큼 뛰어났다. 조용히 잠든 정체 불명의 몬스터에게도 그녀의 수완은 유감없이 발휘되었다.

"다행은 무슨. 자꾸 엄마를 놀라게 하지 마렴."

"하지만 다쳤는걸?"

"그렇다면 먼저 엄마를 불렀어야지. 이 아이는 아마 늑대 계통의 몬스터일 거란다. 어리지만 무척이나 위험해. 다쳐서 약해진 상태에서도 다가오는 상대를 공격하는 경우도 있단다."

에이렌은 천천히 타이르듯이 티에라에게 말했다.

"다음부터는 먼저 엄마나 아빠를 부르도록 하렴. 그러지 않으면 다음부터 일주일 동안 간식을 안 줄 거야. 알겠지?"

"어~ 너~무~해~."

티에라는 불만을 숨기지 않았다. 벌치고는 너무 관대하다고 할 테지만, 어린아이에게 몬스터의 위험성을 이해시키는 건 어려웠다.

특히 이번에는 몬스터이긴 해도 새끼였다. 겉보기엔 작고 귀여웠다. 그런 존재가 위험하다고 이야기해도 설득력이 있을 리 없다.

"알·겠·지?"

"네, 네~."

에이렌이 웃으며 압박을 가하자 티에라는 뒷걸음질치며 고개를 끄덕였다. 이렇게 나오는 어머니에게 거스르면 안 된다는 것을 티에라는 알고 있었다.

"좋았어. 라일라 씨가 간식을 준비했으니까 가서 먹고 오렴. 이 아이는 엄마가 보고 있을게."

"다녀올게~!"

"얘, 뛰면 안 되잖니! 정말이지, 왜 이렇게 산만하담."

에이렌은 간식이란 말에 바로 달려가 버리는 딸을 바라보며 한숨을 쉬었다.

"그루짱, 여기, 여기!"

티에라가 늑대형 몬스터를 주워온 지 며칠이 지났을 때였다. 그루짱이라는 이름이 붙여진 그 몬스터는 이제 완전히 건강해져서 티에라의 놀이 상대가 되어주고 있었다.

얼핏 보면 강아지와 노는 소녀처럼 보였다. 신나게 뛰어다니는 그들을 보며 그루짱이라는 존재가 몬스터임을 누가 상상이나 할 것인가.

"아직도 모르는 건가?"

"장로 분들도 처음 보신답니다. 조련사 직업을 가진 자들도 모르겠다고 하고요. 몇 명이 부하로 만들려고 시도했지만 전부 실패했습니다."

천진난만하게 웃는 티에라를 바라보며 이야기를 나누는 것은 크루시오와 그 부하들이었다.

저택의 2층에서 공터를 내려다보며 이야기하고 있었기에 티에라에게 대화 내용이 들릴 염려는 없었다.

"테이밍을 거부하는 몬스터라. 레벨 차이 때문인가?"

새끼라고 해도 몬스터였다. 사람보다 레벨이 높은 경우도 있었다. 그리고 그것은 테이밍의 실패 조건이기도 했다.

"아니요. 레벨은 아직 10입니다. 그것 때문에 실패했다고 보긴 어렵겠죠."

티에라와 뛰어다니는 모습을 보면 능력이 특별히 높은 것 같지는 않다고 측근 남자가 이야기했다.

티에라의 신체 능력은 평범한 아이들과 크게 다르지 않았고 새끼라지만 몬스터를 상대로 호각으로 술래잡기를 할 수 있을 만큼 운동 능력이 뛰어난 편은 아니었다.

"그렇다면 저 새끼 늑대가 특별하다는 건가."

크루시오는 심각한 표정으로 새끼 늑대를 바라보았다.

일반적인 짐승은 아니었고 틀림없는 몬스터였다. 하지만 아직도 그 정체를 밝혀내지 못하고 있다.

"레벨 V의 【애널라이즈】로도 정체를 알아내지 못할 줄이야."

"내일 아키아미 님이 은밀하게 【애널라이즈】를 해주실 예정입니다. 그걸로도 안 된다면 더 이상 방법이 없습니다."

라나파시아 최고의 감정사에게 새끼 늑대의 정체를 알아내게 할 것이다. 몬스터의 이름만 알면 위험성도 파악할 수 있을 것이다.

만약 그들이 감당할 수 없는 몬스터의 새끼라면 최악의 경우 도살하는 것도 염두에 두어야 했다.

티에라를 아무리 잘 따른다 해도 저 새끼 늑대는 야생 몬스터였다. 언제 발톱을 드러낼지 알 수 없는 것이다.

지금도 에이렌이 티에라에게 몇 가지 방어용 스킬을 사용해준 덕분에 마음대로 뛰어놀도록 내버려두었을 뿐이었다.

결계를 넘어온 이상 명확한 악의가 없다는 것은 크루시오도 알고 있었다. 그러나 그것이 절대적인 안전을 보장하는 것은 아니었다.

"조금 진귀한 몬스터 정도로 끝난다면 다행이겠군."

"동감입니다."

티에라의 순수한 미소가 흐려지는 것은 보고 싶지 않았다. 크루시오는 새끼 늑대의 정체보다도 그게 더 걱정이었다.

"그게 티에라가 주워왔다는 몬스터냐?"

다음날 티에라가 들어오자마자 그런 말을 꺼낸 것은 라나파시아에서 유일하게 레벨 Ⅷ의 감정 능력을 가진 여성, 아키아미였다.

그녀는 『영광의 낙일』 이전부터 살아온 라나파시아의 최연

장자였다. 겉보기엔 귀 모양만 제외하면 휴먼 노파와 거의 다를 게 없었다.

각 가문의 당주들을 어린 시절부터 봐왔기에 젊은 시절의 흑역사를 저당 잡힌 사람이 수를 헤아릴 수 없었다. 다양한 의미에서 두려움을 받고 있는 여성이기도 했다.

"그루짱이라고 해!"

"호오호오, 귀여운 이름을 붙였구나. ―계약은 하지 않은 것 같고."

침대 위에 앉은 아키아미는 티에라가 끌어안은 새끼 늑대를 보고 작게 중얼거렸다.

목소리가 들렸다는 티에라의 말은 이미 아키아미의 귀에도 들어와 있었고, 어쩌면 종마의 계약을 맺은 걸지도 모른다고 생각했던 것이다.

만약 그렇다면 다른 엘프들이 계약에 실패한 것도 설명할 수 있었다.

"목소리가 들렸다고 했다지. 어떤 목소리였느냐?"

그것이 어떤 내용이냐에 따라 대응 방법도 달라질 것이다. 아키아미는 가만히 티에라를 보며 말했다.

"음~ 누가 도와달라고 했어."

"호오호오, 도와달라고 말이지. 티에라의 이름을 불렀던 건 아니고?"

"응."

아키아미는 고개를 끄덕이는 티에라에게서 새끼 늑대 쪽으로 시선을 옮겼다. 육체가 쇠약해지면서 시력도 해마다 나빠진 반면 감정 능력은 퇴화하기는커녕 더욱 향상되어 있었다.

그 덕분에 새끼 늑대의 이름도 분명히 보였다.

"이제 상처는 깨끗이 나은 것 같구나. 걱정할 필요는 없단다."

"정말?! 잘됐다~!"

크루시오는 새끼 늑대의 상처가 정말 좋아졌는지 확인하기 위해서라며 티에라를 데려온 것이었다.

티에라가 신나서 떠들어댔지만 그녀에게 안긴 새끼 늑대는 울거나 몸부림치지 않고 얌전히 있었다. 다만 그 눈은 계속 아키아미를 향하고 있다.

"난 아키아미 님과 할 말이 있다. 티에라는 에이렌과 먼저 돌아가 있거라."

"네엣! 아키아미 님, 고마워!"

"천만에. 또 오거라."

기분이 좋아진 티에라를 에이렌과 함께 방에서 내보낸 후, 아키아미와 크루시오는 이야기를 시작했다.

"그래서 뭔가 알아내셨습니까?"

"서두를 것 없다. 넌 이제 루센트의 당주가 아니냐. 딸이 아무리 귀여워도 침착하게 이야기를 들어야지."

문이 닫히자마자 바로 본론으로 들어가는 크루시오에게 아키아미는 진정하라고 말했다.

"윽, 하지만……."

"정말이지. 여전히 조급한 아이구나. 그러면 잘 듣거라, 저 건 단순한 몬스터가 아니라 신수의 새끼란다."

아키아미는 크게 한숨을 쉬며 힘없이 침대에 기댔다. 흐릿하게 보이는 시야에 방금 전 새끼 늑대가 발산하던 힘의 잔해가 남아 있었다.

"신수……라고요."

신의 사자로 칭해지는 경우가 있는가 하면 존재 자체가 신 처럼 취급되는 경우도 있다.

지식으로는 알고 있더라도 실제로 목격한 사람은 거의 없다. 압도적인 힘을 가진, 수많은 몬스터 중에서도 특별한 존재였다.

"이름은 그루파지오. 내가 알기로 자극하지만 않으면 얌전 한 부류의 신수지. 하지만 새끼가 다쳐서 정원 안에 들어왔다는 건 별로 좋지 않은 징조 같구나. 아무리 신수라도 어미가 새끼를 가만히 내버려둘 리는 없지. 어미가 죽었거나 미아가된 걸 게야."

"신수에게는 결계가 통하지 않는 겁니까?"

"신수는 특별하단다. 누가 정했는지는 모르지만, 분명히 공 격해오거나 적의를 가진 게 아니면 그냥 통과해버린단다. 이 번엔 티에라에게 이끌린 걸 테고."

아키아미는 눈을 감으며 말했다.

신수 중에는 세계의 균형을 유지하는 역할을 부여받은 개체도 있었다. 티에라가 가진 무녀로서의 자질이 다친 그루파지오를 불러들였을 가능성도 있었다.

"이대로 방치해둬도 되는 겁니까? 성장하면 저희가 대처할 수 없을 만큼 강해지는 게……."

"그럴 테지. 『영광의 낙일』이 벌어지기 전조차도 수많은 강자들을 쓰러뜨렸던 게 신수란다. 그 시대에는 신수들을 사냥하는 괴물 같은 녀석들도 있었지만, 지금은 더 이상 그럴 만한 사람은 남아 있지 않아. 성장할 때까지 기다리지 않더라도, 만약 어미가 새끼를 빼앗아간 걸로 착각을 해서 공격해오기라도 하면 얼마만큼의 피해가 나올지……. 다만 여기는 명색이 세계수의 앞마당 같은 곳이니 어미도 조금은 망설여줄 테지. 게다가 신수는 사람을 능가하는 지성을 가진 경우가 많단다. 갑자기 공격해오진 않을 게야."

"하지만 난폭해질 만한 이유가 생긴다면……."

누군가의 제어하에 놓인 것도 아니었다. 만약 누군가가 두려움을 이기지 못하고 먼저 공격하기라도 한다면 어떻게 될 것인가. 일족의 수장인 크루시오는 그런 것도 염두에 두지 않을 수 없었다.

신수는 천재지변까지 발생시킬 수 있는 존재였다.

"……차라리 무녀의 수호수(守護獸)로 삼을 수는 없겠습니까?"

잠시 말을 끊고 조용히 있던 크루시오가 불쑥 입을 열었다.

무녀의 중요성을 알고 있는 입장에서 생각해본다면 신수에게 보호받는 것보다 좋은 일은 없었다.

사람이 이길 수 없는 몬스터는 이 세계에 잔뜩 있었다. 정원 안에서는 위험할 일이 많지 않지만 그렇다고 전혀 없는 것도 아니었다.

"무모한 소리 말거라. 계약도 할 수 없는데 어찌 붙잡아둘 수 있겠느냐. 워낙 중요한 사안인 만큼 왕가도 잠자코 있지는 않을 게야. 그쪽에는 나처럼 『영광의 낙일』 전부터 살아온 엘프들이 있지 않느냐. 계약도 안 된 신수가 나라 안을 활보하고 다닌다는 게 알려지면 왕가와 관리자 일족이 유지해온 우호적인 관계가 물거품이 되고 말 게다. 틀림없이 토벌대를 보내겠지. 그것도 신화급의 무기를 들고서 말이다."

아키아미는 크루시오의 의견을 일축했다.

『영광의 낙일』 이후에 태어난 자들 중에 신수의 강력함을 직접 체험해본 자는 거의 없었다. 그러나 왕가에는 아직 남아 있었다.

엘프는 장수 종족이었기에 토벌 방법을 아는 자도 살아 있었고 토벌을 위한 무기도 남아 있었다.

무엇보다 현재 라나파시아의 임왕(林王)인 엘딘 루는 아키아미와 마찬가지로 『영광의 낙일』 이전부터 살아온 엘프이며 실제로 신수를 사냥해본 적도 있었다.

그의 강력함은 루센트를 비롯한 각 일족의 전사장들조차 대적할 수 없을 정도였다.

"티에라에게는 안 됐지만 밖으로 내보낼 수밖에 없을 테지."

"어쩔 수…… 없겠군요. 하지만 괜찮을까요? 티에라는 아직 어려서 신수에 대한 기억이 애매해지는 정도로 끝날 테지만, 신수는 쉽게 떠나지 않을 수도 있습니다."

지금 신수에 대해 알고 있는 사람은 티에라를 포함한 일부에 지나지 않았다. 따라서 티에라가 잊어버린다면 이야기가 새어나갈 염려는 거의 없었다.

존재 자체를 모른다면 두려워하거나 이용하려 들지도 않을 것이다.

정신 간섭 계열의 능력과 스킬은 금기로 취급되었지만 아키아미의 힘은 어디까지나 며칠 동안의 기억을 애매하게 만드는 정도였다. 그것도 어린아이에게만 통할 만큼 미약했다.

이런 일이 있었던 것처럼 느껴질 정도로 인식을 일그러뜨리는 것이다. 현재로서는 『영광의 낙일』 이전부터 살아온 아키아미만이 쓸 수 있는 능력이며 그것을 아는 사람도 극히 일부에 지나지 않았다.

문제는 그루파지오에게도 그것이 통하느냐는 것이었다.

라나파시아와 티에라에 대해 잊어주면 좋을 테지만, 그러지 않을 경우 다시 돌아올지도 몰랐다.

새끼라면 억지로 다시 쫓아낼 수라도 있겠지만 성장하게 되면 모습을 숨기기도 힘들어지므로 큰 소동이 벌어질 수밖에 없다. 자신을 계속 쫓아내는 엘프를 적으로 인식할 가능성도 없지는 않았다.

"그건 잘 타이를 수밖에 없겠지. 그 새끼 신수는 이미 사람의 말 정도는 이해하고 있단다. 멋대로 어딘가로 떠나거나 사람을 해치지는 않고 있잖느냐? 그래선 안 된다는 걸 너희들의 대화를 통해 배운 게야. 아까도 날 가만히 관찰하고 있더구나. 겉보기엔 새끼 같아도 신수라는 이름이 괜히 붙은 게 아니란다. 평범한 짐승처럼 얕잡아보면 안 돼. 뭐, 그 덕분에 대화가 가능한 거지만 말이지."

크루시오는 여전히 걱정이 많았지만 아키아미는 오랜 경험을 통해 단호히 이야기했다. 다만 잊을 수 있다면 그게 가장 좋다는 전제를 달았다.

새끼 늑대는 티에라를 잘 따르고 있었다. 그러나 아키아미의 능력을 사용하면 그것조차 잊게 된다.

그리고 사람 수준의 지성을 갖고 있다면 억지로 잊게 했다는 사실을 이해하게 될 것이다.

"시간을 오래 끌지 않는 게 좋을 게야. 티에라가 없는 곳에서 이야기를 할 수 있도록— 이거 놀랍구나. 다 듣고 있었어."

"듣고 있었다고요? ……이럴 수가."

아키아미의 말에 크루시오가 시선을 돌리자 살짝 열린 문을 통해 티에라와 함께 나갔던 새끼 늑대, 신수 그루파지오가 들어왔다.

"미안하구나. 원망하려면 날 원망해다오."

새끼 늑대는 티에라에게 안겨 있을 때처럼 아키아미를 가만히 바라보다가 작게 울더니 열린 문을 통해 다시 밖으로 나갔다. 문 밖에서는 새끼 늑대를 찾는 티에라의 목소리가 들리고 있었다.

"이해해…… 준 걸까요?"

"그래, 정말로 똑똑한 아이란다. 오래 머물기 힘들다는 걸 알고 있었던 거겠지."

아키아미는 그 울음소리에 담긴 슬픔을 느끼고 있었다.

그렇다 해도 이곳에 머물게 할 수는 없었다. 사람과 신수가 신뢰 관계만으로 가까이 지내던 시대는 이미 끝나버린 것이다.

그렇게 해서 새끼 늑대를 야생으로 돌려보내는 일이 결정되었다. 그러나 여기서 또 하나의 문제에 직면해야 했다.

"싫어!"

"티에라, 아빠도 네가 미워서 이러는 게 아니란다. 저 아이를 위한 일이기도 해."

"싫다니까!"

당연하다면 당연한 일이지만 티에라가 맹렬히 반대하고 나선 것이다.

엘프는 수명이 긴 탓에 아이를 많이 낳지 않는 편이다. 그래서 티에라와 나이가 비슷한 어린아이는 얼마 되지 않았다.

하물며 티에라는 세계수를 관리하는 일족의 당주에게서 태어난 외동딸이었다.

그런데다 무녀로서의 자질까지 갖고 있으므로 편하게 이야기를 나눌 또래 아이들은 거의 없는 셈이다.

같은 관리자 일족인 루델리아의 후계자나 어느 정도 지위가 높은 일족의 아이들 정도였다. 그런 아이들조차 잠깐 놀다오는 식으로 편하게 만나기는 힘들었다.

그런 티에라에게 항상 함께 놀 수 있는 새끼 늑대는 무척이나 중요한 존재였다.

아키아미가 말한 것처럼 새끼 늑대는 매우 똑똑해서 무엇은 되고 무엇은 안 된다는 것을 이야기만 하면 바로 받아들였다.

목욕할 때도 저항하지 않아 지금도 털이 뽀송뽀송했다.

낮잠을 잘 때에는 티에라의 베개가 되어주는 것을 돌보미 역할인 라일라가 자주 목격하곤 했다.

그 정도로 사이가 좋았으므로 서로 떨어져 지내야 한다는 말을 순순히 받아들일 리가 없었다. 티에라는 절대 안 된다며 요란하게 떼를 쓰고 있었다.

"그루짱이 뭘 잘못했는데! 티에라가 제대로 돌봐주고 있잖아!"

티에라는 눈물이 고여가며 그렇게 호소했다. 실제로 먹이와 목욕, 배변통 청소까지 티에라가 도맡아서 하고 있었다.

단순히 귀여워만 하는 게 아니라 어린아이 나름대로 열심히 돌봐주고 있었던 것이다.

"그건…… 아빠도 알고 있지만……."

아이가 동물의 귀여운 모습에 이끌려 기르겠다고 졸라도 제대로 돌보는 건 처음뿐이다.

엘프 중에도 그런 아이는 흔히 볼 수 있었다. 살아 있는 생물을 돌본다는 것은 어린아이에게 무척 어렵고 귀찮은 일이었다.

그러나 티에라는 한 번도 불평하지 않았다.

상처 치료는 에이렌에게 부탁했지만 그것 말고는 돌보미인 라일라에게 물어가면서 직접 배웠다. 그 정도로 열심이었다.

어린 마음에 이대로 계속 함께 지낼 거라 믿고 있었던 것이리라.

"싫어…… 싫단 말야……."

티에라가 결국 울음을 터뜨리자 어른들은 할 말을 잃고 말았다.

티에라와 새끼 늑대는 아무것도 잘못한 게 없었다. 이것은

『만약』을 두려워한 어른들의 강요일 뿐이다.

모든 것을 티에라 몰래 처리하는 방법도 있었다. 그렇게 하면 티에라가 우는 일도 없었을 것이다. 그러나 어른들은 그렇게까지 잔혹해질 수는 없었다.

"떨어지기 싫은 게냐?"

울면서도 새끼 늑대 앞에서 비켜서지 않는 티에라에게 아키아미가 지팡이를 짚으며 다가갔다.

"……응."

"하지만 말이지, 이 아이에게도 어미가 있단다. 어미가 이 아이를 보고 싶어 하지 않겠느냐?"

다쳐서 혼자 돌아다니던 새끼 늑대. 찾으러 오지 않는 어미. 아키아미와 크루시오도 어미가 지금 어떤 상태일지는 대충 짐작하고 있었다. 짐작하면서도 『어미』를 구실로 삼은 것이다.

"티에라도 크루시오와 에이렌과 만나지 못하게 되고 싶진 않잖느냐?"

"……응."

어린아이 나름대로 새끼 늑대의 입장을 헤아린 것이리라. 티에라는 잠시 뒤에 눈물을 닦아냈다. 그리고 뒤로 돌아 얌전히 앉아 있던 새끼 늑대를 꼭 끌어안았다.

새끼 늑대도 티에라의 어깨에 얼굴을 기대며 온기를 느끼려는 듯이 가만히 있었다.

잠시 뒤에 소녀와 새끼 늑대는 미리 짜기라도 한 것처럼 서로 멀리 떨어졌다.

"……바이바이."

티에라가 작게 손을 흔들며 작별 인사를 했다. 그녀의 눈에서는 더 이상 참을 수 없게 된 눈물이 흘러 다시금 뺨을 적시고 있었다.

새끼 늑대 역시 이별을 고하듯 길게 울더니 티에라에게서 등을 돌렸다. 새끼 늑대는 숲속으로 사라질 때까지 한 번도 뒤를 돌아보지 않았다.

그루파지오는 라나파시아를 떠났고, 티에라도 나라를 위한다는 대의명분하에 그루파지오에 대한 기억을 잊게 되어 가슴속에 희미한 잔해만이 남게 되었다.

소녀와 새끼 늑대가 다시 인연을 맺게 될 때까지는 아직 오랜 세월이 남아 있었다.

status | 스테이터스 소개

THE NEW GATE

이름 : **티에라 루센트**

성별 : 여성

종족 : 엘프

메인 잡 : 궁술사

서브 잡 : 조련사

모험가 랭크 : F

소속 : 없음

●능력치

LV : 211

HP : 5399

MP : 6740

STR : 485

VIT : 430

DEX : 732

AGI : 589

INT : 630

LUC : 80

●전투용 장비

머리　없음

몸　아지랑이의 롱코트
　　　【VIT보너스[중], DEX보너스[중]】

팔　없음

다리　아지랑이의 부츠【AGI 보너스[강]】

액세서리　금마강의 머리핀
　　　　　【DEX보너스[중], INT보너스[중]】

무기　인휘(燐輝)의 취궁(翠弓)
　　　【명중 보정[강], 관통 강화[중]】

●칭호

● 궁술 사범

● 검술 사범 대리

● 저격수

● 신수(神獸)의 벗

● 정령의 가호

etc

●스킬

● 스프릿 애로우

● 하운드 애로우

● 정화(세계수 한정)

● 애널라이즈

● 강령술

etc

기타

● 세계수의 무녀

※보너스 상승치 미〈약〈중〈강〈특

이름 : **라드세이아**

종족 : 라이노서러스

등급 : 없음

● **능력치**

LV : 344

HP : 3859

MP : 1087

STR : 254

VIT : 455

DEX : 109

AGI : 184

INT : 422

LUC : 47

● **전투용 장비**

없음

● **칭호**

● 폭주 암서(岩犀)

● **스킬**

● 차지&어설트

● 경화

기타

● 데몬즈 던전 몬스터

이름 : **오그브림**

종족 : 데몬

등급 : 공작

●능력치

LV : 712

HP : 6739

MP : 6428

STR : 695

VIT : 427

DEX : 574

AGI : 705

INT : 319

LUC : 32

●전투용 장비

없음

●칭호

●공작급 데몬

●마왕의 부하

●혼성 마수

●스킬

●사자의 조아(爪牙)

●환영주구(幻影走驅)

●독혈 분무

●다중 포효

●숨겨진 이빨

etc

기타

●없음

이름 : **라그오쥬**
종족 : 데몬
등급 : 공작

● **능력치**

LV : 810
HP : 6833
MP : 8402
STR : 674
VIT : 901
DEX : 731
AGI : 729
INT : 609
LUC : 39

● **전투용 장비**

없음

●**칭호**

● 공작급 데몬
● 마왕의 부하
● 무형의 침략자

●**스킬**

● 형태 없는 칼날
● 모습 없는 갑옷
● 증식하는 이빨
● 체내 침식
● 동화 빙의
etc

기타

● 빙의 상태

이름 : **리포르지라**

종족 : 신수

등급 : 없음

●**능력치**

LV : 1000

HP : ??????

MP : ??????

STR : 875

VIT : 999

DEX : 850

AGI : 729

INT : 927

LUC : 0

●**전투용 장비**

없음

●**칭호**

●종말의 사자

●더러움을 삼키는 자

●재앙의 화신

●생명의 소각자

●생명의 모판

etc

●**스킬**

●종언의 섬화(閃火)

●종말의 종화(種火)

●더러움 먹기

기타

●강제 출현에 의한 능력 약화

◇ 당신은 언제나 옳습니다. 그대의 삶을 응원합니다. — 라의눈 출판그룹

더 뉴 게이트 15

초판 1쇄 2020년 2월 10일

지은이 카자나미 시노기 일러스트 晩杯あきら 옮긴이 김진환
펴낸이 설응도 편집주간 안은주
영업책임 민경업 디자인책임 조은교

출판등록 2014년 1월 13일(제2014-000011호)
주소 서울시 강남구 테헤란로78길 14-12(대치동) 동영빌딩 4층
전화 02-466-1283 팩스 02-466-1301

문의(e-mail)
편집 editor@eyeofra.co.kr 마케팅 marketing@eyeofra.co.kr
경영지원 management@eyeofra.co.kr

ISBN   979-11-89881-11-5 04830
       979-11-963499-0-5 04830(set)